L'histoire véritable
de
Lazare Méradec

JACQUES LAFARGE

DÉDICACE

À ma fille Marion, qui a su faire ce qu'il fallait pour que ce roman voie le jour, et à Jeanne Ravinet dont la redoutable expertise a permis qu'il soit présentable.

CHAPITRES

1 Le Val d'Osne — 1

2 Lazare — 47

3 Rudi le Rouge — 83

4 L'Arche — 109

5 Laure — 161

6 Nico de Jong — 213

7 Tancarville — 255

Épilogue — 299

"Life is like a rollercoaster"

Patti Smith

1- LE VAL D'OSNE

Depuis plus de deux heures, je balayais les fiches archives des faits divers à la recherche de quelque chose d'insolite qui aurait pu me donner une idée d'enquête. On était le 7, je devais remettre mon article avant le 19, et je n'avais toujours rien. Tous les ans, c'était un peu le même problème : avec l'arrivée des grosses chaleurs d'été, il ne se passait plus grand-chose et il fallait se creuser pour trouver de quoi meubler les 45 minutes des moviemags de juillet et août. L'année précédente, la tornade thermique qui avait détruit une partie du champ de panneaux solaires de la Somme était arrivée à point nommé pour le numéro de juillet. Mais cette fois, rien de tel. D'un bleu parfait, sans le moindre nuage depuis des mois, le ciel de Rouen donnait une impression d'immobilité définitive.

Je faisais défiler les résumés en images, enchaînant en l'espace de quelques minutes l'atterrissage dramatique de l'avion spatial Sydney-Londres, les luttes meurtrières entre les hordes rivales des régions désertiques de basse Normandie, et le typhon qui avait dévasté le Cotentin en 2055. Pourtant, dans ce condensé d'information, la fin de ce siècle se révélait plutôt monotone, constituée d'une multitude d'événements sans intérêt, avec, de loin en loin, des catastrophes terribles mais oubliées aussi vite qu'elles étaient survenues. Il n'y avait dans tout cela rien d'exploitable pour mon problème : les événements majeurs avaient déjà été archi-couverts par tous les médias et les faits divers n'avaient certainement pas eu de suites intéressantes. J'allais abandonner cette revue démoralisante quand une fiche retint mon attention. Elle ne portait pas sur un événement plus marquant que les autres, mais elle était manifestement mal classée : j'étais dans la rubrique « Événements climatiques » de 2053 et elle était intitulée :

À 18 ans, Lazare Méradec devient le plus jeune agrégé de tous les temps.

Le résumé expliquait qu'après avoir brillamment passé une triple maîtrise de mathématiques, physique et biologie, le jeune étudiant de l'université de Berck venait d'obtenir son agrégation de mathématiques avec les félicitations du jury. Le précédent record appartenait à un étudiant de 20 ans et remontait à 2002. N'ayant aucun souvenir de ce fait divers, et ne comprenant pas comment il avait pu aboutir dans les questions climatiques, j'eus envie d'en savoir plus.

La fiche renvoyait à une interview du professeur Honerberger réalisée quelques jours après la diffusion de l'information. Au premier gros plan, je le reconnus immédiatement. Sa photo avait fait le tour du monde lorsqu'il avait obtenu le prix Nobel pour la mise au point du produit qui avait permis d'enrayer la prolifération de l'algue rouge dans les océans. Sa découverte avait eu un retentissement à la mesure de l'inquiétude qu'avait suscitée le développement de ce micro-organisme mortel pour beaucoup d'espèces de poissons. Voici ce que le savant disait du jeune agrégé :

– Lazare est un garçon vraiment exceptionnel à tous points de vue. Dans ma carrière de professeur, j'ai connu plusieurs étudiants très doués qui avaient des résultats universitaires hors-norme. Mais tous avaient plus ou moins des problèmes psychologiques. Souvent, ce sont des personnes plutôt solitaires, qui ont du mal à se lier aux autres étudiants. Lazare est à l'opposé de cela. Ses capacités ne nuisent aucunement à ses relations dans la faculté. Au contraire, tout le monde apprécie sa gentillesse, sa spontanéité et son égalité d'humeur. Sur le plan scolaire, il survole littéralement les programmes avec une facilité déconcertante. Il voit les choses avec une grande simplicité, apportant souvent un éclairage original. Personnellement, j'ai eu plusieurs fois l'occasion de discuter avec lui, et je dois dire qu'à chaque fois, c'était un vrai bonheur. Il a l'art de poser exactement la question qu'il faut pour remettre la réflexion dans la bonne direction. Certaines de ses idées m'ont permis de relancer des recherches qui piétinaient depuis des années. Tout est pour lui sujet d'amusement, y compris les questions les plus ardues. Il prend un réel plaisir à aider ses camarades, et, lorsqu'ils ont du mal à suivre, à leur ré-expliquer les choses avec une patience illimitée. Ah, oui, c'est quelqu'un d'extraordinaire, croyez-moi. Tous ceux qui l'ont connu vous diront la même chose.

Ensuite, le journaliste lui demandait comment on pouvait rencontrer Lazare. À en juger par le changement d'expression de son visage et ses hésitations avant de répondre, cette question le dérangeait :

– Je… On ne sait pas bien où il est allé après la fin des examens. On m'a dit qu'il est parti en vacances aussitôt. Normalement, vous pourrez le voir ici, à la rentrée… Oui, normalement.

Suivaient quelques interviews d'étudiants interpellés au hasard sur le campus :

– Si je connais Lazare ? Évidemment ! Tout le monde connaît Lazare, s'exclamait une jeune fille en s'empressant d'ajouter fièrement : moi, il m'aidait à réviser mes cours.

– Lazare ? Génial ! résumait, sans s'arrêter, un petit frisé visiblement très en retard.

Tous le connaissaient et ils ne tarissaient pas d'éloges sur son compte.

Cet étudiant avait l'air d'avoir réellement marqué son entourage et j'étais étonné qu'on n'ait plus entendu parler de lui après ce reportage. Mes autres recherches dans les bases de données des journaux et des magazines avaient été infructueuses : après ce court reportage, il n'y avait plus jamais rien eu sur Lazare Méradec. Qu'avait-il pu devenir ? Avec un tel niveau, on aurait dû entendre parler de lui après la fin de ses études. Même si ce sujet avait peu de chances d'enthousiasmer la rédaction, la façon dont les gens parlaient de lui et ce que l'on voyait dans leur regard m'avaient donné envie d'aller plus loin. Je commençai donc par la seule piste dont je disposais : la faculté de Berck. Celle-ci n'était qu'à une demi-heure par le Réseau Urbain Ultra Rapide, et, compte tenu de mon retard pour mon article, je décidai de m'y rendre l'après-midi même.

§

C'était le début des grandes vacances. La faculté était ouverte, mais elle avait été désertée par la plupart de ses occupants. Je ne rencontrai que quelques gardiens qui me renvoyaient d'un block à l'autre, en s'empressant d'enlever toute garantie sur le résultat de leur suggestion. Finalement, après avoir erré dans des kilomètres de couloirs, je découvris une secrétaire, étonnamment à son poste au milieu de tous ces bureaux vides. Bien qu'elle fût très occupée par la consultation de son télé-catalogue favori, à force de harcèlement, je finis par obtenir les coordonnées personnelles de Robert Feynmann, un professeur de physique qui avait eu Lazare en deuxième année. N'ayant que cette maigre piste, je l'appelai immédiatement pour avoir un rendez-vous.

Je m'attendais à une réaction enthousiaste, dans le genre de ce que j'avais vu dans le reportage. Au contraire, lorsque je prononçai le nom de Lazare, il fronça les sourcils avec une expression de méfiance bien perceptible malgré la médiocre qualité de l'image du visiophone.

— Lazare n'est jamais revenu à la faculté après son agrégation. Cela fait plus de dix ans maintenant. Nous n'avons aucune nouvelle. Je ne peux pas vous aider.

Malgré toute mon insistance, il refusa de me recevoir. La seule chose que je réussis à obtenir fut qu'il prenne mes coordonnées pour m'appeler s'il changeait d'avis ou s'il avait des nouvelles de Lazare. Il les nota poliment.

J'avais perdu encore une journée. J'étais au plus mal pour mon reportage et je commençais à échafauder des scénarios plus ou moins crédibles pour justifier mon retard et proposer des solutions de secours. Les seules possibilités qui me restaient étaient les inépuisables classiques tels que la vie extraterrestre ou la création de chimères par manipulation génétique. Sur ces sujets récurrents, en assemblant astucieusement des documents existants, on arrive toujours à donner l'impression de soulever des questions nouvelles. Professionnellement, ça n'allait pas être très reluisant, mais ça résoudrait mon problème immédiat. Un moment, j'avais aussi envisagé une solution plus amusante en me remémorant le cas du monstre du Loch Ness où, dans la même situation que moi, un journaliste avait inventé cette histoire d'animal préhistorique survivant. Tout le monde y avait cru à tel point que lui-même n'avait pas pu rétablir la vérité, même malgré ses confessions sur son lit de mort. C'eût été assez risqué, mais plus créatif que les OVNIS. Finalement, je me décidai pour un autre classique : l'ingénierie climatique. En 2034, contre l'avis de beaucoup de climatologues, les gouvernements d'Amérique du Nord, de Russie-Sibérie et de Chine s'étaient entendus pour disperser dans la haute atmosphère des millions de tonnes de particules réfléchissantes censées limiter l'effet de serre. L'opération s'était révélée désastreuse. Au lieu de se répartir uniformément, les poussières s'étaient progressivement rassemblées en nuages trop denses, créant des dérèglements locaux encore plus graves. Il avait fallu dépenser des milliards pour tenter de revenir en arrière. Ensuite, lorsque la sécheresse s'était installée en Europe, des scientifiques avaient affirmé qu'il s'agissait d'une conséquence directe de cette tentative de manipulation du climat. Les gouvernements impliqués s'étaient empressés de faire réaliser des études concluant en sens inverse, alimentant ainsi une source intarissable de polémiques. Je me replongeai donc en urgence dans les reportages et les débats de l'époque, à la recherche d'hypothèses oubliées susceptibles de servir de point de départ à mon sujet.

Ma persévérance fut payante : je retrouvai toute une série d'articles basés sur une extravagante théorie du complot qui allaient me permettre de proposer quelque chose d'à la fois drôle — tant les arguments avancés étaient ridicules — et intéressant, en analysant les raisons de la prolifération de ce genre de théories. La quantité d'événements ayant donné lieu à des rumeurs complotistes était aussi sidérante que l'imagination de ceux qui les lançaient. Je tenais le bon bout.

Lorsque le visiophone afficha les coordonnées de Feynmann, j'étais en plein montage vidéo. Il me fallut plusieurs secondes pour me reconnecter au cas Lazare Méradec et me remémorer son accueil pour le moins réservé lors de notre précédente rencontre. J'acceptai l'appel par politesse. Le visage du professeur apparut, nettement plus ouvert que la dernière fois.

— Bonjour ! J'imagine que vous êtes surpris que je vous rappelle.

— Un peu, oui, en effet.

– J'ai réfléchi. Finalement je veux bien vous recevoir.

– Ah ! C'est gentil ! Je serais volontiers venu vous voir, mais pour l'instant…

– Demain matin, si vous voulez… et si vous pouvez, bien sûr. Mais, si vous ne pouviez pas, ça serait embêtant parce qu'après, cela sera beaucoup plus difficile pour moi : je dois m'absenter quelque temps.

Il était trop tard pour que je me relance sur l'histoire de Lazare mais, ma curiosité naturelle reprenant le dessus, je ne pus me résoudre à laisser tomber cette opportunité d'en savoir plus. Calculant rapidement que je pouvais me permettre de perdre une petite demi-journée, je décidai d'accepter.

– C'est un peu compliqué : je suis sur un travail urgent en ce moment. Peut-on se voir dès le matin, assez tôt, cela m'arrangerait.

– Personnellement, je suis toujours levé de très bonne heure. Je peux vous recevoir à partir de… disons… 7 heures ?

– Sept heures, très bien. À demain, donc, et merci de votre appel.

Le contraste avec son attitude précédente était pour le moins surprenant. Du refus de me recevoir, on était passés à un rendez-vous au pied levé. Il s'était forcément passé quelque chose pour qu'il change à ce point et aussi rapidement. Lorsqu'il m'avait éconduit, il n'avait pas du tout l'air de quelqu'un d'hésitant, susceptible de revenir sur sa décision. Il avait dû se passer quelque chose entre-temps.

§

Le professeur Feynmann habitait un pavillon au sud de Dunkerque : « À 10 minutes de la fac, vous savez, par le nouveau tramway à supraconducteurs ». Un physique élancé, tiré à quatre épingles, il n'avait rien à voir avec le cliché du savant hirsute et habillé n'importe comment créé par Albert Einstein. Il faisait plus penser à un haut fonctionnaire qu'à un chercheur. Son intérieur, très sobre, était impeccablement tenu.

Au lieu de parler de Lazare, il commença par se répandre longuement en considérations scientifiques, me retraçant l'historique des tergiversations qui, depuis le début du XXIe siècle, avaient agité les communautés scientifiques et politiques sur le réchauffement climatique. Selon lui, de scandaleuses campagnes de désinformation, orchestrées par les grands monopoles industriels, avaient considérablement retardé la prise de conscience de la gravité des conséquences de l'augmentation de la température. Il me montra des articles de revues scientifiques datant de 1980 qui alertaient déjà sur les risques de ce que nous vivions à ce moment. J'avais déjà entendu ce genre de discours, mais ces articles me troublèrent, tant ils étaient en contradiction flagrante avec la version officielle de l'imprévisibilité des bouleversements écologiques survenus au milieu du siècle. Lorsqu'il enchaîna sur l'affaire des particules-écran envoyées dans l'atmosphère, je l'interrompis.

— Excusez-moi de vous couper, mais je connais assez bien ces questions pour les avoir étudiées en détail et je n'étais pas venu pour parler de cela.

— Mais oui, mais oui, excusez-moi. Je voulais seulement être sûr que vous soyez bien au courant de tous ces problèmes. C'est important si vous voulez comprendre Lazare. Mais, évidemment, si vous les avez étudiés…

Il resta pensif un long moment, avant de reprendre.

— Bien sûr, bien sûr : vous êtes venu pour que je vous parle de Lazare. Comment pourrais-je vous faire comprendre quel genre de personne il était ?
D'abord, ce qui impressionnait tout le monde, c'était ses connaissances scientifiques. Il n'apprenait pas les sciences, il les connaissait. Un jour, un de ses professeurs de mathématique m'a dit : « Lazare, il est bilingue : sa langue maternelle, c'est les maths, et il a fait français en seconde langue ». C'était un cas unique. On avait l'impression qu'il connaissait déjà tout ce qu'on enseignait dans les cours.
Ensuite, il était d'une curiosité insatiable. Chez lui, tout était prétexte à réflexion et il voyait les lois de la nature partout.

— Comment cela ?

— Par exemple, un jour, nous étions au restaurant universitaire avec lui et d'autres étudiants. Il devait avoir 15 ou 16 ans. Depuis un moment, il ne participait plus à la conversation, observant les gens qui allaient et venaient dans le restaurant. Soudain, il avait dit : « C'est marrant, même ce restaurant est soumis aux lois de la mécanique quantique. » Nous avions l'habitude de ce genre de formule provocatrice et aussitôt tout le monde s'était tu, attendant la suite. « Oui, regardez : le nouveau gérant a fait poser des tourniquets aux entrées et aux sorties du restaurant. Il veut sans doute mesurer la fréquentation de son établissement. Sauf que, du coup, il a modifié la circulation en ralentissant l'entrée et la sortie des gens. Comme en mécanique quantique, l'instrument de mesure perturbe la grandeur qu'il mesure ». Ensuite, il a poussé son idée encore plus loin : « Même le principe d'incertitude d'Heisenberg s'applique : le gérant ne peut pas connaître avec précision en même temps le nombre de personnes présentes dans le restaurant et le nombre d'entrées et de sorties. S'il veut connaître exactement le nombre de personnes dans le restaurant, il doit fermer les tourniquets pour compter les gens et du coup, il ne peut plus observer les entrées et les sorties. ». C'était comme ça sans arrêt. Sur les théories les plus complexes, il avait tout le temps des idées simples avec lesquelles il jonglait pour amuser les autres.

— Effectivement, je comprends la mine réjouie des étudiants dans le reportage.

— Mais il ne faisait pas que s'amuser. Il avait aussi l'art de nous conduire à des questions fondamentales du genre de celles qui vous restent collées à l'esprit, et que vous retournez dans tous les sens sans pouvoir vous en débarrasser. Plus tard, il m'a reparlé du restaurant : « En posant des tourniquets, le gérant a créé quelque chose qu'il a appelé "le nombre de gens dans le restaurant". Mais, avant les tourniquets, le "nombre de gens dans le restaurant" n'existait pas vraiment, parce qu'il y avait toujours des gens en train de sortir et d'entrer. De la même manière, nous autres physiciens, avec nos appareils nous créons des objets qui n'existent pas vraiment dans la nature, comme les particules atomiques, par exemple. » Et il a ajouté : « Le gérant a créé "le nombre de gens dans le restaurant" parce qu'il en a besoin pour mieux gérer son affaire. Mais nous, dans quel but créons-nous les particules ? »

– Il avait des bonnes notes dans toutes les matières ?

Feynmann rigola :

– Très vite, les professeurs ont arrêté de lui mettre des notes. Cela aurait été inutile, incongru, même. D'ailleurs, les médias ont parlé de son agrégation, mais à la fac, cela faisait marrer tout le monde : il n'a pas vraiment passé l'examen. On lui a donné le diplôme quasiment comme un gag.

– Mais comment se fait-il qu'on n'ait jamais parlé de lui après ce reportage ?

– Ah, ça !... Peut-être que c'est lui qui a préféré rester à l'écart. Il se méfiait de la médiatisation. Il détestait que l'on s'attarde sur ses facultés intellectuelles. Une fois, le magazine interne de la fac avait diffusé une série d'interviews de ses professeurs, tous plus dithyrambiques les uns que les autres. Cela l'avait rendu furieux. D'ailleurs, c'était depuis ce temps-là qu'on avait arrêté de lui mettre des notes. On n'avait eu peur qu'il quitte la fac. Il n'aimait pas être en vue. Beaucoup de gens lui demandaient de s'impliquer politiquement, au niveau étudiant à la fac, et même au niveau de l'Europe du Nord. Il ne voulait pas. À mon avis, c'est pour ça qu'il est parti sans prévenir. Ceux qui étaient les plus proches de lui ont rapporté qu'il avait parlé de s'isoler quelque temps, de prendre une période sabbatique.

— Quand je vous ai contacté, mon but était de le rencontrer.

Il me fixa longuement de façon assez gênante.

— Pourquoi voulez-vous le rencontrer ?

Après ce qu'il venait de me dire sur le goût de Lazare pour la médiatisation, le motif du moviemag européen n'était sans doute pas la bonne réponse.

— Au départ, je cherchais un sujet de reportage pour mon magazine mais maintenant, je suis sur un autre sujet. Néanmoins, je reste étonné qu'un personnage qui a l'air si exceptionnel soit resté totalement inconnu. Plus on en apprend sur lui, plus on a envie de le connaître. Indépendamment de mon métier de journaliste, j'aimerais beaucoup le rencontrer. Savez-vous ce qu'il fait maintenant ?

Feynmann continuait à me dévisager.

— Lazare était vraiment différent, vous savez. Il y a eu ce reportage sur lui parce qu'il a établi un record. Les gens sont friands de records. Dans le domaine scientifique, en plus, cela les rassure : « La science avance, elle va pouvoir nous protéger encore plus. Tout va bien ». Mais s'intéresser à Lazare pour cela, c'est ignorer l'essentiel. Une fois de plus, les médias ont été complètement à côté de la plaque. Lazare était très doué, c'est vrai. Bien plus encore que ses diplômes ne le laissent supposer. Mais ce n'est pas sa qualité principale. Il n'est pas seulement différent des autres étudiants, il est différent de tout le monde.

En dehors du fait que je pensais qu'il s'emportait un peu, je remarquai qu'il s'était mis à parler de Lazare au présent.

– C'est manifestement quelqu'un d'exceptionnel. Ne croyez-vous pas que nous avons besoin de gens comme lui ? Ne pourrait-il pas contribuer à faire évoluer les choses ? Le monde étouffe et nos dirigeants ne font rien. C'est peut-être une chance.

– Oubliez ça. Je vous ai dit que Lazare ne veut pas en entendre parler. Pas comme vous l'imaginez en tout cas.

– Comment pouvez-vous être si sûr ? Vous avez encore des contacts avec lui ? Vous savez où il est ?

– Non, je n'ai plus eu de contacts avec lui depuis longtemps et, en ce moment, j'ignore où il est. Mais je peux vous indiquer un endroit où l'on pourra vous en dire plus.

Le professeur alla chercher une vieille carte en papier qu'il déplia soigneusement sur la table, en veillant à ne pas aggraver la déchirure des plis. C'était une carte de l'Europe du Nord, datant sans doute du siècle dernier : les forêts y étaient encore représentées, sous forme de taches vertes. De son index, il pointa une région de l'Intérieur, au-delà du désert de Beauce, près de ce qui s'appelait, à l'époque de sa carte, le lac du Der Chantecoq.

– Il faut que vous alliez là ! Vous pourrez y trouver des

informations, parce que c'est là que Lazare est né.

Je crus qu'il se moquait de moi. Il indiquait une région qui avait été évacuée parmi les premières, à la fin des années 30. Je commençais à me demander si le vieux savant ne déraillait pas.

— Mais ces régions sont inhabitables. Elles ont été évacuées il y a plus de vingt-cinq ans. Vous êtes sûr que Lazare est de là ?

Feynmann repliait déjà sa carte, avec moult précautions.

— Écoutez, je vous ai dit ce que je peux vous dire. Si vous voulez avoir une chance de rencontrer Lazare, il faut que vous alliez à l'endroit que je vous ai indiqué sur la carte. À partir de là, faites comme vous voulez.

Rangeant soigneusement le précieux document, il ajouta avec un agacement mal contenu :

— Que décidez-vous ?

— Excusez ma réaction. Je ne m'attendais pas du tout à ça. Oui, bien sûr, je souhaite rencontrer Lazare.

En fait, le ton de sa question m'avait remis les idées en place. Non seulement son récit avait relancé mon intérêt pour Lazare, mais je m'étais surtout rendu compte que je tenais peut-être un scoop extraordinaire sur l'existence de populations vivant encore dans les terres de l'Intérieur.

Feynmann me tendit un papier, sur lequel était écrit le nom du lieu où je devais me rendre – Le Val d'Osne –, et une picocard.

– Lazare a oublié cette carte mémoire sur mon bureau la dernière fois que je l'ai vu. Je n'ai jamais eu l'occasion de la lui rendre. Ce sont probablement des notes sans grande importance, mais lisez-la, cela vous permettra de voir un peu comment il fonctionne.

§

Sur le chemin du retour, je révisai à nouveau mon plan de travail : la paranoïa des théoriciens du complot repassait au second plan et Lazare Méradec reprenait la priorité. Le problème était maintenant de trouver la meilleure façon de présenter les choses à la rédaction. L'histoire de Lazare constituait en soi un sujet qui passerait sans trop de difficultés, même si sa banalité n'allait pas arranger ma cote auprès de la Direction. En revanche, la possibilité d'habitants dans les terres de l'Intérieur pouvait faire un reportage beaucoup plus valorisant, à condition que la vraisemblance même de l'information ne soit pas rejetée d'emblée.

Perdu dans ces réflexions, je regardais au-dehors l'interminable enfilade d'immeubles vitrés se découpant sur un ciel parfaitement bleu, décor immobile au pied duquel s'écoulait avec une parfaite régularité un flux ininterrompu de véhicules. J'aurais pu être le seul être vivant de ce monde bien ordonné. On ne voyait personne ni dans les rues, ni dans les voitures, ni dans les immeubles protégés par leurs épaisses vitres anti-UV. Cela faisait trente-cinq ans que je vivais dans cette ville, et c'était la première fois que je prenais conscience de cette absence d'êtres humains.

Le lendemain matin, au réveil, ces états d'âme persistaient mais ils furent efficacement dissipés par mon rédacteur en chef. Il m'appelait pour me faire savoir, en moins de vingt secondes, qu'il aurait aimé avoir de mes nouvelles plus tôt, qu'il ne me restait que dix jours, et que j'avais intérêt à ramener un sujet convaincant.

— Je suis sur un truc. Je ne veux pas en parler pour l'instant, mais je t'assure que ça sera vraiment un scoop.

— Ah ? Eh bien, je te conseille de te magner un peu pour le sortir ton scoop.

— Je serai dans les temps, mais…

— Tu seras dans les temps ou pas ?

— Oui, oui, mais pour continuer mon enquête… il me faudrait une voiture.

— OK, prends la tienne, je te rembourserai les frais.

— Non, il me faudrait une voiture à essence.

— Une essence ?

— Oui, il faut que j'aille dans les terres de l'Intérieur, dans une région où il n'y a pas de distribution d'hydrogène.

— Qu'est-ce que tu vas aller faire dans l'Intérieur ? Il y a longtemps qu'il n'y a plus rien à voir là-bas. Qu'est-ce que c'est que ce plan foireux ?

— Non, je t'assure, c'est vraiment intéressant. Mon enquête est déjà bien avancée, mais j'ai besoin de cette voiture.

— Passe à la rédaction. On va voir ça.

Je pensais avoir ma journée pour étudier le voyage avant de décider d'y aller ou non, mais maintenant, la question ne se posait plus.

Au journal, cela se passa plutôt bien. J'avais un peu noyé le poisson entre le cas Lazare et l'existence d'habitants dans les terres de l'Intérieur. J'avais prétendu avoir des raisons de penser que des gens avaient vécu là-bas plus longtemps qu'on le croyait et que je voulais aller retrouver les preuves de cette hypothèse. Non seulement le patron ne refusa pas l'idée, mais en plus le projet d'aller dans les régions de l'Intérieur me valut un certain intérêt de la part des autres journalistes. Leur curiosité se transforma carrément en admiration lorsqu'ils prirent conscience qu'on ne pouvait y aller qu'en voiture à essence.

— J'espère que tu sais ce que tu fais, avait conclu le boss sans masquer son scepticisme.

Il valait mieux que je garde la réponse pour moi.

§

Les voitures à essence n'étaient plus fabriquées depuis de nombreuses années, et elles commençaient à devenir assez rares. Il me fallut faire trois concessionnaires pour en trouver une correcte. C'était une Peugeot de 58. En bon état, elle faisait partie des premiers modèles à pilote 100 % automatique sur autoroute et dotés de vitrages variables à très haute protection anti-UV. En revanche, elle était encore équipée du volant classique, et il me fallut un moment pour me réhabituer à ce type de conduite.

Avant de rentrer chez moi, je repassai à la rédaction pour étudier mon itinéraire et, surtout, rassembler des informations sur les terres de l'Intérieur. Je les connaissais seulement en tant que touriste, ayant visité Paris — comme tout le monde — ainsi que les anciennes installations pétrolières du XXe siècle, à Lyon. J'avais gardé un souvenir assez marquant de l'ancienne capitale dont la plupart des édifices étaient restés en très bon état.

En fait, il y avait peu d'informations. Les cartes et les photos satellite n'avaient pas été mises à jour depuis 2043, et le dernier reportage que j'avais trouvé datait de 2048. Apparemment, plus personne ne s'était intéressé à ces régions depuis cette époque. Je trouvai quand même des documents mentionnant l'existence de zones restées habitées après les opérations d'évacuation, subsistant grâce à la présence de quelques points d'eau. La population était estimée entre 200 et 500 personnes au maximum à cette époque. Lazare devait être né en 2035 ; il était donc plausible qu'il fasse partie de ce groupe. Dans un débat de 2042, un biologiste affirmait qu'il serait impossible à ces populations de survivre dans cette région. Il expliquait que, même s'il pouvait y avoir suffisamment d'eau en certains endroits, l'intensité du rayonnement ultra-violet était telle qu'ils ne pourraient pas cultiver de quoi assurer leur subsistance. Il ajoutait qu'en l'absence de moyens de se soigner, leur isolement finirait par leur être fatal, notamment à cause des maladies de peau. Questionné sur la possibilité de leur porter secours, un politique répondait qu'ils avaient dès le début refusé toute assistance et qu'en toute hypothèse cela aurait nécessité des moyens disproportionnés, à un moment où l'intégration des évacués dans les villes côtières était une priorité.

Le trajet le plus simple était de prendre l'autoroute Manche-Rhénanie jusqu'à Reims, puis la liaison Reims-Bâle jusqu'à la sortie Saint-Dizier. À partir de là, il fallait prendre une route — considérée comme praticable par mon navigateur — en direction de Joinville. Au-delà, plus rien de carrossable n'était indiqué et les photos satellite, toutes d'une qualité étonnamment mauvaise, ne fournissaient pas plus d'information.

§

Le lendemain, je programmai l'ordinateur de la Peugeot pour Saint-Dizier. Il m'indiqua que le trajet serait auto-piloté de Dieppe à Châlons-sur-Marne, et qu'il me faudrait ensuite reprendre la conduite manuelle. J'allais devoir impérativement faire le plein entre Vitry-le-François et Saint-Dizier, dernière station d'essence de mon trajet.

Dès que la voiture eut enclenché le pilote automatique, j'obscurcis au maximum le pare-brise et je chargeai la picocard de Lazare. Les pages étaient couvertes d'équations, enchaînées sans commentaire. Il s'agissait probablement de brouillons de maths ou de physique. Le plus souvent cela se terminait par un laconique « cqfd » appuyé d'un point d'exclamation. Pour moi, elles étaient incompréhensibles. En établissant ses démonstrations, Lazare devait se soucier de l'esthétique de la page car les formules étaient disposées comme les strophes d'un poème et l'ensemble dégageait une indiscutable harmonie. Souvent, les bords étaient agrémentés de petits dessins amusants. Je faisais défiler tout cela distraitement lorsqu'un élément attira mon attention. C'était du texte et il était daté :

« 5/5/56 – Dans nos rêves, nous voyons les choses par l'intérieur. C'est pour cela que le temps s'y écoule à l'envers. »

Plus que son contenu obscur, c'était la date qui m'intéressait : d'après Feynmann, la picocard avait été oubliée chez lui par Lazare. Contrairement à ce qu'il avait affirmé, Feynmann avait donc revu Lazare depuis son départ de la faculté, en l'occurrence plus de trois ans après. Je repris la lecture avec plus d'attention, dans l'espoir de trouver d'autres informations de ce genre. Les deux seules notes écrites en français étaient une annotation en marge de figures géométriques compliquées, redessinées de nombreuses fois sur elles-mêmes :

« Il doit y avoir un point de vue d'où l'on voit l'intérieur des objets comme on voit une surface en se plaçant au-dessus d'elle ».

… et une deuxième note datée sur laquelle je m'arrêtai :

« 29/5/56 – À retenir pour l'Arche : les jeux enseignent le monde, le monde est un jeu. »

L'Arche ? Certains articles que j'avais lus qualifiaient de mystiques, voire d'illuminés, les gens qui avaient voulu rester dans les terres de l'Intérieur. Et si Lazare avait fondé une secte ! Dans l'isolement imposé par la situation et avec son charisme exceptionnel, il avait très facilement pu devenir un gourou pour ces gens désemparés. Ce scénario était corroboré par l'attitude mystérieuse de Feynmann. N'étais-je pas en train de m'embarquer dans une aventure foireuse, ou même dangereuse ? Je poursuivis la lecture de la carte en espérant trouver d'autres indications, mais il n'y avait plus que des pages de calculs, illustrées de schémas, assez beaux, mais totalement indéchiffrables. En fin de compte, au lieu de m'éclairer sur la personnalité de Lazare, cette carte mémoire m'avait plutôt embrouillé. J'appelai Feynmann pour lui demander s'il savait quelque chose à propos de cette « Arche ».

Apparemment mon appel ne tombait pas très bien : il n'accepta que la communication audio.

– Excusez-moi, je me suis levé très tôt ce matin pour travailler, et du coup je faisais un petit somme. Que vous arrive-t-il ?

– Je suis en route pour le Val d'Osne et j'en ai profité pour visionner la picocard de Lazare. Il y parle de l'Arche. Est-ce que cela vous dit quelque chose ?

Aucune réponse ne venait.

– Allô ?

– Oui, oui, je suis là… Il parle d'une arche dans cette picocard ?

– Oui. Est-ce qu'il y a quelque chose qui s'appelle comme cela à la fac ? Un bâtiment, une salle ?

– Non, non, il n'y a rien de tel dans le campus.

– Ou alors une association, un groupe d'étudiants ?

– Non, je ne connais pas d'association de ce nom.

– Professeur ! S'il vous plaît, ne tournez pas autour du pot.

– Je vous l'ai dit : il faut que vous alliez au Val d'Osne. C'est là-bas que vous aurez les réponses à vos questions sur Lazare. Maintenant, excusez-moi, mais puisque vous m'avez réveillé, j'ai du travail.

Je n'étais pas plus avancé. Pour essayer de me changer les idées, j'éclaircis les vitres. Dehors, des collines désertiques, cramées par le soleil, s'étendaient à perte de vue. Leur surface pelée et leurs courbes régulières dessinaient les vagues d'un océan minéral. De loin en loin, la nappe noire d'une centrale photovoltaïque épousait parfaitement les ondulations du terrain. À travers les vitres anti-UV qui accentuaient le contraste et avec ce ciel bleu sans la moindre nuance, on aurait dit les images de synthèse d'un simulateur. Sur la voie en sens inverse, les véhicules défilaient, silencieux, anonymes.

En annonçant « Déconnexion du pilote automatique dans dix minutes », l'ordinateur de bord me fit reprendre conscience que, loin d'être dans un simulateur, j'étais vraiment en train de quitter la Gigapole et que j'allais vraiment vers les régions de l'Intérieur. Cela faisait plusieurs heures que je roulais dans ce paysage stérilisé et je ne pus empêcher un angoissant sentiment d'insécurité de m'envahir. En tant que journaliste, je me croyais à l'abri de ce genre d'état d'âme, mais je n'arrivais pas à me débarrasser de l'idée paranoïaque que Feynmann m'avait envoyé dans le repère de dangereux cinglés. Éprouvant le besoin de parler avec quelqu'un qui me reconnecte à mon univers familier, j'appelai la rédaction. Ce fut Marie-Laure, rédactrice au moviemag qui décrocha.

– Ah ! C'est toi ? Tu es où ?

– Je viens de passer Reims.

– Ah oui, c'est vrai, ton reportage mystère. Et tu vas où ?

– Près de Saint-Dizier.

– Saint-Dizier, c'est où ça ?

– Au sud-est de Reims.

– Mais dis donc, tu es malade : il n'y a pas d'autoroute vers le sud.

– Je sais, je vais d'ailleurs passer en manuel dans cinq minutes.

– Eh bien mon vieux, tu es gonflé, toi.

– En fait, ça me fout un peu la trouille, c'est pour ça que j'appelais.

– Qu'est-ce que tu veux qu'on fasse ?

– Non, rien. J'appelais juste comme ça, pour parler.

– Ah ?

– Oui. Bon, je te laisse, le pilote automatique va se déconnecter. Salut, merci d'avoir répondu. À plus…

Après coup, je me rendis compte de l'incongruité de mon appel. Marie-Laure était plutôt une rivale à la rédaction, et elle n'avait certainement pas dû comprendre que je lui fasse part aussi directement de mes inquiétudes. Dans le monde du journalisme, il n'était pas prudent de laisser paraître la moindre faiblesse.

Je n'eus pas le loisir de méditer plus longtemps sur la question car les bip-bip du processus de déconnexion du pilote automatique s'accéléraient pour m'inciter à prendre les commandes en main. Quelques centaines de mètres plus loin apparut la bifurcation vers Vitry-le-François, Épinal et Bâle dans laquelle je m'engageai. La route ne comportait plus qu'une seule voie dans chaque sens car elle ne servait qu'aux convois de marchandises qui faisaient la navette entre le complexe industriel de Bâle-Mulhouse et la Gigapole. Pilotés automatiquement par les satellites, ils roulaient tous à la même vitesse et n'avaient pas besoin de se doubler. Seule une étroite voie de dégagement permettait de garer un convoi victime d'une défaillance technique. Le long de la route, les collines pelées avaient fait place aux restes d'anciennes étendues forestières. La plupart des troncs étaient encore debout, avec des moignons de grosses branches encore tendues vers ce ciel qui les avaient tués. Sur certaines portions, ils étaient calcinés, témoignant des gigantesques incendies qui avaient fait rage pendant la grande sécheresse. De loin en loin, on apercevait les ruines de villages et de fermes isolées. J'avais vu de nombreux reportages sur la grande sécheresse des années 30, et les images spectaculaires des incendies de forêt me revenaient à l'esprit. Mais, pour moi, cela appartenait à un passé qui ne faisait pas partie de mes souvenirs. Là, c'était du présent. Ces millions d'arbres morts, je les voyais, à l'endroit même où ils avaient été vivants. Maintenant, tout était sec, écrasé de chaleur sous ce ciel définitivement bleu.

À mesure que je m'enfonçais dans ce pays abandonné, le manque de préparation de mon expédition devenait flagrant. Malgré tout ce que je croyais savoir sur les régions de l'Intérieur, je ne m'étais jamais imaginé à quel point l'homme n'y est plus bienvenu : pas d'eau, pas de nourriture et aucun abri pour se protéger du rayonnement mortel du soleil. Ce petit disque blanc parfait au milieu de ce ciel parfait ne m'avait jamais paru aussi hostile. Mentalement, je récapitulai ce que j'avais pensé à emmener : en tout et pour tout, un litre et demi d'eau, des vêtements, des lunettes haute protection et une quantité délirante de Mélanidan, de quoi protéger la peau de tout un régiment. Il ne me restait plus qu'à espérer que ma destination serait plus accueillante que ce que je voyais au-dehors.

Après les forêts mortes, la route passait au bord de Vitry-le-François. Dans les rues, il n'y avait pas de désordre. Tout ce qui n'était pas en métal ou en béton avait été dégradé par le rayonnement solaire, puis balayé par les violents vents thermiques. Il ne restait plus que les immeubles intacts et les carcasses des voitures, bien garées le long des trottoirs. Ce qui était frappant, c'était l'absence de couleur. Les ultra-violets avaient effacé toute nuance colorée et la ville entière avait pris une teinte uniformément gris ciment. J'avais déjà vu cela à Paris, mais la visite se faisait de nuit, et l'éclairage des projecteurs de l'autocar rendait les choses moins sinistres. Ici, il n'y avait que du bleu, du gris clair au soleil, et du gris quasiment noir à l'ombre. Je scrutais ce décor à la recherche de quelque chose de mobile ou de coloré, lorsque l'ordinateur de bord se manifesta à nouveau : j'approchais de la station-service à laquelle je devais faire le plein. N'ayant jamais eu affaire à ce genre d'opération, je me félicitai que ma voiture soit équipée du système automatique de ravitaillement. Mais mon optimisme fut anéanti dès que je pus distinguer les détails du poste d'essence. C'était comme dans les reportages sur les hordes. Sans doute victime de pillages à répétition, la station était complètement délabrée. Elle avait l'air hors d'usage. Sans ce ravitaillement, je n'allais pas avoir assez d'essence pour revenir. À l'approche de la voiture, la porte de la station s'ouvrit cependant normalement et, même prononcé avec une voix synthétique digne du siècle dernier, le message standard de bienvenue me parut chaleureux. Le ravitaillement se déroula sans incident, et je repartis rassuré, retirant tout ce que j'avais pu dire ou penser de mal sur les fonctionnaires qui entretiennent les autoroutes.

La route allait jusqu'à Saint-Dizier. Ensuite, il ne me restait qu'une vingtaine de kilomètres, mais sur des voies non entretenues. D'après les documents les plus précis que j'avais pu trouver, il y avait trois zones potentiellement restées habitées après les évacuations, dans trois vallées parallèles. Le Val d'Osne, d'où Lazare était censé être originaire, était l'une de ces vallées. À la sortie, indiquée « Joinville », un grand panneau avertissait le voyageur qu'il quittait le réseau routier de l'Europe du Nord et qu'il se déplaçait désormais à ses risques et périls.

Il me fallut pratiquement une heure pour faire les quinze derniers kilomètres. Au début, la chaussée était encore goudronnée mais, par endroits, le revêtement était décomposé et j'étais obligé de slalomer pour éviter les zones délitées où les roues s'enfonçaient comme dans du sable. Sur quelques kilomètres, le trajet longeait l'ancien lit de la Marne. Il était hérissé de bosquets d'arbustes desséchés, vestiges de la végétation qui l'avait envahi après que le cours de la rivière se fut tari. Progressivement, l'asphalte avait complètement disparu. La route était de plus en plus mauvaise. Quittant la Marne, elle n'était plus faite que de nids-de-poule et de cailloux saillants, m'obligeant à une conduite attentive et très ralentie. Finalement, épuisé, j'arrivai à un petit village abandonné, à l'entrée duquel il y avait encore une pancarte en tôle où l'on pouvait deviner qu'avait été inscrit « Le Val d'Osne ». L'ordinateur me confirma que j'étais arrivé à destination, mais il n'y avait pas le moindre indice d'activité humaine. Je commençais à craindre que les théories sur les possibilités de survie dans ces régions ne fussent exactes, et à calculer à quel moment il faudrait faire demi-tour pour être sûr d'avoir assez d'essence. À la sortie du village, la route redevint facile, sans nids-de-poule ni pierres. Cela m'encouragea à continuer un peu et, après environ trois kilomètres, ce fut le choc. À quelques centaines de mètres sur ma droite, de l'autre côté du lit de la rivière, il y avait une colline élevée aux pentes abruptes. Sur au moins deux kilomètres, elle avait été coupée net, verticalement, laissant à nu la pierre jaune et blanche. Il me fallut de longues secondes pour m'habituer au contraste de lumière et distinguer ce qu'était la masse noire qui se nichait à l'abri de l'ombre perpétuelle projetée par cette falaise artificielle. J'en eus un frisson d'émotion et mon inquiétude se transforma aussitôt en une grande excitation : entre la route et la falaise, le terrain était entièrement couvert de végétation, bien verte, et visiblement bien domestiquée. D'où j'étais, je pouvais déjà apercevoir l'arrangement de carrés de culture potagère parsemés des petites taches colorées correspondant sans doute à des fleurs ou à des légumes. Impatient, je m'engageai sur le chemin qui, traversant le lit de la rivière, menait à cette incroyable oasis. Dans la zone ombragée, le chemin était longé par un petit canal qui apportait aux jardins une eau abondante. Par endroits, il y avait quelque chose que je n'avais jamais vu en vrai : des herbes folles, avec des fleurs sauvages. Entre les deux côtés de la route, le contraste de lumière et de couleurs était extrême : à l'ombre de la falaise, une végétation vivante et multicolore ; en face, au soleil, une colline de caillasse morte et uniformément beige. Mais il y avait aussi une différence plus subtile. De l'autre côté, c'était l'immobilité absolue, photographique, comme les enfilades d'immeubles de la Gigapole. Dans l'oasis, au contraire, il y avait du mouvement : l'eau qui coulait dans le canal, les plantes, agitées par les légers courants d'air et même des insectes qui voletaient çà et là.

J'avançais tout doucement, espérant apercevoir des habitations ou des habitants dans cette épaisse verdure. Ce fut un habitant qui m'apparut en premier, en la personne d'un gamin qui courait après un papillon en agitant un grand filet. Il était couvert de la tête aux pieds et il portait des gants. Lorsqu'il vit ma voiture, il s'arrêta net, lâcha son filet et s'enfuit en disparaissant dans un chemin tracé dans les fourrés. Je stoppai, ne sachant trop quoi faire et n'osant pas descendre. J'étais surpris de ne pas voir de maisons, mais la végétation était épaisse, et elles devaient être cachées. L'enfant réapparut tout de suite, accompagné d'un adulte à qui il montrait ma voiture. L'homme était grand et mince, vêtu comme un paysan du XXe siècle, d'un vieux pantalon un peu large et d'une chemise à gros carreaux. Il se tenait très droit et portait un large chapeau de paille qui m'empêchait de distinguer les traits de son visage. Il dit quelque chose à l'enfant qui détala aussitôt. Il s'arrêta à deux ou trois mètres de la voiture. Ayant baissé la vitre de ma portière, je lui adressai le « Bonjour » le plus détendu et le plus amical possible, mais ma nervosité devait se voir car je n'obtins aucune réaction. Je ne voyais que ses yeux bleus qui me fixaient avec attention. Je m'efforçai d'expliquer la raison de ma présence, en évoquant des motifs scientifiques afin d'éviter de parler de journalisme. L'homme restait impassible. J'insistai sur ma surprise de découvrir cette magnifique oasis en plein territoire de l'Intérieur, toujours sans résultat. Finalement, j'eus l'heureuse idée d'indiquer que c'était le professeur Feynmann qui m'avait suggéré de venir. J'avais dit ce qu'il fallait et il s'approcha.

– Les amis du professeur sont les bienvenus au Val d'Osne. Allez donc garer votre voiture à l'abri, au bout de ce chemin, sur votre droite. Je vous retrouve à la maison.

Il avait dit cela très aimablement, comme si tout à coup ma présence était devenue normale. Je m'exécutai en empruntant le chemin indiqué. Au bout, se trouvait effectivement un hangar, occupé en partie par de la paille, et en partie par du petit matériel agricole du genre de ce qu'on pouvait voir dans les musées de la Gigapole. Un peu plus loin, il y avait un grand chalet en bois peint de couleurs gaies, avec un vaste perron couvert. Une fois garé, je ne voulais pas sortir, craignant que, même à l'ombre de la falaise, le rayonnement du ciel ne fût encore très nocif à cette heure de la journée. Au bout de quelques minutes, deux femmes sortirent du chalet et vinrent à la voiture. Elles étaient vêtues de robes longues légères, et coiffées de fichus blancs. L'une d'elles avait le visage caché derrière un pan de son fichu et elle portait des gants. L'autre, qui tenait une grande ombrelle, s'adressa à moi :

— Bonjour et bienvenue au Val d'Osne. Mon nom est Aurore et voici ma fille Pascale. L'homme que vous avez vu tout à l'heure est mon mari. Il s'appelle Nicolas. Il va vous recevoir, mais en attendant, si vous voulez bien me suivre, je vais vous montrer la chambre où vous pourrez vous rafraîchir et vous reposer.

Comme je m'apprêtai à leur emboîter directement le pas, elle s'étonna :

— Vous n'avez pas de bagage ?

— Non, je compte repartir ce soir même.

— Vous ne passerez pas la nuit ici ? Mon mari sera déçu. Le professeur Feynmann lui a parlé de vous et je crois qu'il aimerait que vous restiez un peu.

— C'est que je ne savais pas...

— En plus, il ne serait pas raisonnable de repartir aussitôt après un tel voyage. Vous avez des choses importantes à faire demain ?

Comment aurais-je pu prétendre avoir quelque chose de plus important à faire ?

— Allons, c'est entendu. Vous verrez, je vous préparerai un bon dîner.

Les deux femmes m'entraînèrent dans la maison, se pressant pour ne pas rester trop longtemps dehors. L'escalier et le couloir menant à la chambre étaient en bois. Ils craquaient et l'on sentait certaines lattes bouger sous ses pas, choses insolites que j'expérimentai avec délectation. Aurore me présenta la chambre et s'effaça aussitôt.

— Surtout, ne vous gênez pas, s'il vous manque quelque chose, appelez-moi.

Je m'allongeai sur le lit, inspectant la pièce du regard. Une armoire en bois travaillé, du parquet, un petit tableau de travers, un lit métallique aux pieds ornés de deux grosses boules en laiton, une coiffeuse avec une glace ovale. C'était déjà à cent lieues de mon univers habituel, mais il y avait en plus quelque chose d'extraordinaire : la fenêtre était ouverte ! Par elle, venaient des odeurs, qui se mélangeaient ou se remplaçaient au gré des courants d'air brassés par le ventilateur du plafond. Cela sentait bon. Un mélange de parfums d'humus, de fleurs et d'herbe fraîche qui me rappelait un peu les jardins couverts de la Gigapole, mais avec une subtilité et des variations incomparables. Ce plaisir des sens procurait un bonheur nouveau pour moi : simplement celui d'être vivant.

§

Les coups frappés à ma porte me réveillèrent en sursaut. Aurore me demandait de descendre pour le dîner. Il faisait presque nuit et, du dehors, montait un brouhaha que je n'arrivais pas à reconnaître. Il me fallut aller jusqu'à la fenêtre pour comprendre : sur la petite place qui était déserte lors de mon arrivée, régnait maintenant une agitation incroyable. Elle grouillait de gens qui parlaient et riaient fort, d'ânes et de chevaux, chargés à mort ou tirant une carriole, et même d'animaux de basse-cour en liberté. Des enfants, agglutinés autour de ma voiture, se chamaillaient pour approcher et essayer de voir à l'intérieur. Ne craignant plus ni la chaleur, ni le rayonnement du ciel, le Val d'Osne s'était animé d'une activité débordante et désordonnée.

Je descendis à la hâte, impatient de voir cela de près. Ma famille d'accueil m'attendait sur le perron de la maison. En bras de chemise et en pantoufles, Nicolas était assis dans une vieille chaise longue en rotin un peu décatie. Assise en tailleur dans un grand fauteuil, Pascale était plongée dans un livre de philo. N'ayant plus besoin de se couvrir comme lorsqu'elle était venue m'accueillir, elle avait remplacé sa robe longue par un simple tee-shirt trop grand. Dans le faible éclairage du perron, la blancheur de sa peau était impressionnante. Aurore et une amie, accoudées à la balustrade, bavardaient en regardant la rue où les gens se pressaient.

– Venez vous asseoir avec nous. Vous voyez : il y a beaucoup de monde ce soir devant chez nous. C'est que les gens sont curieux. Ils font un détour pour voir l'homme venu de la Côte. Les nouvelles vont vite dans notre village. Vous êtes déjà célèbre.

Nicolas parlait lentement, d'une voix assurée. Il devait avoir une soixantaine d'années, accentuée par les traits de son visage, marqué par trop d'exposition à la lumière du ciel.

– Dans cette vallée, je suis un peu le chef, le maire, si vous voulez. C'est pourquoi vous êtes chez moi : je dois connaître tous les gens qui viennent au Val. Alors, expliquez-moi un peu…

Après avoir bêtement décliné mon identité, je lui racontai en détail le cheminement qui m'avait amené au Val d'Osne. Tout en répondant d'un geste distrait aux salutations que lui adressaient les passants, il m'écoutait avec attention. Les péripéties de mes contacts avec Feynmann, en particulier, l'amusèrent beaucoup. Pascale, bien qu'ayant l'air absorbée par sa lecture, suivait également, comme le montra l'air étonné qu'elle fit lorsque je citai le nom de Lazare. Avant que j'eusse terminé, Nicolas m'interrompit.

– Feynmann m'a fait part de vos doutes quant au fait que Lazare soit né ici. Pourtant, les informations qu'il a données à la fac sont exactes. Il est bien né ici et je peux vous dire que tout le monde s'en souvient. C'était le jour du banquet que nous organisons chaque année entre les trois vallées. Tout le monde ripaillait quand un gosse est arrivé en courant dans tous les sens et en criant « Marianne a eu son bébé, Marianne a eu son bébé ! » Tout le monde s'est précipité chez Marianne pour la féliciter et on a passé toute la fin de la nuit chez elle à chanter et danser. La pauvre était épuisée, mais ravie de pouvoir participer de cette façon à la fête. Vous voyez : à cette époque les gens vivaient très normalement, ici.

– Effectivement, on nous a tellement rabâché que l'Intérieur est un désert inhabitable, stérilisé par la sécheresse et le rayonnement solaire, que j'ai du mal à imaginer le sud de la France couvert de champs et de forêts... comme tout le monde sur la Côte, d'ailleurs.

– C'était encore le cas jusque dans les années 20 ! C'est à partir de 2030 que la sécheresse a commencé à dégrader la situation. Seules les zones que l'on pouvait irriguer toute l'année grâce à des forages de plus en plus profonds sont restées à peu près en bon état. On aurait sans doute pu continuer ainsi, en laissant les régions manquant d'eau se désertifier, mais l'éruption solaire géante du 21 avril 2036 a été le coup fatal. En arrivant au niveau de la Terre, le vent solaire a déclenché des réactions chimiques avec les particules soufrées qui restaient de l'opération ratée de 2034. En quelques jours, ces réactions on détruit l'ozone stratosphérique à 98 %. Le rayonnement UV est devenu mortel, y compris pour les plantes. À partir de là, ça s'est dégradé très vite. Pour rester dehors, il aurait fallu se protéger entièrement du soleil avec des vêtements épais, mais c'était difficile à cause de la chaleur. Comme il n'y avait eu aucun changement visible, les gens n'ont pas vraiment cru au danger. En quelques semaines, les hôpitaux ont été submergés de gens très gravement brûlés. Le pays n'était pas du tout préparé à une telle catastrophe. Voyant la croissance exponentielle de la mortalité, le gouvernement a pris la décision d'évacuer tout le pays au sud de Paris, puis Paris elle-même. Je crois qu'ils ont eu raison. D'ailleurs, tous les pays de l'hémisphère nord ont fait la même chose, concentrant leurs populations dans les grandes métropoles.

— Et malgré cela, les gens du Val d'Osne sont restés ?

— Une partie, oui. Nous avions de l'eau en abondance grâce à une source qui n'avait jamais baissé pendant la sécheresse. Cela a permis à un petit groupe de décider de rester. En principe, c'était interdit mais, en fait, les responsables avaient d'autres chats à fouetter et ils ne s'en occupaient pas.

— Mais, comment avez-vous pu rester ignorés du monde jusqu'à maintenant ?

— La quasi-totalité des 450 millions de vos compatriotes ignorent notre existence, mais pas vos gouvernants. Vous imaginez bien que, vue d'un satellite, la tache verte du Val d'Osne se voit comme le nez au milieu de la figure.

— Quand j'ai regardé les images satellite, je n'ai pas vu de verdure.

— Les images publiées sont trafiquées. D'autant plus que nous ne sommes pas les seuls, loin de là. Dans toute l'Europe, il y a des dizaines d'autres lieux comme cette vallée. Nous communiquons entre nous en permanence, et, même si nous le faisons de nuit, nos déplacements ne leur échappent pas non plus.

– Incroyable ! Mais pourquoi gardent-ils cela secret ?

– Ils ne savent pas quoi faire. Au début, le gouvernement était débordé par l'organisation des évacuations et le relogement des gens. Ils ont commencé par nier la situation pour éviter les polémiques. Le rapatriement était assez compliqué pour ne pas se mettre à dos des mouvements de protestation, d'autant plus qu'ils ont compris assez tôt qu'il allait falloir aussi évacuer Paris. Après, ils ne pouvaient pas reconnaître qu'ils avaient laissé des gens « griller dans les régions de l'Intérieur ». Cherchez bien dans les revues de l'époque : vous verrez qu'on en parlait. Mais, rapidement, les médias se sont focalisés sur les problèmes d'intégration des rapatriés. Maintenant, il y a un statu quo qui arrange tout le monde… plus ou moins.

– C'est-à-dire ?

– Dans les instances gouvernementales, nous sommes une sorte de secret de famille. Vous savez, ceux pour lesquels tout le monde est d'accord que le mieux est de ne pas en parler. Alors ils nous fichent la paix, à condition que nous ne fassions pas de vagues.

– Incroyable !

– Amusant, je trouve… Mais cela n'empêche pas l'existence de tensions internes. Certains voudraient nous réintégrer de force tandis que d'autres nous défendent et même, pour quelques-uns, nous aident.

– De quelle manière ?

– On vit bien, au Val d'Osne, mais nous manquons de beaucoup de choses : des pièces électroniques, des médicaments, du carburant, etc. Alors il y a des arrangements entre nous et certains membres du gouvernement qui nous font parvenir des marchandises indispensables. Mais tout cela repose seulement sur quelques hommes. C'est très fragile.

Aurore interrompit la conversation :

– À table !

Depuis un moment, mon attention faiblissait à cause d'une odeur de cuisine qui envahissait le perron. J'attendais cette injonction avec impatience.

– Ah ! fit Nicolas en se levant aussitôt, là vous allez pouvoir nous dire ce que vous pensez de la vie dans le désert de l'Intérieur. Entrons.

L'aménagement de la maison était vétuste, avec des meubles dépareillés et en assez mauvais état. Je ne pus m'empêcher de penser qu'il y avait là quelques antiquités du milieu du XXe siècle qui feraient un bon prix dans la Gigapole. Le mur du fond était occupé par une impressionnante bibliothèque de livres imprimés et de vidéodisques. De l'autre côté, devant un canapé élimé, il y avait un vieil écran à plasma accroché au mur.

– Cet écran nous sert beaucoup pour les DVcards que nous envoient les autres communautés, dit Nicolas. C'est un moyen d'échange que nous utilisons beaucoup parce que c'est plus discret. Nous avons aussi un récepteur satellite pour regarder les émissions de la Gigapole, mais il est en panne.

— Oui, d'ailleurs ça fait un moment que tu es censé le réparer « demain, sans faute », ajouta Pascale.

— C'est vrai. Mais de toute façon, nous ne regardions plus ces émissions, étrangères pour nous et très monotones.

— Que <u>tu</u> ne les regardais plus ! corrigea Aurore, apportant une soupière fumante.

— Vous aimez la soupe de potimarron ? me demanda-t-elle, en remplissant les assiettes une à une.

Je n'avais pas la moindre idée de ce que pouvait être le potimarron.

— Je vous ai fait ça parce que je pense que vous n'en avez jamais mangé. Vous allez voir, c'est très bon.

C'était effectivement délicieux et nous en profitâmes tous en silence jusqu'à ce que Nicolas reprenne son récit.

— Lazare a beaucoup influé sur notre destin. Il y a vingt ans, le moral était au plus bas dans les vallées. À cette époque, la densité d'ozone stratosphérique était tombée quasiment à zéro. Aucun animal ni aucune plante ne supportaient le rayonnement solaire. La production alimentaire était devenue vraiment problématique. Malgré les précautions, le taux de cancers était très élevé. Certains commençaient à dire qu'il fallait partir et rejoindre la Côte. Lazare avait une douzaine d'années, et tout le monde le connaissait déjà. Il a fait une véritable campagne. Il allait tout seul voir les gens, dans les vallées. Il leur remontait le moral, les aidait à résoudre des problèmes matériels, il les faisait rire. Il leur disait : « Moi, je ne pars pas : ma maison est ici, pas sur la Côte ». Il avait déjà une force de conviction incroyable et personne n'a osé le décevoir. C'est grâce à lui que nous sommes restés.

– Comment est-il arrivé à la faculté de Rouen ?

– Très vite, nous nous sommes aperçus que Lazare était plus que surdoué. Imaginez qu'à 10 ans, il participait au conseil des trois vallées où il faisait preuve d'une clairvoyance hors du commun. À 13 ans, il avait atteint le niveau universitaire et c'est lui qui est venu me demander d'arranger son intégration à la faculté. J'ai essayé de le convaincre qu'il n'y apprendrait pas grand-chose, mais il n'a rien voulu entendre. En fait, il voulait connaître la Gigapole. À cette époque, j'avais un bon contact avec un haut responsable au ministère de l'Enseignement. J'ai réussi à le faire venir pour qu'il voie Lazare. Ils ont parlé seuls pendant deux heures et le soir même, ils sont repartis ensemble pour la Gigapole.

– Que se sont-ils dit ?

– Ça ! Il faudrait le demander à Lazare…

– Et maintenant, que fait-il ?

– Depuis qu'il a quitté la Côte, il visite les différentes

communautés de l'Intérieur. Il nous aide à améliorer notre organisation et notre production. Encore récemment, il nous a poussés à préparer la mise en culture de nouvelles terres. Il nous a dit qu'il fallait s'y mettre maintenant parce que la densité de l'ozone est en train de s'améliorer. Vous verrez, au village, ils ont commencé à travailler des parcelles de l'autre côté du lit de la rivière.

– L'ozone se reconstitue ? Ce n'est pas ce que disent les scientifiques en ce moment.

– Quels scientifiques ? Ceux qui ont la parole sur les médias, c'est-à-dire, ceux dont les projets sont financés par l'État. Votre gouvernement est très satisfait lorsque les conclusions de ces études « ne permettent pas d'affirmer que la densité d'ozone s'améliore durablement ». Pour se maintenir, la classe dirigeante actuelle et les lobbies qui la soutiennent ont tout intérêt à ce que les gens aient peur de sortir. Ils n'aiment pas l'idée que des gens puissent se promener dehors, sans pouvoir savoir où ils sont exactement.

Le repas touchait à sa fin. Ce que nous avait servi Aurore était en effet sans comparaison avec ce que l'on pouvait manger sur la Côte, même dans les meilleurs restaurants se targuant de cuisine traditionnelle.

– Venez, dit Nicolas en se levant. Allons sur le perron, je vais vous faire goûter une eau-de-vie de poire dont vous me direz des nouvelles.

La rue était redevenue beaucoup plus calme, et il faisait une température idéale. D'infatigables insectes emplissaient la nuit de leurs crissements. On entendait de temps en temps des éclats de voix et des rires venant des maisons avoisinantes. Quant à la poire, elle était effectivement exceptionnelle. Je commençais à me familiariser avec ce monde chaleureux, si différent de ce que j'avais toujours connu.

— Lazare m'avait prévenu de votre arrivée.

Voyant mon regard éberlué, Nicolas reprit aussitôt.

— Pas de vous personnellement, mais de quelqu'un comme vous. Lazare m'avait dit qu'il avait demandé à Feynmann de communiquer les coordonnées du Val à l'une des personnes qui le contacteraient à son sujet. Il était convaincu que si on essayait de le retrouver, cela aboutirait à Feynmann, avec qui il était très lié. Vous n'êtes sans doute pas le premier à l'avoir contacté, mais le fait est que c'est à vous qu'il a parlé de nous. Je suppose que vous avez su le convaincre mieux que les autres. C'est pour cela que je vous ai reçu.

— Pourquoi Lazare veut-il rencontrer quelqu'un comme moi ?

— Il ne nous dit pas toujours ce qu'il a en tête. La seule chose qu'il nous a dite est qu'il souhaitait que vous rencontriez sa mère avant de rentrer sur la Côte. Elle habite à environ 1 km d'ici. Vous pourrez y aller demain.

— Rencontrer sa mère ? Je veux bien, mais…

Nicolas se servit une autre rasade d'eau-de-vie.

— Comment trouvez-vous cette prune ? J'ai eu beaucoup de mal à mettre au point ma technique de distillation, mais, vraiment, je ne suis pas mécontent du résultat. Cela fait la troisième année que j'arrive à quelque chose de très correct.

Pascale vint nous rejoindre sur le perron.

— Ah ! Ma fille ! Voyez comme elle est belle !

Elle leva les yeux au ciel.

— Et bientôt tout le monde pourra s'en rendre compte parce qu'elle ne sera plus obligée de se couvrir de la tête au pied pour sortir dans la journée !

La soirée se prolongea très tard. Nicolas me raconta toute l'histoire du Val. L'influence déterminante de Lazare, au début, pour neutraliser les petits chefs à la vocation de dictateur éclairé et les fanatiques aux fantasmes inspirés. Puis l'organisation, petit à petit, l'entraide qui s'était instaurée spontanément, comme une nécessité vitale, les périodes de découragement, les malheurs, les joies, les fêtes. Il m'a raconté comment, pour compenser leur isolement, les communautés avaient progressivement tissé un réseau de communications par tous les moyens à leur portée. Comment, en une vingtaine d'années, ces hommes et ces femmes avaient construit, sans y penser vraiment, une société différente, d'autant plus solidaire qu'elle était éparpillée. Stupéfait, j'avais revécu l'histoire de ces naufragés volontaires du dérèglement climatique, et compris que les difficultés incroyables qu'ils s'étaient imposées avaient réanimé en eux des forces vitales délaissées dans leur vie antérieure. Mes ridicules angoisses de secte maléfique étaient balayées et la préoccupation de mon retour avait fait place à un désir impatient d'en connaître plus sur cet autre monde.

§

Le lendemain, comme prévu, je rendis visite à la mère de Lazare. Marianne s'occupait de l'infirmerie de l'école des trois vallées. Elle m'avait reçu en début d'après-midi, pendant que les enfants faisaient la sieste « parce qu'il fait trop chaud et qu'ils se couchent très tard ». Elle rayonnait de gentillesse. Parler de son prodige de fils qu'elle ne voyait plus que de loin en loin lui coûtait beaucoup. Elle commença par me raconter d'emblée une foule d'anecdotes, émouvantes mais telles qu'en racontent toutes les mères. Il lui en avait fait voir de toutes les couleurs, il n'en faisait qu'à sa tête, il fallait toujours l'obliger à mettre son chapeau et ses gants pour sortir, il faisait l'école buissonnière avec ses copains et il ramenait à la maison toutes sortes d'animaux dégoûtants capturés dans le petit bois. Puis, elle prit conscience de la situation, et se ressaisit en mettant de l'ordre sur l'étagère d'un placard où des petits pots étaient déjà impeccablement rangés.

– Excusez-moi, je suis ridicule. Tout ça n'est pas très intéressant. Dès qu'il s'agit de mon fils, je deviens un peu idiote. Ce n'est pas simple d'être la mère d'un garçon comme Lazare. Il m'avait prévenue que quelqu'un viendrait. Il m'avait demandé de lui dire – de vous dire – qu'il allait avoir besoin de vous. Il a dit que vous devez attendre un peu, et ne pas parler du Val quand vous retournerez sur la Côte.

Marianne referma le placard et elle ajouta, soulagée :

— Allez, venez chez moi pendant que les petits dorment, je vais vous montrer la maison où il a grandi.

§

2 – LAZARE

Le lendemain de mon retour du Val d'Osne était un samedi. Cela me donnait un peu de temps pour mettre de l'ordre dans mes idées et préparer la conférence de rédaction du lundi. Le contraste entre ce que je venais de vivre et tout ce que j'avais connu jusque-là était impressionnant. Après cette découverte, j'aurais voulu que le monde entier fût bouleversé. Pourtant, devant ma fenêtre, le boulevard des Plages étendait toujours son interminable perspective, toujours parcourue par le flux ininterrompu des véhicules anonymes. L'ordre rigoureux qui régnait sur tout dans cette ville était à l'opposé de l'anarchie qui animait l'oasis de l'Intérieur. Du coup, je ne savais plus où j'en étais entre le sentiment rassurant que m'inspirait l'organisation familière de la Gigapole, et l'attirance que je ressentais, malgré sa précarité, pour l'atmosphère chaleureuse du Val d'Osne.

Dans cette confusion, j'essayais de me concentrer sur la manière dont j'allais justifier le chou blanc de mon déplacement. Bien que cela compliquât sérieusement ma position, j'étais décidé à respecter la demande de Lazare, et à ne rien révéler sur le Val d'Osne. La première chose que tout le monde allait me demander était des images. Pendant le trajet, j'avais pris pas mal de photos et de films des paysages traversés. J'allais pouvoir les montrer sans problème mais, toutes plus ou moins déjà vues, elles avaient un intérêt très limité. Ensuite, j'avais pris quelques vues de l'arrivée au Val, où l'on voyait la végétation et le petit chasseur de papillons. Je n'avais pas osé photographier Nicolas lorsqu'il était apparu, et, après, j'avais délaissé ma caméra, préférant profiter moi-même au maximum de ce que je vivais, sans l'intermédiaire d'un œil électronique. Je projetais donc de ne montrer que des images de déserts, jusqu'à la photo de l'entrée du Val d'Osne, avec la pancarte effacée qui donnait bien l'impression d'un village abandonné de longue date.

La sonnerie du visiophone retentit. C'était Marie-Laure.

– J'ai essayé de te joindre toute la journée d'hier. Qu'est-ce que tu as fait ? Tu en as une tête !

– Je suis crevé. J'ai eu plein de problèmes. J'ai dû rester plus longtemps et je ne suis rentré qu'hier soir tard.

– Comment ça ? Et tu as couché où ?

– J'ai eu un pépin avec la voiture. Ces vieux modèles à essence, c'est la plaie. J'ai dormi dans une station-service.

– Et ton reportage ? Tu avais l'air bizarre quand tu m'as appelée.

– Oui, oui… je n'étais pas très tranquille. Ça fait drôle, tu sais de se retrouver tout seul là-bas : ce n'est pas rassurant.

– Il faut dire qu'on n'a pas idée de partir comme ça. On se demande ce que tu espérais trouver, là-bas.

– J'avais rencontré un type, un scientifique, qui m'avait dit qu'il y avait encore des régions où vivaient des gens dans l'Intérieur.

– Tu t'intéresses encore à ces bobards ? Comment veux-tu que des gens puissent survivre là-bas ?

– Je ne sais pas.

– S'il y en avait encore, ça se saurait.

– Tu as raison, oui, ça se saurait, forcément.

– Moi je trouve que tu n'as pas l'air bien. Si tu veux, je te propose que nous dînions ensemble, au Grand Parc. Ça te changera les idées.

Marie-Laure n'avait pas tort. La perspective d'une soirée seul avec mes souvenirs de la veille ne m'attirait guère et j'acceptai volontiers son invitation. Elle avait eu l'air convaincue que je m'étais égaré dans un mauvais plan, et elle ne poserait sans doute pas trop de questions.

§

Le Grand Parc était le plus vaste espace vert du sud de la Gigapole. Avec ses quarante hectares couverts, il avait nécessité des prouesses techniques pour réaliser la verrière dont on disait que les dômes formaient la plus grande surface vitrée du monde. C'était un des principaux lieux de sortie des habitants de la Côte. On y trouvait toutes les distractions possibles et l'endroit grouillait de monde 24 heures sur 24. Le restaurant où nous avions rendez-vous se vantait de servir des produits naturels issus de son propre potager et de sa propre basse-cour. Je connaissais bien le parc et, comme l'affirmait la publicité, j'avais toujours considéré que la végétation y était luxuriante et dans son état naturel. Mais ce jour-là, je me rendis compte à quel point, comparée à celle du Val d'Osne, elle était au contraire chétive et contrainte. Ici, tout était aménagé de façon calculée, la majeure partie de l'espace étant en réalité réservée aux allées et aux aires de jeux. Là-bas, c'était l'inverse : les plantes s'épanouissaient librement, partout prêtes à envahir les espaces encore libres alors que celles du parc paraissaient malheureuses dans la cloche hermétique censée les protéger. Ce que je prenais pour une bulle de nature sauvage au milieu de la Cité, était seulement à l'image de celle-ci : propre et bien ordonnée, mais triste.

Marie-Laure avait fait un effort de toilette dont je ne la croyais pas capable. Nous n'avions que des relations professionnelles, et, à la rédaction, elle ne se distinguait pas par sa séduction. Ce soir-là, pour la première fois, je la trouvais jolie. Son chemisier noir avait un revers or et argent en harmonie avec sa chevelure et les paillettes dorées de ses yeux. De fins escarpins à talon aiguille lui faisaient de longues jambes et une démarche élégante.

– Tu as l'air encore bien pensif, fit-elle gaiement. Oublie cela cinq minutes, on en reparlera plus tard. Ça me fait plaisir qu'on se voie en dehors du boulot.

– Tu es radieuse. Tu as raison, allons dîner.

Pendant tout le repas, nous passâmes au crible l'équipe de rédaction, riant des travers de chacun et des petites histoires perfides qui animaient les relations entre les journalistes. Je commençais à reprendre pied dans ma vie normale avec un certain plaisir, mais Marie-Laure me ramena à mon escapade.

– Ça m'a travaillée, ton appel depuis ta voiture, l'autre jour. Après, je n'ai pas arrêté d'y repenser. En fait, je n'ai pas compris pourquoi tu m'appelais.

– Il n'y avait pas vraiment de raison. J'étais dans les zones arides où il y a eu beaucoup d'incendies de forêt. C'est assez flippant, tu sais. Dans les documentaires, on ne se rend pas compte du désastre que ça a dû être. J'ai eu envie d'entendre la voix de quelqu'un.

– Mais qu'est-ce que tu cherchais en partant là-bas ? Tu sais, à la rédaction, ça a fait du remue-ménage. Il y a beaucoup de gens qui considéraient ça comme un truc bidon et qui disaient qu'on avait autre chose à faire qu'à consommer les budgets pour aller explorer le désert.

– Et toi, qu'est-ce que tu en as pensé ?

– Je me suis dit que tu avais peut-être une bonne idée, mais, franchement, ça me paraissait curieux. D'ailleurs je te préviens, le patron avait l'air inquiet. Si tu n'as rien, tu vas avoir des soucis.

– Je sais. Mais on n'a pas toujours de bonnes idées. Ce scientifique m'avait convaincu. Il avait l'air de savoir de quoi il parlait. Après tout, ce n'était pas aberrant. Il pourrait y avoir des régions épargnées, non ?

– Tu crois ça, toi ?

– Imagine qu'il soit resté des zones habitées en dehors de la Gigapole. Des zones qui auraient échappé au contrôle gouvernemental. On peut supposer que le gouvernement ne ferait pas de publicité là-dessus, tu ne crois pas ?

– C'est débile. Depuis l'éruption solaire de 36, aucun être humain ne peut supporter le rayonnement sans les moyens de protection que nous avons ici. Il faudrait qu'ils vivent sous terre. C'est impossible.

– Oui… non… sous terre, ça ne serait pas possible.

Marie-Laure fronça les sourcils.

– Tu n'as pas l'air très convaincu. Je commence à me demander si, en fin de compte, tu ne caches pas quelque chose…

Sans l'arrivée à point nommé du serveur apportant l'addition, je me demande si j'aurais encore résisté longtemps à l'envie de partager ce que je savais. Sitôt la note payée, j'évitais de reprendre la conversation en proposant à Marie-Laure d'aller marcher dans le parc. Pendant notre promenade, comme je m'y attendais, elle sortit de son sac deux pilules de Cupidolon et me proposa de poursuivre la soirée au love-hôtel du Grand Parc. J'acceptai volontiers.

§

Le lundi suivant, je me rendis à la rédaction la trouille au ventre. À peine entré dans la salle de conférences, sans préambule, le boss m'informa qu'il me verrait seul après la conférence et qu'il ne serait pas question de mon reportage en attendant. La conférence fut expédiée en moins d'une heure, dans une ambiance crispée, chacun écourtant au maximum sa propre intervention. Dès que tous les sujets eurent été épuisés, le patron mit fin à la séance et se leva en me faisant signe de le suivre.

En entrant dans son bureau, je n'en menais pas large, m'attendant à une volée de bois vert comme il lui arrivait régulièrement d'en distribuer quand il était contrarié. Tout au contraire, il était très calme.

— Ton reportage dans les régions de l'Intérieur : on laisse tomber. Je ne veux pas en entendre parler. Je ne veux même pas voir ce que tu as ramené. On fera autre chose à la place.

J'avais préparé toute une batterie d'explications en fonction des questions prévisibles. La seule situation que je n'avais pas anticipée était celle-là. Je me trouvais soulagé mais un peu inquiet de cette attitude imprévue.

— Comme tu voudras, mais si tu pouvais me dire pourquoi on arrête comme ça…

— Écoute, en fait je n'en sais rien. On dirait que tu es allé là où il ne fallait pas. Tu as dû approcher une zone militaire ou un truc du genre.

— Mais pas du tout, qu'est-ce que tu vas imaginer ?

— Je n'imagine rien. Ce que je sais, c'est qu'un type du ministère de la Sécurité a débarqué ici. Il m'a fait comprendre très clairement qu'il ne fallait rien publier à propos de ton voyage et qu'il fallait tout arrêter dès ton retour. Il ne m'a pas dit pourquoi, et je n'ai pas eu envie de le lui demander.

— La Sécurité m'a surveillé jusque là-bas ?

— Manifestement, oui.

Malgré ce qu'avait dit Nicolas sur les relations entre les communautés et la Gigapole, je ne pensais pas que le sujet était si sensible.

— Il faut vraiment qu'ils n'aient rien d'autre à faire pour s'intéresser à ce point à mon petit reportage.

— C'est pourtant le cas. Je ne sais pas pourquoi, mais quoi qu'il en soit, on ne va pas chercher à comprendre et on ne va pas leur donner de raison de continuer.

Changeant soudainement de ton, il s'approcha de moi avec un petit sourire.

— Quand même, c'est dingue, qu'est-ce que tu as vu là-bas ?

Raconte, je te jure que ça ne sortira pas de ce bureau.

Même sous la menace de la Sécurité, un journaliste ne résiste pas à sa curiosité, surtout quand il sent la possibilité d'un scoop.

– Je croyais que tu ne voulais pas en entendre parler ?

– Arrête ! Bien sûr que ça m'intéresse.

– Je voulais voir s'il ne pouvait pas rester des îlots habitables dans l'Intérieur. Un scientifique m'avait prétendu qu'il pouvait y en avoir.

– Feynmann ?

– Comment le sais-tu ?

– Le type de la Sécurité m'a dit que tu avais été le voir. Il paraît qu'il fait partie d'une secte religieuse qui est dans le collimateur et dans laquelle il joue un rôle important.

– Feynmann dans une secte ! C'est débile. Si tu le connaissais…

Ses questions devenaient pressantes et j'avais peur de ne plus arriver à les éluder.

–… après tout, je n'en sais rien. Vu leur réaction, je crois qu'il vaut mieux laisser tomber.

– OK ! Tu as raison. On ne va pas s'attirer des histoires pour un truc pareil. Tu connais la situation : on n'est pas en position de faire du zèle contre la Sécurité. Tu vas t'occuper de préparer notre numéro de septembre sur la campagne qui va commencer pour les élections des administrateurs de la région Manche-Mer du Nord.

Tout cela apportait une fois de plus la preuve que la Sécurité surveillait nos communications et nos déplacements. Bien que cela fasse constamment l'objet de démentis, tant de la part du ministère que de la part des entreprises de télécommunications, tout le monde savait qu'ils avaient accès aux fichiers informatiques des transactions effectuées au moyen des mobiles. Avec ces données, les écoutes directes (démenties, elles aussi), et le suivi GPS des véhicules, ils pouvaient tracer dans les moindres détails l'activité de n'importe qui. En l'occurrence, soit j'étais déjà suivi en tant que journaliste, soit c'était Feynmann qui l'était en raison de ses relations avec le Val d'Osne. Quoi qu'il en fût, j'avais la confirmation que Nicolas avait dit vrai : ce gouvernement connaissait l'existence des colonies de l'Intérieur et il s'employait activement à ce que cela ne se révélât pas.

§

Je repris donc ma vie ordinaire de journaliste, travaillant comme me l'avait demandé mon patron sur les élections qui allaient avoir lieu début 68. À l'époque, l'Administration de la Région Manche-Mer du Nord était depuis plus de vingt ans entre les mains du P.S.P., le Parti Science et Progrès. Ce parti dominait la scène politique en Europe, disposant également du plus grand nombre de sièges au Parlement. Son invariable credo était le progrès scientifique comme moyen infaillible de résoudre tout ce qui limite le bien-être de l'homme : maladie, pollution, insécurité, etc. Pour favoriser ce progrès, il prônait un développement économique constant pour lequel les meilleurs éléments devaient être favorisés à tous les niveaux, qu'il s'agisse d'hommes ou d'entreprises. La théorie darwinienne de l'évolution devait s'appliquer partout, de manière à faire émerger l'élite pour le profit de tous. Cette vision des choses s'était imposée plus ou moins par nécessité pendant la grande sécheresse. Au début des années 30, le gouvernement était encore entre les mains du principal rival du PSP : le parti Liberté-Égalité-Objectivité. En 2034, après trois années consécutives de températures record sans la moindre précipitation dans tout le sud de l'Europe, la situation a commencé à dégénérer dans certaines grandes villes. Se montrant incapable de faire face, le L.E.O. a été balayé aux élections de janvier 2035, au profit de Science et Progrès. La situation était devenue tellement inquiétante que les masses étaient mûres pour donner carte blanche à l'élite scientifique censée être capable de comprendre ce qui se passait et de trouver des solutions. Par la suite, l'aggravation brutale des conditions climatiques avait permis au PSP d'installer un régime de quasi-dictature avec l'assentiment passif de tout le monde.

Ce qui était intéressant pour ces nouvelles élections, c'était l'émergence du Mouvement pour le Spiritualisme Scientifique, qui se confirmait d'année en année. Fondé par un groupe de scientifiques représentant les trois religions occidentales, il affirmait que les sciences modernes permettaient de démontrer l'existence d'une entité de rang supérieur à l'homme dans l'échelle de conscience, entité qu'ils appelaient « l'Esprit ». Tout en se défendant de vouloir fonder une république religieuse, il proposait d'intégrer la dimension spirituelle dans la politique et dans l'organisation de la société. Ces idées ne se traduisaient pas par un projet très clair, mais elles trouvaient un écho favorable auprès de plus en plus de gens qui y voyaient une alternative au discours ultra-matérialiste du parti en place.

Le Spiritualisme Scientifique accusait Science et Progrès d'être à la solde des multinationales et d'entretenir une philosophie de compétition pour maintenir les citoyens dans un état de tension permanente et réduire ainsi leur capacité de contestation. En réponse, le PSP accusait le Spiritualisme Scientifique de vouloir instaurer un État islamo-judéo-chrétien et de recruter son électorat dans les innombrables sectes qui se créaient et se défaisaient sans cesse dans la Gigapole. Le Spiritualisme Scientifique, bien entendu, réfutait toute connexion avec les sectes, accusant même son adversaire de favoriser leur émergence.

Dans ce débat, Liberté-Égalité-Objectivité renvoyait ses adversaires dos à dos en leur opposant une attitude fondée sur des principes rationnels débarrassés de tout finalisme. Pour le L.E.O., le principe essentiel était l'objectivité qui, dès lors qu'elle était rigoureusement respectée, permettait à chacun de se déterminer à sa guise. Il n'avait cessé de régresser depuis l'émergence du Spiritualisme Scientifique dont l'audience était maintenant supérieure à la sienne. Pour la première fois dans ces élections, le MSS avait la possibilité de l'emporter dans certains districts.

Les penseurs du mouvement se référaient à André Malraux, qui, au XXe siècle, avait écrit « *La tâche du prochain siècle, en face de la plus terrible menace qu'ait connue l'humanité, va être d'y réintégrer les dieux* ».

Avec une mauvaise foi évidente, ils prétendaient que la menace dont parlait Malraux était les désordres climatiques. Cela en faisait à leurs yeux un visionnaire génial, accréditant ainsi l'idée qu'il fallait remettre Dieu dans la politique. En faisant quelques recherches, on voyait facilement qu'en réalité, il faisait allusion à la guerre nucléaire, menace réelle à son époque, mais qui avait totalement disparu depuis les accords de Panama en 2026.

Le seul point commun entre le MSS et le L.E.O. était de vouloir libérer une information, selon eux, contrôlée et censurée par le P.S.P., ce qui, selon moi, était tout à fait vrai. Le gouvernement d'Europe du Nord avait établi un *modus vivendi* avec les trois grands vidéo-magazines, concédant quelques privilèges fiscaux tant aux entreprises qu'à leurs dirigeants et aux journalistes eux-mêmes. En contrepartie, il y avait un « devoir de discrétion » à respecter à chaque fois que cela était demandé. Le système se maintenait, notamment parce que les trois magazines se surveillaient mutuellement, prêts à contrer celui qui prendrait trop de libertés avec le devoir de discrétion.

§

J'avais parlé de mon travail sur les élections à un ami journaliste sur une chaîne concurrente. Il animait une émission dont le thème de la prochaine édition était : « Vers quoi l'homme va-t-il évoluer ? ». En principe, il ne s'agissait pas d'une émission politique, mais le candidat du PSP, Erik van den Broken, se trouvait parmi les invités en tant que généticien spécialiste de l'évolution. Considérant la conception darwiniste de la société prônée par le PSP, on pouvait s'attendre à ce qu'il profite de ce débat pour mettre en avant les théories de son parti, et mon ami m'avait proposé de venir assister au débat. J'étais d'autant plus intéressé que, en étudiant un peu le curriculum vitae des autres intervenants, je m'étais aperçu que l'un d'eux, le sociologue Loïc el Mafouchi, était un des cadres dirigeants du Spiritualisme Scientifique.

Face à ces savants, comme c'était l'habitude pour cette émission, il y avait une personne dont le rôle était d'alimenter la discussion par des questions et des réflexions « naïves » supposées représenter celles que se posent les téléspectateurs. Ce jour-là, il s'agissait d'Anaïs Mendel, une jeune historienne à l'air plutôt intimidée. Elle était juste en face de moi et, comme elle était très jolie, je m'attardai plus sur son visage que sur ceux des savants. Plus je la regardais, plus j'avais l'impression de la connaître. J'étais sûr d'avoir déjà vu ses yeux d'un bleu-vert très particulier. Les images du Val d'Osne me revenaient spontanément en mémoire, mais je me souvenais très bien de toutes les personnes que j'avais rencontrées là-bas, et elle n'en faisait pas partie. L'avertissement de passage imminent à l'antenne interrompit mes réflexions.

Le débat s'orienta d'abord sur la question de savoir si les performances de l'intelligence humaine continuent à s'améliorer grâce aux mécanismes de l'évolution. Tous semblaient d'accord sur l'évidence d'une réponse positive, jusqu'à ce que John Pierson, spécialiste de l'informatique neuronale, fasse une intervention assez surprenante. Il affirma que, d'après ses travaux, il y avait une limite théorique pour les performances de ce qu'il appelait un « traitement cognitif » et que l'être humain avait atteint cette limite. Il disait avoir réalisé des systèmes artificiels qui auraient dû avoir des performances supérieures à celles de l'homme, mais qui n'avaient jamais pu fonctionner, à cause d'instabilités insurmontables. Il expliqua que les dysfonctionnements qu'il avait observés rappelaient les troubles mentaux des humains, produisant des résultats cohérents intrinsèquement, mais délirants par rapport aux données externes. Sa thèse fut rejetée sans appel par les participants, tous d'accord pour dire qu'il n'y avait aucune raison pour que l'évolution s'achève comme par hasard aujourd'hui et pour nous.

Craignant que cette unanimité contre un seul intervenant ne tournât au vinaigre, l'animateur interrompit le débat en demandant à sa naïve de réagir.

– Je ne suis pas spécialiste de l'intelligence artificielle, mais je trouve l'idée de Monsieur Pierson intéressante… Je me suis toujours demandé ce que veut dire « supérieure » quand on parle d'une intelligence supérieure à la nôtre.

– Nous ne pouvons évidemment pas le savoir, Mademoiselle, justement à cause du caractère limité de notre intelligence, s'exclama van den Broken avec condescendance.

– Ah, oui, évidemment…

Elle avait dit cela avec un petit sourire teinté d'ironie que je reconnus immédiatement : c'était celui de l'étudiante qui, interviewée sur le campus de Berk, parlait de Lazare avec des étoiles dans les yeux.

Elle enchaîna posément.

– Donc, d'après vous, tout évolue, nécessairement…

– Mais bien sûr ! L'évolution est sans cesse en marche.

– Vous connaissez mieux la question que moi mais quand je vois les oiseaux, par exemple, je suis en admiration de voir comme ils volent. Croyez-vous qu'ils peuvent voler mieux qu'aujourd'hui, que leurs capacités à voler évoluent encore ?

Van den Broken s'éclaircit la voix plusieurs fois avant de répondre.

– Je ne sais pas, oui, certainement. Mais nous nous égarons, Mademoiselle, il s'agit de l'homme pas des oiseaux. En réalité, non seulement l'homme évolue comme tous les êtres vivants, mais selon la vision globale qui est la mienne, il faut également intégrer la société elle-même dans ce processus. La société est un stade d'évolution encore supérieur à celui de l'homme, comme l'homme est un stade supérieur à celui de l'animal…

Pendant qu'il développait sa théorie évolutionniste de la société au moyen d'explications laborieuses sur les fonctions émergentes, je réfléchissais à l'extraordinaire coïncidence de la présence d'Anaïs. Peut-être que l'historienne pouvait me donner des informations pour retrouver Lazare. Ou même peut-être avait-elle encore des contacts avec lui. Je devais lui parler à la fin de l'émission.

El Mafouchi, qui trépignait depuis un moment, interrompit van den Broken.

– Votre discours fumeux n'est qu'une version réchauffée des thèses de Teilhard de Chardin. C'est une vision collectiviste de l'humanité qui rappelle les pires principes de société du XIXe et du XXe siècle. Le parti que vous représentez récupère la théorie de l'évolution pour ses propres dessins d'emprise sur les populations.

Rouge de colère, van den Broken s'emporta.

– Vous essayez de dévier sur le plan politique pour faire la promotion de votre propre parti. Vous ne m'entraînerez pas sur ce terrain. Restons dans le domaine scientifique qui est celui de ce débat.

Comme prévu, el Mafouchi n'en fit rien et, assez habilement, il réussit à exposer les thèses du Spiritualisme Scientifique en gardant les apparences d'un discours purement technique. Après un long développement sur l'apparition et l'évolution de la spiritualité dans la préhistoire, il utilisa également la période historique en évoquant le principe de la royauté de droit divin pour étayer ses propos. Cela donna fort heureusement l'occasion à l'historienne de lui couper la parole. Elle le fit avec beaucoup d'assurance, s'adressant aux deux principaux protagonistes.

– Louis XIV est devenu roi de France parce qu'il était le fils aîné de Louis XIII. Je ne vois pas ce que Dieu a à voir là-dedans. Ce qui ne me plaît pas dans vos théories, c'est qu'elles sont inhumaines. Vous tenez absolument à imaginer une entité de rang supérieur à l'être humain. On dirait que vous cherchez à déposséder l'individu de son autonomie. Je me demande pourquoi...

— Mais pas du tout, vous ne...

El Mafouchi essayait de la contrer, mais elle le coupa.

— En fait, si j'en crois vos propres références historiques, Monsieur el Mafouchi, ce pourrait être, comme l'a si bien fait le roi Soleil, pour instaurer plus facilement une dictature.

El Mafouchi s'étrangla.

— Je ne vous permets pas...

— C'est sans importance, je n'avais pas besoin de votre permission.

Elle avait dit cela sans aucune agressivité, presque gentiment. Un peu paniqué, mon ami animateur essaya de reprendre la main, mais la jeune femme enchaîna, toujours avec la même autorité.

— J'ai une conception anthropocentrique des choses, je le reconnais. Mais comment pourrait-il en être autrement ? L'homme, c'est nous. Il est inévitable — et bien normal — que nous voyions tout de notre point de vue, non ? Pour moi, nous n'avons pas d'autre préoccupation à avoir que celle du développement personnel de l'individu. Je pense que la société doit servir les aspirations de l'individu et, pour ça, il n'y a pas besoin de Dieu ni d'une super évolution. L'organisation sociale doit être faite uniquement par les individus et pour eux.

Comme elle s'était arrêtée net sur cette affirmation, il y eut un moment de silence, rompu par des applaudissements de l'assistance qui l'avait écoutée avec attention. L'animateur dut reprendre énergiquement le contrôle de son émission qui était en train de tourner au meeting politique.

– Bien… Merci, Mademoiselle Mendel pour ces remarques intéressantes, mais somme toute assez éloignées de notre sujet. Je voudrais donner la parole au professeur Bensoussan qui n'est pas encore intervenu. Qu'en pensez-vous, professeur : croyez-vous que l'homme actuel soit plus intelligent que ses ancêtres préhistoriques ?

L'historienne s'excusa d'un sourire, aucunement contrariée d'être ainsi rembarrée. Son intervention avait complètement perturbé le débat. La discussion s'enlisa dans les détails de la définition de l'intelligence et de ses frontières. L'assistance se déconnecta progressivement de ce qui se disait sur le plateau et mon ami lui-même finit par perdre le fil de son émission qui se termina en eau de boudin.

Sitôt l'antenne rendue, je me précipitai sur le plateau pour contacter l'historienne. Elle me reçut avec la même spontanéité que celle qu'elle affichait dans le reportage à la faculté.

– Bravo pour votre intervention. Vous avez bien déstabilisé les deux savants. J'ai beaucoup apprécié.

– C'est vrai ? Je vous remercie, j'avais peur d'être allée un peu loin.

Évidemment, elle n'en croyait rien.

— Pourquoi n'êtes-vous plus intervenue après ?

— J'en avais assez dit. Vous savez, ça ne sert à rien d'en rajouter des tonnes. À la télévision, si on arrive à faire passer une idée, c'est déjà beaucoup.

— Vous avez fait vos études à Berk, n'est-ce pas ?

— Euh… oui, c'est exact.

— Je vous ai vue dans un reportage qui a été fait sur le campus en 53. Un reportage sur Lazare Méradec.

Elle me lança un regard suspicieux.

— Avez-vous eu l'occasion de le revoir, après son départ ?

— Je crains que cela ne vous regarde pas.

— Je suis journaliste. Je me suis intéressé à lui à cause de ses résultats très brillants à la faculté. Je voudrais savoir ce qu'il est devenu. Le peu que je sais de lui me laisse penser qu'il s'agit de quelqu'un d'exceptionnel. Je n'ai pas de but particulier, mais je cherche à le rencontrer.

— Si Lazare a quitté la fac sans laisser de trace, c'est sans qu'il ait ses raisons. Il n'avait pas été très content du reportage que vous avez vu, vous savez, et encore moins de l'utilisation qui en avait été faite. Et puis des élèves doués, il y en avait d'autres, si vous regardez…

– Ce ne sont pas ses résultats scolaires qui m'ont le plus étonné…

– Quoi donc, alors ?

– Il semble avoir une grande influence sur les gens qu'il rencontre.

– Qu'est-ce qui vous fait dire ça ?

– Je me suis rendu dans son village natal. On m'a raconté ce qu'il a fait au moment des évacuations. J'ai même rencontré sa mère.

– Vous êtes allé là-bas ?

– Est-ce que vous accepteriez de me parler de lui ? Si j'ai bien compris, à la fac, vous étiez assez proches.

– Et vous avez vu sa mère ?

– Oui, je vous l'ai dit, je suis allé au Val d'Osne et j'ai parlé avec sa mère.

– Donnez-moi votre numéro. Je vous appellerai dès que je pourrai et je viendrai vous voir chez vous.

J'eus juste le temps de lui donner ma carte avant qu'elle se laisse entraîner par le jeune homme qui piaffait d'impatience derrière elle.

La plupart des participants au débat étaient encore là, poursuivant leur discussion avec animation. Je rejoignis le groupe et pris mon ami à part.

– D'où vient ta candide, avec qui je discutais à l'instant ?

– Figure-toi que je ne la connais même pas. J'ai cru qu'elle allait complètement bousiller mon émission. J'avais prévu un autre type qui s'est décommandé au dernier moment. Du coup, elle, c'est une historienne que m'a plus ou moins imposée mon patron. Il m'avait dit qu'elle était brillante et qu'elle ferait un bon contraste avec les mandarins de mon plateau. Tu parles !

– Moi, j'ai bien aimé ses interventions. Ça change un peu, non ?

– Tu ne te rends pas compte. J'ai une image de sérieux et de rigueur scientifique à maintenir pour mon émission. Si je dérape dans la politique, je n'en ai pas pour longtemps.

Il était très remonté. Il valait mieux ne pas insister.

§

Cette rencontre avait décuplé mon envie de reprendre mon enquête interdite. J'espérais que la jeune femme tiendrait son engagement et, à chaque fois que le visiophone sonnait, ceux qui m'appelaient avaient toujours l'impression qu'ils tombaient mal. Ce ne fut qu'une semaine plus tard qu'elle apparut enfin à l'écran. Elle me proposa de venir chez moi le soir même. J'étais très excité. La façon dont elle avait réagi sur le plateau de l'émission m'avait conforté dans l'idée qu'elle avait eu des contacts avec Lazare bien après la fac, et qu'elle en avait probablement encore. Peut-être était-elle sa compagne ? J'avais passé l'après-midi à préparer mes questions pour essayer d'avoir le maximum d'informations dans tous les cas de figure.

Lorsqu'elle avait enfin sonné et que l'écran s'était allumé, une décharge d'adrénaline me vrilla le ventre : elle était accompagnée d'un homme. En un flash, je compris que ce que j'avais pris pour une coïncidence n'était qu'un coup monté. Après ce que m'avait dit mon chef sur la réaction de la Sécurité, il était clair que le parachutage d'Anaïs au dernier moment dans l'émission n'était pas un hasard. Je m'étais jeté dans la nasse.

– Bonsoir ! Je suis venue avec un ami qui pourra vous en apprendre beaucoup plus que moi sur Lazare.

Le ton était détendu et amical. J'hésitai… De toute façon, il était inutile d'essayer de me barricader. Je la laissai entrer.

L'homme était jeune, pas très grand, le visage allongé et l'œil malin. Il portait des lunettes, ce qui ne se faisait quasiment plus depuis la généralisation des implants de lentilles biologiques. Il était vêtu sans recherche, comme un étudiant. En entrant, il balaya immédiatement tout mon appartement du regard.

– Vous vouliez que je vous parle de Lazare, dit-elle avec son grand sourire, eh bien j'ai pensé qu'il serait mieux qu'il vous parle lui-même : je vous présente Lazare Méradec.

J'étais tellement tendu que je faillis tomber dans les pommes.

J'avais fini par faire de Lazare un personnage mythique, de ceux dont on parle mais qu'évidemment on ne rencontre pas. Et maintenant il était là, chez moi, se présentant le plus normalement du monde, comme tout un chacun lorsqu'il arrive chez des gens qu'il ne connaît pas. Je lui tendis la main maladroitement, lui proposant de s'asseoir et ne sachant pas du tout comment engager la conversation. Pendant que je m'affairais fébrilement à décongeler des zakouskis, je voyais qu'il examinait méthodiquement tous les détails de l'aménagement de mon studio. Finalement, il dit :

— Vous aimez cet appartement ?

— Il est commode, mon bureau n'est pas loin et il n'y a pas trop de bruit. À part ça, j'avoue que je le trouve un peu triste. En fait, je n'ai pas le temps de m'en occuper.

— Oui, je suis d'accord : triste. Et trop bien rangé en plus. Mais il correspond bien à ce que j'imaginais d'après ce que Feynmann m'avait dit de vous. Il vous a bien jugé.

— À propos ! Vous avez laissé un véritable jeu de piste pour vous retrouver : Feynmann, le Val d'Osne, votre mère. Dans quel but, tous ces détours ?

— Comme vous l'avez compris, j'ai voulu me ménager une période d'isolement pour méditer, à l'écart de la Gigapole autant que du Val d'Osne. Mais d'autres avant vous cherchaient à me contacter et ils sont tous arrivés à Feynmann parce que nous travaillions beaucoup ensemble à la fac. Initialement, c'est pour me protéger des médias que je lui ai demandé de faire barrage. Ensuite, mes travaux sur un projet que j'ai pour les communautés de l'Intérieur, m'ont amené à penser que j'avais besoin de quelqu'un pour m'aider. Ayant une grande confiance en son jugement de Feynmann, j'ai eu alors l'idée de ce jeu de piste, comme vous dites, comme moyen pour, disons… recruter cette personne.

– Vous avez trouvé quelqu'un ?

– Peut-être.

– Vous cherchez quel profil ?

– Idéalement, un journaliste.

– Dois-je en déduire que je suis sélectionné ?

– C'est vous qui déciderez, mais moi je pense effectivement que vous correspondez à ce que je cherche.

– Qu'en savez-vous ?

– Vous avez les qualités qu'il faut : vous êtes curieux, tenace et honnête, et vous connaissez bien la Gigapole.

– Vous avez vu tout ça depuis tout à l'heure ?

– Non, non, c'est vous qui me l'avez montré : il faut être curieux pour s'intéresser à mon cas comme vous l'avez fait, et tenace pour aller au Val et pour persister malgré les menaces de la Sécurité…

Après avoir longuement examiné tous les petits-fours, il en avala deux coup sur coup et reprit, la bouche pleine :

—… en tant que journaliste, vous connaissez bien les rouages de l'administration de l'Europe du Nord. Quant à votre honnêteté, je me fie aux jugements de Feynmann et de ma mère. Ils ont tous les deux été très positifs à votre égard.

Il prit un troisième apéritif.

— Mmm très bon celui-là… Vous voyez, il n'a pas mal marché mon jeu de piste. Alors, ça vous intéresse ?

— Je ne sais pas… Je suis flatté. Et surpris aussi… Il faudrait que je sache plus précisément ce que vous attendez de moi.

— Comme je vous le disais, mon projet concerne l'avenir des communautés de l'Intérieur. Une équipe d'hommes et de femmes travaille avec moi là-bas, mais nous devons aussi prendre en compte les relations avec la Gigapole et pour cela, j'ai besoin de quelqu'un comme vous.

— C'est vrai que j'ai pas mal étudié les rouages de cette gigantesque administration, mais je ne vois toujours pas bien ce que vous voulez faire.

— En résumé, mon idée est qu'en provoquant cette séparation entre la Gigapole et les communautés, la catastrophe climatique actuelle a créé un contexte idéal pour mettre en place une nouvelle civilisation.

Voyant ma réaction, il se reprit :

– ... une nouvelle société, un nouveau système politique, si le mot « civilisation » vous fait peur. Comme vous voulez...

– Quel que soit le terme, ça mérite quelques explications.

– Vous avez le temps ?

– Toute la nuit...

– Ça devrait aller... Voyons... Par où commencer ?...

Sa main survolait le plateau de canapés, cherchant celui qui l'inspirait le plus. Il l'avala et reprit.

– On vous a raconté mon implication dans l'organisation des communautés. Au départ, il s'agissait essentiellement de surmonter les innombrables difficultés liées à notre situation. Maintenant, matériellement, nous fonctionnons à peu près correctement. Nous pouvons réfléchir à plus long terme, bien évidemment avec la volonté de ne pas reproduire ce que nous avions rejeté au moment des évacuations. Dans ce but, j'ai mis en place un groupe de travail qui élaborera les principes de notre future organisation que j'ai appelée l'Arche. D'ailleurs, c'est dans ce cadre que j'ai demandé à Anaïs de nous faire profiter de ses connaissances d'historienne.

Il ajouta, en adressant à Anaïs un sourire complice :

— Et j'ai bien fait, car elle nous a apporté un éclairage qui s'est révélé très fructueux… éclairage qu'elle va nous expliquer.

— Ah ! C'est moi qui parle ? Je ne m'y attendais pas, mais si tu veux… OK… D'abord, il faut que vous sachiez que je me suis spécialisée sur les systèmes politiques de la période allant de la Deuxième Guerre mondiale aux années vingt de notre siècle. Ma thèse à laquelle Lazare fait allusion est que la grande sécheresse, puis la destruction de l'ozone ont stoppé une révolution sociologique très positive qui a couvé pendant toute la fin du XXe siècle et qui émergeait au début du XXIe siècle.

Je ne pus cacher mon étonnement. La période dont elle parlait était généralement désignée par « la longue crise » et c'était la première fois que je l'entendais qualifier de « très positive ». Anaïs enchaîna sans prêter attention à ma réaction.

— En raccourci, on peut dire que le monde était en train de devenir anarchiste. L'accélération des progrès technologiques, notamment le développement des moyens de communication, donnait de plus en plus d'autonomie aux individus et de moins de moins de poids aux institutions. À partir de la fin du XXe siècle, les effets de cette évolution ont commencé à être perceptibles. Les gens de l'époque l'ont appelée « la mondialisation », désignant ainsi l'interconnexion des systèmes et des individus à la faveur de laquelle les informations, les personnes et les marchandises circulaient de plus en plus facilement sur toute la planète. Un des premiers effets concrets de ce phénomène a été la disparition un à un des systèmes totalitaires, en commençant par l'URSS il y a déjà presque une centaine d'années.

Lazare reprit la parole.

– Contrairement au siècle des Lumières, les promoteurs les plus actifs de cette révolution n'étaient pas en Europe, mais aux USA, notamment sur la côte ouest. Le mouvement libertarien en particulier rassemblait de nombreux entrepreneurs californiens qui prônaient la disparition de l'État au profit d'une autonomie totale des individus. Ils agissaient non seulement intellectuellement en diffusant leurs idées, mais aussi technologiquement, en investissant massivement dans le développement de tout ce qui allait dans le sens de cette autonomie : systèmes de communication ouverts ne pouvant être contrôlés par personne, sources d'énergie illimitées accessibles à tout le monde, etc. À la fin des années vingt, les technologies cryptographiques et d'intelligence artificielle étaient arrivées à un seuil de maturité tel que les institutions centrales commençaient à voir leurs prérogatives remises en question.

Anaïs ajouta son point de vue d'historienne.

– Corrélativement, à mesure que ces progrès scientifiques avançaient, les organisations politiques ont perdu leur capacité d'action sur l'économie et même sur les sociétés. L'interconnexion des systèmes socio-économiques, associée à une automatisation sans cesse plus performante des processus, a rendu ces systèmes de moins en moins sensibles aux actions des politiciens qui s'arc-boutaient sur des recettes obsolètes. L'impuissance des organisations politiques est devenue patente et les populations ont fini par se désintéresser de leurs discours et par perdre confiance en leurs dirigeants.

On en était là, quand la grande sécheresse a commencé. À cette époque, les choses étaient encore loin d'être stabilisées, et la mondialisation s'accompagnait de beaucoup de désordres sous des formes différentes d'un pays à l'autre, en fonction des caractéristiques politiques et culturelles de chaque pays. Ma conviction est que tous ces désordres avaient la même cause : l'inexorable évolution de l'humanité vers une généralisation de l'autonomie des individus. Je suis convaincue que les troubles politiques et sociaux étaient dus à la résistance de ceux qui voyaient leur pouvoir s'effriter.

— Une évolution pas si inexorable que ça, si j'en juge par ce que nous voyons maintenant, tant en Europe qu'en Amérique, fis-je remarquer.

— En effet ! Les événements climatiques des années 30 ont tout changé. Ça a commencé par la sécheresse qui, d'année en année, a posé de plus en plus de problèmes aux populations. Les difficultés surgissaient partout, avec des conséquences différentes d'une région à l'autre provoquant des tensions, puis des conflits de plus en plus violents. Il fallait un pouvoir centralisé et directif pour maintenir l'ordre et organiser la solidarité. À ce moment, les populations n'ont pas seulement accepté de se plier à un gouvernement autoritaire, elles en ont elles-mêmes suscité l'émergence. Alors, en 2036, lorsque la situation est devenue catastrophique, les régimes en place n'ont eu aucune difficulté à instaurer ce que j'appelle les dictatures douces, que nous voyons maintenant dans toutes les agglomérations géantes du monde.

Lazare reprit la parole.

— Ces dictatures se sont bien sûr empressées d'occulter le mouvement libertaire qui commençait à prendre de l'ampleur au début du siècle. Maintenant, elles entretiennent savamment le climat de peur qui les a portées au pouvoir.

— Votre projet, si je comprends bien, c'est de relancer ce mouvement que vous qualifiez d'anarchiste…

— Je préfère « libertaire » parce que le terme « anarchiste » est devenu synonyme de terroriste. Mais sur le fond, c'est pareil.

— Votre projet est donc de relancer le mouvement libertaire, qui a été stoppé.

— Pas exactement… Ou du moins pas dans la Gigapole, si c'est ce que vous sous-entendez. Je n'ai pas vocation à lutter contre le pouvoir en place. C'est le rôle des populations, si elles le souhaitent. Moi, je ne m'intéresse qu'aux communautés de l'Intérieur. Comme je vous le disais tout à l'heure, la séparation totale qui s'est opérée au moment de l'évacuation est une opportunité exceptionnelle pour mettre en place une société fondée sur des principes entièrement nouveaux. Les gens qui sont restés ont en commun d'avoir refusé qu'un gouvernement leur impose un mode de vie, tout en étant conscients des dangers et des difficultés de ce choix. Ils constituent une population à 100 % motivée pour cette démarche, contrairement à la population de la Gigapole dont une grande partie se satisfait du régime actuel.

Au-delà de ces considérations matérielles, nous voulons aussi changer de philosophie de société. Il y a deux modes de fonctionnement possibles pour l'être humain : avoir ou être. Avoir, c'est chercher à posséder des biens ou du pouvoir. Être, c'est chercher à se développer et à s'insérer le mieux possible dans la réalité. La civilisation occidentale des XIXe et XXe siècles a principalement adopté le mode avoir, ce qui s'est traduit par le progrès et l'accroissement des richesses, mais aussi par un appauvrissement philosophique et spirituel. Ce que nous voulons pour notre nouvelle société, c'est l'orienter résolument vers le mode être. Au niveau individuel, la différence est minime. L'homme utilise constamment les deux modes. Il n'est pas question d'imaginer changer cela, mais en affirmant ce choix de principe, on influencera chaque disposition adoptée au niveau de la collectivité et l'esprit de la société sera dominé par le mode être.

Il fit une pause, puis ajouta joyeusement :

— Voilà l'idée ! Ça vous dit ?

J'étais un peu sonné. En première analyse, tout cela ressemblait plutôt à une jolie utopie. Pourtant, quand je me remémorais ce que j'avais vu et vécu au Val d'Osne, je voyais très bien de quoi il s'agissait. L'idée de bâtir une société sur cet esprit était séduisante, mais la puissance de la Gigapole face aux communautés me paraissait un obstacle insurmontable.

— Pensez-vous réellement être en mesure d'imposer la présence d'une société si différente en marge de la Gigapole ?

– Non, vous avez raison, c'est impossible… et surtout pas du tout souhaitable à mon avis. Tenter de l'imposer serait une source de tension permanente qui épuiserait rapidement notre camp. Il faut donc le faire accepter et c'est pour m'y aider que j'ai besoin de quelqu'un comme vous.

Je n'avais pas la moindre idée de ce qui m'attendait, et, en même temps, je ne voyais pas comment ni pourquoi refuser. Il sirotait tranquillement son whisky en continuant à vider le plateau de zakouskis pendant que je tergiversais, jusqu'à ce que je prenne conscience que, en réalité, j'étais fasciné.

– Oui, ça me dit… Vraiment, oui.

– Ah ! Bravo ! Vous m'avez fait peur : j'ai cru que vous hésitiez.

Anaïs m'encouragea.

– Je suis sûre que vous ne le regretterez pas. Je sais que l'idée libertarienne paraît utopique. Elle l'était jusqu'au début du siècle parce que les technologies nécessaires n'étaient pas abouties. Elle l'est encore si vous la pensez dans le contexte des systèmes en place dans les villes géantes. Mais aujourd'hui, dans les communautés de l'Intérieur, c'est une réalité en marche.

Lazare souriait.

– Bravo, Anaïs, je t'embauche comme responsable de la communication ! Tu vends l'idée beaucoup mieux que moi. Si notre ami n'est pas convaincu…

– Je le suis. Même si, pour l'instant, je ne vois pas du tout en quoi va consister mon travail.

– Si ça peut vous rassurer, je n'en ai pas non plus une idée très claire. Je sais où je veux aller, mais je ne me pose pas trop de questions sur le détail du parcours. Nous verrons au fur et à mesure. Dans l'immédiat, avant que vous preniez une décision définitive, il y a quelque chose que je voudrais vous faire connaître pour que vous compreniez bien ce qui se passe en ce moment. Votre visite au Val était indispensable, mais le mode de vie que vous avez vu là-bas n'est pas le seul qu'ont engendré l'évacuation et la création de la Gigapole. Je voudrais vous emmener dans un endroit où des gens vivent encore différemment.

– En plus des communautés comme le Val, il y a d'autres groupes humains qui vivent à l'Intérieur ?

– Vous en avez même beaucoup entendu parler. Je voudrais que vous veniez à Paris avec moi la semaine prochaine. J'y vais pour rendre visite à mon ami Rudi le Rouge.

– Le chef de la horde des Cent Soleils ?

– Lui-même.

– Mais il s'agit d'une bande très dangereuse, on ne peut pas… on ne peut pas aller sur leur territoire.

– Moi, je peux.

Les hordes et leurs descentes dans les entrepôts de la Gigapole faisaient régulièrement la une des moviemags, et les images des dévastations que laissait à chaque fois leur passage me revenaient à l'esprit. Leurs attaques faisaient souvent des victimes, chez eux et du côté des policiers. La horde des Cent Soleils était l'une des plus connues et sa réputation était effrayante. Le rapport entre ces groupes de hors-la-loi violents et les habitants du Val d'Osne m'échappait totalement et je ne comprenais pas pourquoi ni comment Lazare pouvait les fréquenter, de surcroît en appelant leur chef « mon ami ».

– Allons, reprit Lazare en rigolant, vous vous faites des idées. Je vous concède que les hordes ne sont pas des patronages, mais vous êtes intoxiqué par la désinformation gouvernementale. Au moment de l'évacuation, bien qu'eux n'aient pas vraiment choisi de rester, ils ont vécu des situations semblables à celles des communautés. À cause de cela, il y a une espèce de fraternité, entre eux et nous. Je vous ai dit que j'avais besoin de quelqu'un comme vous, bien intégré dans la Gigapole. Mais j'ai aussi besoin de gens comme Rudi, qui vivent d'une autre manière, différente de la vôtre et différente aussi de celle du Val. Venez avec moi à Paris pour vous en rendre compte par vous-même.

Une fois de plus, le journaliste reprit le dessus : depuis longtemps, aucun reporter ne s'était aventuré à l'intérieur de ces bandes et je ne pouvais pas laisser passer une telle opportunité. Et puis, comme Lazare me l'avait laissé entendre, il était temps que je mette un peu de désordre dans ma vie.

§

3 – RUDI LE ROUGE

Grâce à leur pilote automatique, sagement insérés dans le trafic général, les véhicules étaient si parfaitement synchronisés que, de l'intérieur de la voiture où il n'y avait ni bruit ni vibration, on pouvait aussi bien se dire que c'était les immeubles qui défilaient au-dehors. Lazare m'avait prévenu qu'il était fatigué et qu'il ne souhaitait pas parler. Il s'était tout de suite abstrait dans une profonde méditation. Moi, j'étais dans des dispositions bien différentes. Je m'étais imaginé que plusieurs personnes nous accompagneraient pour cette inquiétante visite mais Lazare était venu seul. La perspective de nous retrouver tous les deux en plein Paris pour aller à la rencontre des hordes ne me permettait pas d'accéder à la même sérénité que lui.

Depuis que j'avais commencé à m'intéresser à Lazare, les choses s'étaient enchaînées malgré moi, et, en fait, je n'avais jamais réellement eu le choix de ne pas suivre le chemin qu'il me traçait. Je commençais à comprendre la raison pour laquelle tous ceux qui l'avaient rencontré en parlaient avec tant d'admiration. Chaque fois que l'on essayait de trouver ce qu'il pouvait avoir de différent des autres, rien ne se distinguait. Mais sa force, sa sérénité et surtout sa joie inspiraient une confiance totale et exerçaient une attraction irrésistible. Je prenais conscience que mon état d'esprit avait beaucoup évolué. Les gens que j'avais rencontrés, ma visite au Val, les réactions de mon entourage, tout cela avait changé ma perception de la Gigapole et de l'existence que j'y menais. Bien qu'ayant toujours vaguement ressenti un malaise à propos de cette immense concentration urbaine, j'y avais vécu sans trop me poser des questions. J'avais toujours considéré l'organisation de l'Europe du Nord comme un système très complexe et, en tant que sociologue, cette complexité exerçait sur moi une certaine fascination. Depuis mon voyage au Val, au contraire, je commençais à la voir comme quelque chose de simple ou, plutôt, de simpliste. Je me sentais de plus en plus étranger à elle et ce qui m'attirait maintenant, même si pour l'instant il était plutôt inquiétant, c'était le monde dans lequel m'entraînait Lazare.

L'avertissement sonore du pilote automatique sortit Lazare de sa méditation.

– Ah ! Nous allons bifurquer vers Paris. Nous arriverons à peu près dans trois quarts d'heure.

Il se tourna vers moi :

– J'avais un peu peur que tu renonces au dernier moment – nous pouvons nous tutoyer, n'est-ce pas ? – Il est important que tu voies comment vivent les gens des Cent Soleils. Bien qu'ils l'expriment différemment, ils ont en commun avec ceux de l'Intérieur : le refus d'une société consensuelle, passive. À cause de cela, on y retrouve le même type de relations humaines qu'au Val. C'est ce qui fait que, comme pour le Val, on a toujours envie de revenir.

— J'ai quand même été surpris d'apprendre que vous aviez des liens avec ces bandes.

— Pourquoi ? Quelle image as-tu de moi ? Et que sais-tu d'eux ? Ce que tu as vu à la télévision : des bêtes humaines ennemies de la société, des arriérés, brutaux, voleurs, tueurs, des dégénérés ?

— Oui, c'est un peu ça. En tout cas bien différents de ceux que j'ai rencontrés au Val d'Osne. Ce sont des hors-la-loi.

— Les gens du Val aussi sont des hors-la-loi. Tu verras : ils vivent différemment, mais les gens, eux, ne sont pas si différents.

La voiture s'engagea dans la bifurcation vers Paris. Une série de grands panneaux avertissaient les touristes qu'ils entraient dans une zone non sécurisée. On leur recommandait de ne sortir de leur bus sous aucun prétexte et de se conformer strictement aux instructions de leurs accompagnateurs. Je me rassurais en me disant que mon accompagnateur était certainement le meilleur possible. Lazare commenta.

— Ces affiches me font rigoler. Les touristes qui viennent ici sont déjà tellement morts de trouille d'avoir quitté la Gigapole, qu'on imagine mal qu'ils puissent avoir seulement l'idée de mettre un pied hors de leur autocar.

L'autoroute était maintenant déserte. Nous traversions les anciennes banlieues. Comme à Saint-Dizier, il n'y avait plus aucune couleur et on ne voyait rien bouger. La moindre trace de vie avait été éradiquée par l'implacable rayonnement d'un soleil qui brillait sans répit depuis des dizaines d'années. Seul, de loin en loin, un tronc d'arbre desséché depuis longtemps rappelait qu'il y avait eu de la vie. J'essayais de m'imaginer les rues animées, bruyantes, encombrées de véhicules et de gens, mais finalement, on avait l'impression que c'était ainsi depuis toujours : mort. Les gratte-ciel de Drancy, à peine terminés au moment de l'évacuation, me rappelèrent la vue de ma fenêtre à la Gigapole. La seule différence était l'absence de véhicules roulant dans l'avenue, même si, là-bas, le flot de voitures n'animait pas vraiment la ville.

Lazare s'engagea brusquement dans une bretelle désaffectée. Le revêtement était entièrement défoncé et, malgré le correcteur d'assiette, la voiture tanguait et roulait violemment.

— Je ne veux pas passer par la porte de Bagnolet, dit Lazare, il y a quelques fois des patrouilles de sécurité là-bas et je ne tiens pas à être contrôlé. Elles sont rares, mais on ne sait jamais. Dès que nous serons dans Paris, il n'y aura plus de risque : ils n'y vont jamais.

— Mais ils vont nous repérer par la balise satellite !

Lazare rigola.

— Dans l'état où j'ai mis la balise, ça m'étonnerait.

Il était interdit d'intervenir sur la balise d'une voiture sous peine de prison, et je me trouvais, malgré moi, à bord d'un véhicule trafiqué. Pourquoi Lazare m'avait-il embarqué là-dedans ? Comment avait-il pu faire modifier sa balise ? Techniquement, c'était très difficile et il fallait se procurer des composants dont la seule détention était un délit.

— De quoi as-tu peur ? fit-il en restant concentré sur sa conduite acrobatique.

— Ce que nous faisons est illégal. Je ne pensais pas que...

— Tu ne crois pas que pour aller voir Rudi il vaut mieux être plutôt... furtif ? Tu as envie, toi, que la Sécurité sache que tu fréquentes un individu considéré comme un des pires ennemis publics ? Ça te vaudrait sûrement quelques heures d'interrogatoire très désagréables.

— Mais trafiquer la balise...

— L'idée d'avoir constamment une laisse comme un petit chien qu'on promène ne me plaît pas. Alors j'ai neutralisé la balise, comme ça, on ne sait pas où je vais, et c'est très bien. Pour vivre heureux, vivons cachés.

— Comment as-tu fait ? C'est impossible.

Il éclata de rire.

— Bien sûr que si ! Ce qu'un homme a fait, un autre peut le

défaire. Les types qui inventent ces pièges sont des matheux. Alors ce n'est pas compliqué : tu te mets dans la peau d'un matheux qui veut faire une balise inviolable. Comme ça, tu penses comme lui et tu imagines le même truc que lui. Et, du coup, tu comprends aussi comment neutraliser le truc.

J'avais oublié ce qui avait fait que je m'étais intéressé à Lazare.

— Tu sais, je me déplace souvent, pour venir ici ou dans d'autres communautés du sud. Les gens de la Sécurité me surveillent, ou du moins ils essaient. Je suis obligé de ruser un peu. Heureusement, ils ne sont pas très malins.

C'était bien la première fois que j'entendais dire cela à propos des agents de la Sécurité.

— Je n'aurais jamais cru que l'on pouvait contourner le système aussi facilement.

— Ce n'est pas si facile. Mais, par chance, en plus d'être limités, ils sont feignants. Ils ont tellement confiance dans leurs systèmes électroniques qu'ils se reposent entièrement sur eux, sans s'imaginer qu'ils peuvent les tromper. Par exemple, en ce moment, tu vois, ils sont tranquilles parce que les robots de surveillance confirment que cette voiture est sagement garée dans un parking de la Gigapole.

Après avoir franchi le périphérique, nous étions entrés dans un Paris que je ne connaissais pas. Les rues étaient encombrées de détritus, de gravats, de branches d'arbres, de morceaux de ferraille. Il y avait partout des trous de sable qui nous obligeaient sans cesse à des détours que Lazare semblait connaître par cœur. Le canal de l'Ourq était parsemé d'épaves de voitures à moitié enfoncées dans ce qui avait été de la vase et qui ressemblait maintenant à du béton. De l'autre côté, la gare de triage de Noisy-le-Sec avait l'air étonnamment normale. Seules quelques caténaires qui pendaient jusqu'au sol faisaient comprendre qu'elle n'avait plus aucune activité. Malgré les nids-de-poule qui constellaient la chaussée, Lazare maintenait une vitesse élevée en zigzaguant le mieux possible pour éviter les plus gros.

– Je ne tiens pas à m'éterniser par ici. La horde de Pantin contrôle tout le quartier et il vaut mieux ne pas les déranger. Ils sont un peu cinglés. Si on tombe au mauvais moment, ils peuvent être très violents.

Le calme et la confiance de Lazare exerçaient sur moi une influence de plus en plus positive et, même avec cette dernière remarque, je commençais à trouver cette expédition excitante. Plus loin, au carrefour Rhin et Danube, des immeubles avaient été incendiés. Certains étant partiellement écroulés, le rond-point était presque entièrement recouvert de gravats. Dans la lumière rasante du soleil couchant, le spectacle était impressionnant.

– Tout le quartier des Buttes Chaumont a brûlé, commenta Lazare. L'incendie est parti du parc et ils n'ont pas pu l'arrêter à cause du manque d'eau. Ça a brûlé pendant des semaines en se propageant au-delà du périphérique, à Bagnolet et aux Lilas. C'est un des événements qui a précipité l'évacuation.

Il nous fallut une bonne demi-heure pour descendre la rue de

Belleville et la rue du Faubourg-du-Temple. Juste avant de déboucher sur la place de la République, Lazare bifurqua à gauche pour s'engager dans une rue étroite, puis stopper devant l'entrée béante d'un parking.

– La horde des Cent Soleils s'est installée dans ce parking. On va venir nous chercher. Il ne faut pas entrer directement parce que l'entrée est piégée. Au départ, c'était pour se protéger de la Sécurité et des hordes voisines, mais il faut bien reconnaître que rares sont ceux qui s'aventurent à provoquer les Cent Soleils, conclut-il en riant.

L'attente ne fut pas longue. Un homme coiffé d'un casque intégral apparut devant l'entrée du parking. Par un signe à peine perceptible, il nous invita à nous engager dans la rampe d'accès. Arrivant à sa hauteur, Lazare s'arrêta, et l'homme prit place à l'arrière.

– Salut, Lazare, fit-il en ôtant son casque, content de te revoir. Ça fait un bail que tu n'es pas venu.

– Salut, Jo King. Moi aussi, ça me fait plaisir de venir ici. J'ai été obligé de rester trop longtemps à la Gigapole. Je te présente mon ami Matthieu, à qui je voudrais faire connaître les Cent Soleils.

Me retournant pour saluer notre passager, je croisai un regard si perçant qu'aucun mot ne me vint. Son visage était patibulaire, gras et mal rasé, enlaidi par une profonde cicatrice à l'arcade sourcilière. Ses cheveux longs et décolorés étaient tirés en arrière et noués en catogan. Ses yeux bleu clair avaient une expression dont on ne savait pas dire si elle était amicale ou effrayante. Arrivé au deuxième niveau de sous-sol, Lazare s'engagea dans le parking où une faible lumière était dispensée par quelques éclairages électriques. Dans la pénombre, à mesure que les vitres de la voiture s'éclaircissaient, je distinguai un spectacle incroyable. Parmi les épaves de voitures datant de l'époque de l'évacuation, des centaines de réfrigérateurs et de congélateurs de toutes sortes et de toutes tailles étaient entassés n'importe comment. Manifestement, une bonne partie était hors d'usage, soit que leur porte déglinguée était ouverte, soit qu'ils étaient renversés ou emboîtés les uns dans les autres. Par endroits, à l'inverse, ils étaient mieux rangés et paraissaient en état de fonctionnement.

– Ici, c'est le garde-manger de la horde, me commenta Lazare. Ces frigos ont été récupérés dans les appartements désertés. Ils sont alimentés par les groupes électrogènes qui tournent au premier sous-sol.

Arrivé à l'autre bout du niveau, Lazare reprit une rampe conduisant au niveau inférieur. Celui-là était transformé en atelier. Les trois quarts de la surface étaient encombrés par des monceaux de pièces de récupération accumulées dans un désordre indescriptible. Certains tas s'élevaient jusqu'au plafond. Par endroits, on voyait une silhouette fouillant à la recherche d'une pièce. L'autre partie était mieux éclairée. Il y avait des établis et quelques machines-outils, avec des gens en train de travailler. Il devait faire très chaud, car ils étaient torse nu et en sueur. Bien qu'ils fussent assez sales, leur peau blanche ressortait crûment dans ce décor sombre. Un petit groupe était assis autour d'une table en train de jouer aux cartes ou aux dés.

– Tout ce qui chauffe a été mis dans les niveaux supérieurs. La horde s'est installée dans les niveaux inférieurs, m'expliqua Lazare. Le quatrième sert à garer les véhicules et le cinquième et le sixième sont aménagés. Nous irons directement au sixième niveau, qui est celui de Rudi.

– Avant ça, on va passer à la station de pompage, dit Jo King. Je dois y aller pour voir Jésus. Il y a quelque chose qui cloche dans l'alimentation des réservoirs du cinquième.

Le niveau des véhicules était dans le même genre que ceux que nous avions traversés. La plupart des voitures étaient à moitié désossées, servant probablement de réserve de pièces détachées pour les autres. Celles qui étaient complètes n'en avaient pas moins l'air bonnes pour la ferraille. Elles étaient presque toutes à essence. Les rares voitures électriques que j'avais pu repérer n'avaient certainement pas bougé depuis très longtemps. Au passage, j'identifiais quelques modèles à faire pâlir d'envie les collectionneurs de la Gigapole, dont notamment un superbe cabriolet Alfa-Romeo qui devait dater de 2005 ou 2006, époque où l'on pouvait encore rouler en décapotable. « Gare-toi là », dit Jo King à Lazare, avisant une place à peu près dégagée. La voiture à peine arrêtée, il sortit, disparut dans le dédale de carcasses et revint quelques instants plus tard avec un panneau où était inscrit « PAS DE PIÈCES ». Il le posa sur le capot de la voiture.

– Ils sont tellement cons que, si on ne met pas ça, ils sont capables de te piquer la moitié de ta bagnole avant que tu reviennes.

Jo King nous entraîna vers une grande brèche taillée dans le mur du fond du parking. Elle ouvrait sur une galerie de métro et, de l'autre côté du tunnel, une petite porte donnait accès à un escalier taillé dans le roc. Ensuite, un long couloir grossièrement maçonné débouchait dans une sorte de grotte, probablement naturelle. Au milieu, contrastant avec tout ce que j'avais vu jusque-là, il y avait une petite cabane, très propre, bien éclairée et à l'aspect moderne. En m'engageant sur la passerelle métallique qui y menait, je vis avec étonnement qu'elle était faite du nouvel alliage organo-aluminique mis au point très récemment et utilisé pour la première fois dans la construction du pont sur l'embouchure de la Somme. À l'intérieur de la cabane, l'homme que Jo King venait voir consultait les écrans d'un système de contrôle ultra-sophistiqué digne des centrales thermonucléaires les plus modernes. Son look correspondait exactement à l'image universelle du Christ : élancé, avec un beau visage barbu et encadré de cheveux longs. De toute évidence, il jouait volontairement de cette ressemblance, jusqu'à se vêtir d'une aube conforme au cliché. En lui-même, le personnage était déjà assez étonnant, mais dans ce souterrain, au fin fond d'un parking parisien, cette figure antique était complètement surréaliste. Pendant que Jésus et Jo King s'entretenaient, Lazare m'expliqua.

— Ce site est une station de pompage d'eau en grande profondeur. Elle a été installée il y a deux ans par une communauté du centre pour remplacer une vieille pompe qu'ils avaient bricolée eux-mêmes et qui menaçait de tomber définitivement en panne.

— Je ne comprends toujours pas pourquoi vous aidez ces… bandits.

— Tu préférerais qu'on les laisse mourir de soif ? Ce forage est leur seule alimentation en eau. Il est vital pour eux. Et puis, comme je te l'ai déjà dit, nous avons des intérêts en commun. Ils ont besoin de nos ingénieurs, et nous avons besoin d'eux pour nous procurer des matériaux et des composants que nous ne pouvons pas fabriquer. C'est ce qu'on peut appeler un échange de bons procédés. Nous leur fournissons aussi des médicaments anti-UV et de la nourriture.

— Curieux commerce.

— Tu ne pensais pas que des gens comme ceux que tu as rencontrés au Val pouvaient s'accommoder de tels trafics. Pourtant, c'est bien le cas. Le gouvernement d'Europe du Nord les a laissés tomber : ils n'ont pas le choix.

Il conclut en rigolant :

— Si tu tiens vraiment à avoir bonne conscience, tu n'as qu'à te dire qu'en leur fournissant des médicaments et de la nourriture, on réduit les incursions des hordes dans les réserves de la Gigapole.

Après avoir retraversé le parking et descendu deux niveaux par l'escalier central, nous débouchâmes sur l'antre de Rudi le Rouge. C'était fascinant. La dalle du niveau où nous étions et celle du niveau en dessous avaient été évidées en leur centre, créant un vaste volume sur trois étages, traversé par les piles de soutènement et occupé de façon complexe par des plates-formes aux contours irréguliers. Des passerelles et des échelles permettaient de circuler entre ces plates-formes. Tout cela était assemblé selon un ordre incompréhensible. Partout, des fers à béton tordus dépassaient des entailles qu'on aurait dit pratiquées à coups désordonnés d'une masse géante. Chaque plate-forme était occupée par un amoncellement d'objets semblables. Sur celle qui était la plus près de moi, il y avait un tas de deux mètres de haut et de quatre ou cinq mètres de diamètre, constitué uniquement de pièces d'argenterie. Il y en aurait eu pour une fortune si elles n'avaient pas été cabossées, cassées ou tordues. Elles avaient été jetées là, en vrac, comme de la vulgaire ferraille. Sur une autre plate-forme, ce que j'avais pris pour de vieilles bâches pendant dans le vide était en fait des tapis, dont ceux que je voyais étaient magnifiques. Ils formaient une couche d'au moins un mètre d'épaisseur. Sur un autre plateau, il y avait des lampes, des milliers de lampes, jusqu'au plafond. Sur un autre, en contrebas, il y avait des lits enchevêtrés les uns dans les autres, formant une sculpture abstraite géante. L'ensemble était abondamment éclairé, sauf le niveau le plus bas dont l'obscurité donnait une impression de puits sans fond. L'espace était si vaste, si compliqué, la variété des objets, des couleurs et des matières était telle qu'on ne pouvait pas s'en faire une image d'ensemble. Promenant son regard d'une plate-forme à l'autre, on avait toujours l'impression de découvrir quelque chose de plus : un tas d'objets incongrus, un assemblage évoquant une forme particulière, une zone aux couleurs surprenantes. Cet incroyable bazar, à mi-chemin entre la caverne d'Ali-Baba et la décharge publique, dégageait une esthétique et même une harmonie troublantes.

— Incroyable, non ? fit Lazare, ravi de ma stupéfaction. Je voulais que tu voies ça. Pour moi, c'est une œuvre d'art. En plus, ça évolue tout le temps. À chaque fois que je reviens, il y a des nouveaux trucs.

Un « Lazare ! » tonitruant résonna dans tout le volume du parking éventré. Rudi le Rouge se dirigeait vers nous à grandes enjambées. Il était tel que son antre le laissait imaginer : un colosse avec une abondante chevelure, anciennement rousse, vêtu de façon exubérante d'une grande cape d'un bleu foncé très intense et d'une chemise de soie blanche largement ouverte. Il portait un pantalon bouffant, à la dernière mode de la Gigapole. Après une longue accolade avec Lazare, il se tourna vers moi, me tendant la main.

— Salut, Matthieu ! Cet enfoiré de Lazare ne vient jamais me voir, et quand il vient, il nous amène un journaliste… Alors, journaliste, qu'est-ce que tu dis du royaume de Rudi le Rouge ? Ça te bluffe, hein ?

— Ça me change un peu de la Gigapole, risquai-je.

— Ah ! Putain, tu m'étonnes !

Il balaya tout l'espace d'un large geste que sa cape suivit d'une belle vague bleue.

— Admire ! Nulle part au monde tu verras quelque chose comme ça. Je ratisse les appart' des fourmis depuis des années. Et ce n'est pas fini : il y en a encore dix fois comme ça à récupérer. C'est incroyable ce que les gens avaient pu accumuler. On se demande à quoi ça leur servait.

Il admira son œuvre avec satisfaction, puis il ajouta dans un grand éclat de rire :

– Un jour, peut-être, je ferai payer pour visiter ça.

– Les fourmis ?

– Ben oui, les fourmis, tu connais ? Les petites bêtes qui vivent dans des fourmilières… Comme toi, par exemple, et tous tes copains de la Gigapole.

Le rapprochement entre les avenues de la Gigapole, avec leur flot de véhicules et les colonnes de fourmis allant et venant autour des fourmilières était plutôt bien vu.

Les membres de la horde de Rudi commençaient à affluer sur la plate-forme, emplissant l'énorme volume d'un brouhaha qui s'amplifiait. Ils étaient tous habillés de manière extravagante. Des femmes portaient des robes longues du XIXe siècle, peut-être trouvées dans des greniers de familles bourgeoises ou dans des magasins de costumes de théâtre. D'autres exhibaient leurs charmes comme cela se faisait à la fin du XXe siècle, au travers de tenues vaporeuses. Parmi des hommes en djellaba bariolées ou en tuniques soyeuses semblables à celles des hauts fonctionnaires de la Côte, d'autres, qui avaient probablement quitté leur atelier quelques minutes auparavant étaient en jean et torse nu. Au milieu de cette assemblée inclassable couraient une multitude de gosses, très sales et très bruyants. Tout était excessif : le décor, les vêtements, les coiffures et même les exclamations et les rires. Pourtant, c'est à ce moment que j'ai commencé à comprendre ce qu'il y avait de commun entre ces gens et ceux que j'avais rencontrés au Val : c'était la même chaleur humaine, la même joie de se réunir et de faire la fête. Et aussi le même désordre.

— Allez boire un coup. J'ai un truc à régler. Je vous retrouve tout à l'heure.

Lazare me fit signe de le suivre, mais, alors que je lui emboîtais le pas, il stoppa net. Une femme marchait vers nous, bras ouverts, tout sourire. Elle était grande, vêtue d'une robe longue serrée sur sa taille encore bien marquée. Le décolleté de son corsage attirait irrésistiblement le regard.

— Marguerite ! fit-il en se jetant dans ses bras.

Après qu'ils se furent longuement étreints, puis regardés dans les yeux avec un sourire plein de complicité, Lazare se tourna vers moi.

— Je te présente Marguerite. Quasiment ma seconde mère. Quand j'étais gamin, je venais souvent ici avec mon père, et c'est elle qui s'occupait de moi.

— Et ce n'était pas une sinécure, ajouta Marguerite. Entre lui et Rudi, c'était à celui qui me ferait tourner en bourrique le premier.

— Viens me raconter les dernières nouvelles de la horde, lui dit Lazare en l'entraînant au travers de la foule qui se pressait autour de la table pour se servir une boisson.

– Les choses ne vont pas si bien. Tu sais que nous avons eu des gens malades à cause de l'eau ces derniers mois. Un homme est mort, même. Cela a ranimé les tensions internes et Rudi a eu du mal à les tenir. Le problème de l'eau a été résolu, mais il y en a encore qui disent vouloir aller chercher un autre endroit en dehors de Paris pour ne plus vivre sous terre. Les jeunes garçons veulent rencontrer des femmes ailleurs. Certains commencent aussi à critiquer les descentes à la Gigapole. Les accrochages avec les flics sont violents. Il devient de plus en plus difficile d'approvisionner toute la horde. Tu sais, nous sommes plus de 400, maintenant. Quand je vois ce qui est arrivé à la horde du Lion Noir, ça me fait peur…

– Qu'est-ce qui s'est passé ? dit Lazare.

– Tu n'es pas au courant ? Eux aussi ont eu des problèmes d'eau. Et ça a mal fini. Il y a eu une bagarre : Black Max a été tué. Cela a déclenché une guerre intestine effroyable. Ils se sont entre-tués pendant deux semaines. Rudi a essayé de s'interposer, mais il n'a rien pu y faire. Maintenant, il ne reste plus qu'une poignée de malheureux qui errent dans les rues de Paris à la recherche de nourriture et d'eau. Ils sortent même le jour. Bientôt, ils seront tous morts, sauf les deux gosses que Rudi m'a ramenés. Tiens, regarde la petite, là, c'en est une.

Marguerite montrait une fillette de quatre ou cinq ans, en haillons, qui, poursuivie par une autre gamine, poussait des cris stridents de terreur feinte mêlés à des éclats de rire. Elle arriva à toute allure entre nos jambes, s'accrochant à celles de Marguerite pour tourner autour, toujours poursuivie par sa copine. Marguerite l'attrapa et la hissa dans ses bras, d'où elle continua à repousser l'autre de ses pieds, en riant aux éclats.

– Ils n'ont plus le moral, ajouta Marguerite.

– Pourquoi me regardes-tu comme ça ?

Lazare était contrarié par le ton de reproche avec lequel Marguerite avait dit sa dernière phrase. Heureusement, à ce moment, un homme, torse nu et en pantalon de cuir écarlate apparut à l'entrée principale du niveau, et cria, d'une voix si forte qu'elle couvrit le bruit des conversations et des rires :

– On y va ! Tous à vos voitures et à vos motos.

Cette annonce fut accueillie par un hourra assourdissant, amplifié par les mille échos de la caverne de Rudi, et ponctuée par les bris des verres jetés en l'air. Jo King vint à notre rencontre, remontant le flux de ceux qui se ruaient vers leurs véhicules.

– Venez. Je vous emmène dans la voiture de Rudi. Vous n'allez pas prendre votre corbillard. Ça gâcherait le plaisir.

La voiture en question était un splendide cabriolet BMW de 2023. Il était en très bon état, mais un élément, pas vraiment d'origine, détonait un peu : l'énorme insigne des Cent Soleils en résine luminescente jaune fluo qui ornait son capot.

Les véhicules se rassemblèrent sur la place de la République.

Sous la lumière lunaire, les carcasses d'un groupe d'immeubles ravagés par un incendie se dessinaient sur fond de ciel noir. Les autres immeubles autour de la place étaient à peu près intacts. Au centre, la statue de la République partait en dentelle, rongée par une oxydation décuplée par le rayonnement ultra-violet. De loin en loin, quelques troncs d'arbre étaient encore debout. La plupart des véhicules étaient des fabrications maison, entièrement décorées d'une multitude de lumières de couleur. Les autres étaient des anciennes berlines des années 40 ou 50 transformées à la tronçonneuse en cabriolets. Tous étaient à essence. En résonnant entre les façades des immeubles tout autour de la place, le vrombissement des échappements libres jouait une hallucinante symphonie. Même les odeurs de l'huile chaude et des gaz d'échappement me ravissaient les narines. De cette meute furieuse émanait une joie qui m'emportait. Le cortège avait pris progressivement de la vitesse, remontant les grands boulevards jusqu'à la Gare de l'Est. Là, sans ralentir, il vira vers le boulevard de Sébastopol, ajoutant le crissement des pneus à sa partition. Telle une guirlande de foire géante, il dévala le boulevard à plus de cent cinquante à l'heure. C'était la première fois de ma vie que je roulais en voiture découverte et à une telle vitesse. Il faisait chaud. Le courant d'air sur mon visage était quelque chose de magique. J'avais l'impression que le bruit devait s'entendre jusqu'à la côte. Ce mariage à pleine vitesse de lumières et de sons débridés procurait un plaisir incroyable. Marguerite, assise derrière à côté de Lazare, riait aux éclats en se battant contre ses cheveux qui lui fouettaient le visage. Lazare se pencha vers moi et me hurla dans l'oreille.

– Rudi adore ce genre de rodéo. Il se sent le maître de Paris. C'est autant un plaisir qu'une démonstration de force à l'attention des autres hordes. Tu ne vois personne, mais tu peux être sûr qu'ils n'en perdent pas une miette.

Puis il ajouta :

— Moi aussi, j'adore ! Pas toi ? Avoue que c'est quand même plus marrant de visiter Paris comme ça que dans un car à air conditionné, non ?

J'acquiesçai sans réserve.

Après avoir sillonné l'ancienne capitale pour faire connaître sa puissance, la horde des Cent Soleils revint place de l'Hôtel de Ville où elle s'immobilisa. Le tonnerre assourdissant des moteurs fit place à un silence cotonneux : nos oreilles fracassées avaient besoin de temps pour reprendre leur fonction à un niveau normal. Au milieu de la place, une longue table était dressée, seulement éclairée par de grands chandeliers dont les flammes des bougies étaient aussi stables que des lumières électriques. Il n'y avait pas le moindre souffle d'air et on aurait pu se croire à l'intérieur d'une immense salle de château. Au loin, derrière les squelettes des grands platanes des quais, se dressait le fantôme de Notre Dame, avec sa toiture mitée et son unique tour encore debout.

Nous rejoignîmes Rudi. Il nous plaça autour de lui et de sa compagne, une opulente blonde au visage avenant qu'il appelait élégamment Beau-Boule. Avant de s'asseoir avec nous, il alla donner des ordres à un groupe de costauds qui se postèrent autour de la place pour en surveiller les entrées. En revenant à la table, il était tendu.

– Les Tatoués ont l'air de s'agiter. Il paraît que leur dernière expédition à la Gigapole a été un désastre et qu'ils commencent à manquer d'essence. Leur chef est un excité qui cherche constamment la bagarre.

Rudi étendit les bras pour obtenir le silence.

– Mes amis ! Mes amis ! Nous voilà à nouveau réunis pour la fiesta annuelle des Cent Soleils. Aujourd'hui, quelqu'un qui s'était fait assez rare ces derniers temps nous fait l'honneur de sa présence. Lazare est avec nous ! Il est accompagné de son ami Matthieu, un habitant de la Côte à qui il fait découvrir la vraie vie. Allez, que la fête commence, que le vin coule à flots et que les femmes ne soient pas farouches !

Ce discours fut acclamé par un hourra tonitruant, aussitôt suivi des éclats de rires déclenchés par les blagues de circonstance sur les habitants de la Gigapole. Rudi et Lazare se racontèrent longuement tout ce qui était arrivé de leur côté depuis leur dernière rencontre. Leurs histoires me faisaient mieux comprendre les relations entre les deux mondes délaissés. Ils avaient en commun, une situation d'isolement extrême, un environnement hostile et toutes les difficultés matérielles qui en découlaient. Ce n'était pas seulement par intérêt qu'ils s'entraidaient, c'était aussi parce qu'ils se comprenaient.

Autour de la table, les esprits commençaient à s'échauffer sérieusement. Une jeune femme, vivement encouragée par des cris et des applaudissements, avait entamé une danse du ventre d'autant plus suggestive qu'elle l'accompagnait d'un savant striptease. À un autre endroit, deux hommes se bagarraient sur la table, pour la plus grande joie de Rudi qui s'esclaffait à chaque fois qu'ils envoyaient valser un plat ou une cruche. Les paris commençaient à fuser et chacun encourageait son poulain, insultant copieusement l'adversaire. Au moment où Rudi se leva pour aller les calmer, un des gardes vint lui parler à l'oreille.

– Merde ! Ce connard n'a pas pu s'en empêcher.

Il se tourna vers Lazare.

– La bande des Tatoués arrive par la rue de Rivoli. Ils ont l'air excités. Il va falloir leur rentrer dedans.

L'arrivée du vigile avait été remarquée. La danseuse se rhabillait et les deux bagarreurs s'étaient arrêtés, debout sur la table, regardant ce que Rudi allait faire. On n'entendait plus qu'un murmure de commentaires inquiets. Marguerite dit à Lazare :

– Tu devrais y aller.

Les hommes commençaient à se lever de table, se préparant à en découdre. Lazare les arrêta :

– Je peux peut-être éviter ça. S'il vous plaît, restez à vos places. J'y vais.

Avant que quelqu'un ait pu réagir, à pas rapides, il traversa le parvis en direction de l'entrée de la place et s'arrêta au milieu de la rue de Rivoli, bien visible au clair de lune avec sa chemise blanche. On commençait à entendre le martèlement des souliers ferrés sur le bitume. Après de longues secondes, la masse noire de la bande apparut, hérissée de piques et de barres de fer, marchant vers Lazare, comme statufié face à eux. À mesure qu'ils s'approchaient de lui, les Tatoués ralentissaient le pas. Arrivés à une dizaine de mètres à peine, ils stoppèrent. Il n'y avait plus aucun bruit. La scène s'était figée, juste avant ce qui ne pouvait que tourner au massacre. Des hommes du banquet commençaient à se lever silencieusement de table, prêts à courir au secours de Lazare. Mais, calmement, Lazare leva le bras en direction de la horde. Surpris, ceux qui étaient devant eurent un mouvement de recul. Lazare se mit à marcher vers eux, lentement mais régulièrement, sans hésitation. Alors les Tatoués se mirent à reculer. Lazare marchait vers eux et les Tatoués se bousculaient les uns les autres pour reculer. La distance entre eux et Lazare ne diminuait pas, comme s'il les poussait, exerçant sur eux une force irrésistible. Ils reculèrent jusqu'à ce que la horde entière, puis Lazare lui-même, disparaissent dans la rue de Rivoli. Tout le monde retenait son souffle, scrutant l'obscurité à l'entrée de la place, à l'affût du moindre bruit venant de là-bas. Mais on ne voyait ni n'entendait plus rien. Après un temps infini, Lazare réapparut, seul. Droit comme un « i », il retraversa la place, et vint s'asseoir à la table. Il tremblait de tous ses membres. Il dit à Rudi :

– Ça va. C'est OK. Rudi, dis-leur que c'est OK. Dis-leur que la fête peut reprendre.

Rudi s'exécuta. Les conversations reprirent petit à petit, mais l'excitation était retombée. Pour ma part, je m'étais repassé en boucle la scène surréaliste qui venait de se dérouler. Avions-nous bien vu ce qui se passait ? La lumière était faible, peut-être n'étaient-ils pas si nombreux. Où étaient les vigiles ? Je ne me rappelais plus les avoir vus. Plus les questions venaient, plus le souvenir de la scène devenait imprécis, irréel. Lazare mit un long moment à récupérer et personne n'osa lui poser de question sur ce qu'il avait fait ou dit face à la horde. Marguerite, qui paraissait avoir été peu troublée par l'événement, reprit le contact avec lui et ils ne parlèrent qu'ensemble, en ne se mêlant plus aux conversations des autres.

La soirée se prolongea très tard. La table s'était peu à peu clairsemée jusqu'à ce qu'il ne reste que quelques groupes, animés de discussions vives à propos de la situation de la horde et de ses rivales. Un homme se leva.

— Hé, Lazare, je ne sais pas ce que tu leur as fait, mais ça a été drôlement efficace. Chapeau ! C'est un type comme toi qu'il nous faudrait pour nous sortir de la merde. Hein, qu'est-ce que tu en penses ?

Lazare lui répondit sèchement.

— La merde ? De quoi parles-tu ? Et quel rapport avec ce qui s'est passé tout à l'heure ? Si tu as quelque chose à dire, adresse-toi directement à Rudi, ton chef, pas à moi.

L'homme se rassit en bougonnant, mettant Lazare en fureur.

— Oui, Rudi est ton chef et sûrement un meilleur chef que moi. Qu'est-ce que tu crois ? Que je peux résoudre vos problèmes avec une baguette magique ? Si tu penses que vous êtes dans la merde, comme tu dis, cherche des solutions. Ravale tes petites provocations et bouge ton cul. Et surtout, ne viens plus me demander de le faire à ta place.

Se rasseyant, il ajouta gaiement :

– Ah ! Ça fait du bien. Allez, rentrons, nous devons reprendre la route.

Il prit Marguerite par le bras et ils retournèrent à la voiture en se racontant des choses très drôles.

De retour à l'antre de la horde des Cent Soleils, après que Lazare eut longuement parlé en aparté avec Rudi, nous reprîmes la route de la Côte.

– Maintenant, tu sais comment vivent les gens en dehors de la Gigapole, que ce soit ici, au Val d'Osne, ou ailleurs. Tu sais aussi mieux qui je suis. Alors tu continues avec moi ?

– Bien sûr.

Cette nuit avait définitivement balayé les derniers doutes. Lazare avait eu mille fois raison de m'emmener ici. En associant ce que j'avais vécu au Val et à Paris, je commençais à voir ce qu'il voulait dire en parlant du mode « être ». Ces deux mondes délaissés par la Gigapole montraient deux aspects d'une même façon d'être vivant. Je voulais tout connaître d'eux et il était impossible d'imaginer que je n'aille pas jusqu'au bout.

– Tu es bien conscient que tu vas devoir abandonner tout ce qui fait ta vie aujourd'hui, pour m'accompagner partout… Ce qui pourra te causer bien des ennuis.

– Je choisis les ennuis.

– Merci. Il n'y aura pas que des ennuis, j'espère. Maintenant, je crois que je vais dormir : l'épisode des Tatoués m'a lessivé. Je ne voudrais pas avoir à faire ça tous les jours. J'aurais voulu que la fête se passe mieux, mais puisqu'il devait en être autrement...

Lazare sourit et, comme la voiture s'engageait sur l'autoroute, il enclencha le pilote automatique, se cala dans son siège et s'endormit aussitôt. Moi, au contraire, je luttai contre le sommeil car je voulais me repasser le film de ce que je venais de vivre pour le graver le mieux possible dans ma mémoire.

§

4 – L'ARCHE

Si l'on cherche un jour à dater la fondation de l'Arche, il faudra retenir la date du 6 mai 2068. Ce jour-là, à Champlong en Haute-Loire, s'est tenue la première réunion des patriarches représentant les 72 communautés fondatrices en vue d'un concile qui avait duré huit jours. Au cours de ce concile, un collège de 12 hommes et 8 femmes avait établi l'essentiel des principes de l'Arche, la nouvelle société voulue par Lazare.

Champlong avait été choisie pour sa position centrale par rapport aux autres communautés. Le site abritait seulement une dizaine de familles qui avaient trouvé dans les luxueuses résidences secondaires du petit village un habitat particulièrement agréable. Leurs cultures se trouvaient au pied de la falaise où étaient perchées les maisons, au bord du lit desséché de l'Allier. En bas, un forage procurait de l'eau en abondance, justifiant les fatigants allers-retours par un escalier escarpé. La plupart de ces familles étaient les propriétaires d'origine qui, lors de l'évacuation de Paris, avaient choisi de s'exiler ici au lieu de rejoindre la Gigapole. La petite communauté s'en sortait assez bien grâce à la relative proximité de celle, beaucoup plus nombreuse, de la Chaise-Dieu.

Une halle couverte de chaume avait été édifiée pour la circonstance. Elle servait pour les débats et pour les repas. Les participants étaient logés dans un petit hôtel désaffecté, où chaque chambre, avait été équipée comme une cellule monacale, d'un simple lit de camp, d'une table et d'une chaise. Une allée couverte, reliait l'hôtel à la halle, permettant la circulation de jour. Quant à moi, n'étant pas initialement prévu, j'étais logé plus confortablement, chez une des familles résidentes.

Les débats se déroulaient les après-midi et se prolongeaient jusque tard dans la nuit. Ils n'étaient interrompus que par le dîner pris en commun avec les habitants de la communauté. Cette coupure permettait aux congressistes de soumettre à des tiers leur point de vue sur les questions abordées dans l'après-midi. Les enfants aussi étaient conviés. Ils s'intéressaient beaucoup aux conversations, et leurs réflexions étaient écoutées avec attention. Lors des séances de travail, chaque sujet était débattu jusqu'à ce que l'on trouve une réponse qui ne soulevât plus d'objection. Lazare résumait cette réponse de façon à obtenir l'acquiescement explicite de chacun, et l'on passait à la question suivante. J'étais le seul à écrire, en raison de la mission de « secrétaire » qui m'avait été confiée.

Lazare ouvrit le concile par une courte allocution.

— Je me réjouis de nous voir tous réunis pour la tâche enthousiasmante qui nous attend. Je remercie particulièrement ceux qui sont venus de loin en dépit des difficultés de route. Avant d'entamer les débats, je voudrais vous donner quelques informations qui justifient que nous ayons dû avancer de plus d'un an la tenue de ce concile. La première concerne l'ozone stratosphérique. C'est notre ami Serge Katirienko qui va nous en parler.

Serge, qui représentait la communauté de Saint-Véran, était un spécialiste de génie climatique. Il avait fait partie de ceux qui avaient refusé de collaborer au projet « Ultime bouclier » de 34. Sa disparition un an après avait fait grand bruit. Officiellement, il avait été enlevé et assassiné par un groupuscule terroriste qui projetait de s'en prendre à tous les savants pour déstabiliser la société européenne. Cette thèse avait notamment permis, en les accusant de connivence avec le prétendu groupuscule, l'éviction de hauts fonctionnaires qui critiquaient l'action du gouvernement dans cette opération controversée. En fait, il avait tout simplement rejoint la communauté de Saint-Véran dont il était maintenant le Patriarche. Il affichait constamment un léger sourire à la limite de l'ironie à cause duquel Nicolas le surnommait « La Joconde ». Son abondante chevelure grisonnante avait toujours l'air d'être prise dans une tornade. Sans se lever, il enchaîna.

– Les dernières mesures effectuées par la station de Saint-Véran montrent une accélération du processus de reconstitution de la couche d'ozone, processus que nous constatons depuis maintenant trois ans. J'ai d'ailleurs eu des renseignements confidentiels en provenance du ministère de l'Écologie planétaire qui confirment ces données. Pour l'instant, le gouvernement d'Europe du Nord occulte cette situation en accréditant, à grand renfort de démonstrations scientifiques, la thèse d'un phénomène ponctuel et limité. Le pseudo-savant hypermédiatique Dimitri Dogbanov est récemment intervenu pour expliquer qu'il s'agissait d'un sursaut augurant une aggravation à venir. Nos travaux aboutissent clairement à une conclusion inverse. Ils constatent que, par rapport à son niveau le plus bas (50 unités Dobson), la couche d'ozone a maintenant triplé d'épaisseur au-dessus des régions les plus méridionales. D'après nos calculs, au sud de Clermont-Ferrand, elle sera revenue avant cinq ans à 80 % de son niveau normal, permettant ainsi de rester dehors toute la journée moyennant quelques précautions élémentaires.

– Voilà une bonne nouvelle, s'exclama une participante.

– Oui, si ce n'était que, toujours selon nos modèles, cette

reconstitution ne devrait pas concerner le nord de Lille avant au mieux 50 ans.

Lazare poursuivit.

— Je vous laisse imaginer la réaction des habitants de la Gigapole lorsqu'ils se rendront compte qu'il existe à quelques dizaines de kilomètres de chez eux, des régions où l'on peut vivre à l'air libre toute la journée. Les autorités du gouvernement d'Europe du Nord sont parfaitement informées de tout cela. C'est un sujet de discussions interne, et il commence à y avoir des gens qui parlent de recoloniser les terres de l'Intérieur. Depuis plusieurs mois, des tensions s'accumulent et nos soutiens sont de plus en plus menacés par une tendance très dure. Ainsi, j'ai appris, il y a trois jours, que le Directeur général adjoint de la Santé, Robert Martin, a été arrêté. Ils lui mettent une affaire de corruption sur le dos. S'agissant de lui, une telle accusation est tout simplement invraisemblable. Il est évident qu'on cherche à l'évincer. Or, vous savez que Robert Martin était une de nos relations les plus haut placées au gouvernement. C'est en grande partie à lui que nous devons le *modus vivendi* actuel entre nous et la Gigapole. Si, comme je le redoute, il se confirme que ce sont ses prises de position en notre faveur qui lui ont valu cette arrestation, cela signifierait que les partisans de l'intégration forcée sont en train de reprendre du poids de façon inquiétante. Nous devrions alors nous attendre à un retour vers une situation du même genre que celle que les plus anciens d'entre vous ont subie il y a quinze ans.

Lazare marqua une pause, laissant les congressistes échanger leurs réactions pendant quelques instants. Puis il reprit, sur un ton solennel.

— Vous comprenez maintenant l'urgence dont je vous parlais au début de ce colloque. Il est indispensable que nous obtenions un statut officiel dans l'organisation de l'Europe du Nord avant que nos ennemis n'aient monopolisé tout le pouvoir. Pour cela, et c'est l'objet de ce concile, je pense que nous devons nous doter d'une charte établissant clairement nos principes politiques. Je vois deux fonctions fondamentales pour cette charte. D'abord, elle devra formaliser l'esprit commun qui anime les communautés, au-delà de leur diversité d'organisations et de structures. Si nous y parvenons, elle servira de repère, de référence et en fin de compte de lien de cohésion entre nous. Chaque communauté devra y adhérer explicitement, et, réciproquement, il y aura un processus d'exclusion pour celles qui n'en respecteraient pas les principes. Sa deuxième fonction sera, en affirmant l'unité de notre réseau, de nous donner suffisamment de poids face à la Gigapole pour demander un statut officiel.

Michel Glava, patriarche d'une communauté roumaine interpella Lazare.

— Finalement, tu veux nous faire entrer dans le moule.

– Sûrement pas ! Et c'est là toute la difficulté. Jusqu'à présent, chaque communauté s'est organisée comme elle a voulu, indépendamment des autres. C'est ce qui fait notre richesse, notre force et notre originalité, et c'est ce que nous devons préserver à tout prix. Pour définir l'esprit de la charte que nous allons rédiger, je dirais qu'elle doit exprimer les principes juste nécessaires et suffisants pour qu'une communauté, en les respectant, puisse faire partie de l'Arche. En travaillant sur cette question, j'ai noté ce que disait Descartes dans son fameux Discours de la méthode : « *la multitude des lois fournit souvent des excuses aux vices, en sorte qu'un État est bien mieux réglé lorsque, n'en ayant que fort peu, elles y sont fort étroitement observées* ». Nous devrons veiller à définir le moins de règles possible, à ne garder que celles qui sont véritablement indispensables, irréductibles, sans lesquelles l'Arche n'aurait plus de raison d'être. La Gigapole, que tu appelles le moule, Michel, c'est tout le contraire : c'est la multitude des lois, en nombre toujours croissant. Nous devons prendre la direction exactement opposée. Non seulement nous devons en créer « *fort peu* » dans notre charte, mais nous devons également concevoir une organisation qui empêche qu'on en crée d'autres.

Nicolas renchérit.

– Nous avons souvent parlé de ça, Lazare, et tu sais que je suis complètement d'accord sur ce principe minimaliste. Mais je voudrais aussi insister sur son corollaire, à savoir que tout ce qui ne sera pas régenté par ces règles essentielles sera libre, absolument libre, et sera donc laissé à l'entière discrétion de chaque personne et de chaque communauté. Il faut avoir cette conséquence à l'esprit, car, au moment de choisir une règle, nous devrons nous assurer d'être bien d'accord sur cette liberté. Si nous respectons bien cette démarche, je crois que nous ne risquons pas de « rentrer dans le moule ».

— D'accord, ça me va mieux comme ça, admit Michel Glava.

Tatiana Navratova, de Budapest intervint.

— Minimaliste me va également. Mais, tout à l'heure, tu as parlé de principes « nécessaires et suffisants ». Comment pourrons-nous savoir s'ils le sont vraiment ?

Lazare balaya l'assemblée d'un regard interrogateur, l'air plutôt satisfait que personne ne réponde.

— Excellente question, Tatiana, c'est un point essentiel et sans doute le plus difficile. Pourtant, la réponse à ta question est simple : il suffit de savoir quel est le but de ces principes. Si nous connaissons clairement notre but, nous pourrons imaginer des principes susceptibles de nous y conduire, et nous pourrons vérifier que ces principes sont vraiment nécessaires et qu'il n'y en a besoin d'aucun autre. Dans l'action, les sociétés, comme les personnes, perdent facilement de vue le but qu'elles poursuivaient au début. La société mondiale des agglomérations géantes ne sait plus dans quel but elle définit ses lois. Elle pallie les problèmes à mesure qu'ils surgissent, en s'appuyant sur des principes moraux implicites, traces diluées des morales religieuses. Ici encore nous allons devoir faire preuve d'innovation pour éviter de retomber dans ce piège.

Mettons-nous donc au travail d'arrache-pied. Ayons à cœur que l'Arche dont nous allons définir les fondements satisfasse au mieux les aspirations des habitants des communautés.

La suite de cette première après-midi de travail fut consacrée à une présentation de la situation dans les 72 communautés et de leurs relations mutuelles. Adriano Orsoni, du Val d'Aoste au nord de l'Italie, montra, cartes à l'appui, comment elles constituaient un réseau couvrant principalement les massifs montagneux du centre de l'Europe, le Val d'Osne étant la plus au nord. La majorité se trouvait dans la région lyonnaise, jusque dans le Massif central. En dehors de la France, les plus nombreuses étaient dans les Alpes italiennes. Les autres étaient disséminées en Autriche, en Bulgarie et en Hongrie. Au début, il y avait eu quelques communautés isolées dans les Pyrénées, mais, trop éloignées, elles n'avaient pas pu se maintenir. Ainsi, au sud de la latitude de Bordeaux, totalement désertifiée et exposée à un rayonnement mortel, l'Europe n'était plus du tout habitée.

Au fil des années, les communautés s'étaient spécialisées en fonction des équipements qu'elles avaient pu récupérer. Celle de Satolas, par exemple, produisait tous les produits pharmaceutiques destinés à l'ensemble du réseau, notamment pour la protection ou les soins nécessités par les effets du rayonnement solaire. La Chaise-Dieu, en Auvergne, était progressivement devenue le centre de production et de conservation des documents numériques culturels et scientifiques. Une communauté nomade s'était spécialisée dans le transport des marchandises. Ses membres vivaient avec leur famille dans d'énormes camions qu'ils entretenaient eux-mêmes avec grand soin. Ils étaient peu nombreux, connus et très appréciés de tous pour leur caractère serviable et leur goût de la fête. Leur arrivée dans une communauté était toujours l'occasion de ripailles au cours desquelles ils racontaient les péripéties de leur voyage et donnaient des nouvelles des autres communautés. Leur métier était assez dangereux, et cela leur valait une grande reconnaissance.

Certains camions étaient équipés pour prendre quelques passagers, ce qui était utile notamment pour transporter des blessés ou des malades vers une communauté mieux équipée. Toutefois, seulement trois sites – Moutiers en Tarentaise, Ivrea dans le Val d'Aoste et Vittel dans les Vosges – avaient réussi à remettre en service un hôpital complet. Les autres communautés avaient un minimum d'installations de santé, mais l'éloignement des grands hôpitaux posait de graves problèmes à chaque fois que quelqu'un avait besoin de soins complexes urgents. D'une manière générale, en l'absence de transports aériens et de routes carrossables, le déplacement des personnes d'un site à l'autre restait difficile et Adriano insista sur le fait que ceci constituait une importante faiblesse du réseau.

Ensuite, Adriano passa la parole à Lev Lifschitz de Budapest pour les questions de l'énergie.

Au fur et à mesure des évacuations, le gouvernement s'était empressé de couper l'électricité de chaque région dès qu'elle était désertée. La production d'énergie avait donc été une priorité pour ceux qui décidaient de rester. La solution généralement adoptée était basée sur les piles à combustible. L'hydrogène était fabriqué le jour au moyen de panneaux solaires, par électrolyse de l'eau. Seule Satolas s'était équipée de générateurs à moteurs diesel en raison d'une usine de biocarburants existante qu'elle avait remise en marche. Les algues utilisées avaient en effet l'avantage de se développer encore plus vite depuis que les UV n'étaient plus filtrés par la couche d'ozone. Satolas fournissait également quelques petites communautés à proximité.

Le plus souvent, chaque foyer était équipé de sa propre installation d'énergie. L'eau étant précieuse, les générateurs récupéraient l'eau produite par la pile pour la ré-électrolyser. Dans quelques cas, un village ou même, comme au Val d'Aoste, un groupe de villages avait réalisé une installation commune alimentant tous les foyers en électricité. Il s'agissait des sites disposant de suffisamment d'eau pour ne pas être obligé de la récupérer. Cette organisation fonctionnait très bien, l'absence de centrale de grande puissance rendant l'ensemble extrêmement fiable. Si l'installation d'un foyer tombait en panne, un ou plusieurs foyers voisins pouvaient facilement le secourir. Les sites équipés d'installations collectives avaient toujours plusieurs centrales pour être en sécurité.

Lev Lifschitz conclut son exposé sur l'énergie :

— Toutes les communautés ont réussi à installer des systèmes de production d'énergie qui les rendent autonomes, le plus souvent au niveau de chaque foyer. Cela est une force pour notre organisation, mais la majorité de ces systèmes sont basés sur l'hydrogène extrait de l'eau. Le recyclage de l'eau est contraignant et il limite les performances des générateurs. Notre approvisionnement en eau est limité, et nous ne pouvons pas envisager un développement à long terme sans accès à l'eau de mer, surtout si nous envisageons de développer les transports terrestres ou même aériens.

Lazare enchaîna.

— Cet accès à la mer est donc stratégique, et je ne vois pas comment le résoudre autrement qu'en négociant avec la

Gigapole. Nous reviendrons sur ce point, mais auparavant, je voudrais passer la parole à Evgeny Landovsky, qui travaille avec Lev sur les systèmes de production d'énergie et qui va nous parler des composants électroniques.

Evgeny tint absolument à s'exprimer en français.

– Merci, Lazare. Je parler principal de panneaux solaires. Actuel, nous tous fonctionner avec panneaux solaires fabriqués avant évacuation. Heureusement, à ce moment, stocks étaient très gros et nous avons pouvoir récupérer beaucoup. Mais rendement de tels panneaux très mauvais et eux finir bientôt durée de vie.

Lev Lifschitz lui coupa la parole en hongrois. Ils échangèrent brièvement quelques mots apparemment pas très aimables, mais qui eurent pour effet de lui faire adopter l'anglais, qu'il parlait couramment.

– Lev n'aime pas mon français ! Dommage, je continuerai donc en anglais… Je disais que nos panneaux solaires sont d'une ancienne génération et que cela fait trente ans qu'ils sont en service. Leur rendement a déjà baissé et cela va s'accentuer. Le problème, c'est que nous ne pouvons pas en fabriquer. Toutes les installations industrielles de composants électroniques ont été soigneusement déménagées lors de l'évacuation et vous n'ignorez pas que ce genre d'usines n'est pas à la portée d'organisations… disons artisanales comme les nôtres. Il en va de même avec notre système de communication. Dès le départ, convaincus que nous ne devions pas utiliser les transmissions radio, beaucoup trop « visibles », nous nous sommes focalisés sur les liaisons numériques câblées entre les communautés, en récupérant les réseaux existants et en en installant de nouveaux en fibre optique ultra performante. Le réseau marche très bien, mais là encore nous n'utilisons pas notre propre fabrication. Les composants nous sont fournis par les hordes avec lesquelles nous commerçons, mais, à long terme nous ne pouvons pas baser notre développement sur un trafic de produits volés.

Lazare prit la parole.

– Une équipe de chercheurs à Satolas travaille sur la mise au point de composants organiques faciles à fabriquer, mais cela prendra encore plusieurs années (sans qu'on puisse dire combien, tant ces travaux sont aléatoires) avant que nous fabriquions des appareils complets. Pour l'instant, seules certaines mémoires de l'ordinateur du laboratoire ont pu être étendues par des puces bio-électroniques fabriquées par eux.

Avec les problèmes sur l'organisation de la santé, l'approvisionnement en hydrogène et la fabrication de composants électroniques, on voit que nous ne sommes pas encore capables d'être vraiment autonomes. En cas de tensions avec le gouvernement d'Europe du Nord survenant maintenant, nous serions en position de faiblesse. Nous devons donc profiter de la relative bienveillance dont nous bénéficions en ce moment pour négocier avec le gouvernement d'Europe du Nord. Pour cela, nous avons heureusement des atouts. Martine Kandaar, de Hières-sur-Amby, va nous parler du premier.

Âgée d'une cinquantaine d'années, Martine avait un air assez stricte, notamment à cause de son chignon impeccable orné d'une tresse très travaillée. Elle avait manifestement l'habitude de s'exprimer en public.

— Bonjour à tous. Je suis responsable du laboratoire de recherche nucléaire de Proulieu, dans l'Ain, à côté de la centrale nucléaire du Bugey. Pour une raison inconnue, ce site a été abandonné quasiment en état de marche, ce qui nous a permis de créer notre laboratoire. Nous travaillons sur deux axes : le médical et l'énergie. C'est dans ce dernier domaine que, par un énorme coup de chance, nous avons fait une découverte qui nous donne une avance décisive sur nos collègues de la Gigapole.

Un murmure d'étonnement et d'impatience parcourut l'assemblée.

— Nous cherchions à développer un petit réacteur nucléaire susceptible d'être utilisé à l'échelle domestique. Pour cela, il nous fallait mettre au point un matériau peu coûteux et très efficace contre toute fuite radioactive. En testant un de ces matériaux, nous avons constaté par hasard que, lorsqu'il était soumis au rayonnement nucléaire du réacteur, il se comportait comme une pile électrique.

Cela ne vous parle peut-être pas, mais si vous dites ça à un ingénieur nucléaire de la Gigapole, il saute au plafond ! Dans les réacteurs à fusion, la conversion de l'énergie nucléaire en énergie électrique est un cauchemar. Les deux centrales Terawatt de la Gigapole utilisent à peu près le même système que les vieilles centrales à fission : chauffage d'un fluide et production de vapeur pour entraîner une turbine et une génératrice électrique. Le rendement est déplorable et les coûts de maintenance sont exorbitants. Avec notre matériau, la conversion est directe : il suffit de le placer dans le flux de rayonnement du réacteur à fusion pour qu'il se transforme en générateur électrique.

Nous l'avons testé dans les conditions les plus extrêmes et il fonctionne parfaitement. Le seul inconvénient est qu'il se dégrade assez vite. En exploitation réelle, il faudra changer les éléments à peu près tous les deux ans. Mais malgré cela, par rapport aux centrales actuelles, nous avons calculé que le rendement énergétique sera amélioré de 15 à 20 % avec un coût de maintenance divisé par 10 !

Lazare reprit la parole.

— Nous ne pouvons pas utiliser ce matériau pour nous-mêmes puisque nous n'avons pas de centrale nucléaire. En revanche, pour la Gigapole, les enjeux sont énormes. Les deux centrales actuelles sont un gouffre financier sans fond et, en l'absence de solution, ils ne peuvent pas en construire d'autres. Il est certain que cette découverte pourra constituer une monnaie d'échange très efficace.

Martine Kandaar ajouta :

— C'est vrai, et c'est pourquoi, dès que nous eûmes terminé nos essais et confirmé nos mesures, nous avons détruit tous les échantillons, mis la documentation au secret le plus absolu et cessé toute expérimentation. Maintenant, nous travaillons uniquement sur les fondements théoriques de ce phénomène dont, pour l'instant, nous ne comprenons pas les mécanismes. Excuse-moi, Lazare, je t'ai coupé mais je voulais préciser ce point et insister sur la nécessité de discrétion sur ce sujet. Même si nous avons pris toutes les précautions nécessaires, le mieux est que vous ne parliez pas de cette information.

— Précision importante, je t'en remercie… Pour terminer cet état des lieux, je vais laisser la parole à Nicolas, du Val d'Osne. Il va nous expliquer le système de paiement qui a démarré dans sa communauté et qui est en train de se généraliser dans toutes les autres.

— Merci, Lazare. Notre communauté comporte trois villages situés dans trois vallées parallèles. Après l'évacuation, notre stabilisation puis notre développement ont été assez rapides et, très tôt, il y a eu beaucoup d'échanges de produits et de services entre les trois vallées. Au début, cela a fonctionné naturellement sur un mélange de troc et de paiements en euros, avec la monnaie que les gens avaient conservée. Puis un système de billets à ordre a commencé à se créer, mais dès la fin des années 40, il est devenu évident que nous devions rationaliser ces pratiques. C'est Lazare qui nous a suggéré la solution en nous rappelant un système de paiement lancé sans succès au début du siècle : le Bitcoin. Ce système était basé sur un procédé cryptographique qui permet des échanges d'argent sécurisés entre personnes, sans l'intervention d'une institution telle qu'une banque. Nous l'avons mis en place en 2052. Plutôt que d'utiliser l'euro ou le Bitcoin, nous avons choisi de créer notre propre monnaie, que nous avons appelée le Noé, en clin d'œil au projet qui nous occupe aujourd'hui et sur lequel Lazare travaillait déjà. Depuis, tous les échanges dans les trois vallées se règlent en Noés sans aucun incident.

Bien sûr, d'autres communautés ont rencontré les mêmes problèmes que nous et nous les avons aidées à mettre en place leur propre chaîne cryptographique. Beaucoup d'entre vous font partie de ces communautés et utilisent les paiements en Noés. Il reste encore des communautés à équiper, mais la généralisation est en cours et elle ne devrait pas poser de problèmes.
Ainsi, on peut dire que notre réseau est doté de sa propre organisation financière, totalement autonome. Ceci constituera une force lorsque nous négocierons notre statut. Certes, nous

devrons obtenir la convertibilité du Noé pour pouvoir commercer avec la Gigapole, mais sans cette organisation, nous serions obligés d'utiliser le système financier de l'Europe du Nord, ce qui constituerait une grave perte d'indépendance.

Avant de rendre la parole à Lazare, je voudrais juste ajouter que le système que nous utilisons pour les paiements est applicable à d'autres domaines. En 55, par exemple, nous avons créé une deuxième chaîne cryptographique pour les transferts de propriété immobilière.

Voilà. J'en ai terminé et je laisse à Lazare le soin de conclure cette première séance.

– Merci, Nicolas. Nous voici au pied du mur. Vous savez tout de la situation et je vous ai indiqué les idées directrices que je propose pour définir l'avenir de nos communautés. Comme je vous le disais en ouverture de cette journée, nous allons devoir établir l'ensemble des règles fondamentales communes à tout notre réseau. Cette démarche n'est pas une première. Les fondateurs des États-Unis se sont trouvés dans la même situation et les révolutionnaires de 1789 ont eu la même approche. Ils ont cherché à définir le minimum de lois fondamentales pour le nouvel État qu'ils voulaient créer. En France, cela a abouti aux 17 articles de la Déclaration des droits de l'homme et du citoyen qui a été rédigée, je cite : « ... *afin que le peuple ait toujours devant les yeux les bases de sa liberté et de son bonheur ; le magistrat la règle de ses devoirs ; le législateur l'objet de sa mission.* ». Ceci définit assez bien l'objectif de la charte que nous allons établir. Toutefois, je voudrais que nous allions plus loin dans la réflexion. Les rédacteurs de 1789 ont également affirmé que leur charte constituait « *le but de toute institution sociale* ». Je ne crois pas qu'il existe dans l'absolu un but universel pour les institutions sociales. Au contraire, je pense que, pour une société donnée, son but doit résulter de choix spécifiques. Ce que la déclaration de 1789 établit, ce sont des droits, mais elle ne dit pas dans quel but on a choisi ces droits. Comment savoir si les 17 articles de la déclaration sont pertinents si leur but n'est pas défini ?

– J'ai du mal à faire la différence, lança Tatiana. En définissant un droit, il me semble qu'on définit le but en même temps.

– Pas suffisamment. Prends le droit de propriété, par exemple. C'est l'article 17. Il dit que c'est un droit inviolable et que nul ne peut en être privé sauf nécessité publique, mais il ne dit pas pourquoi on en fait un droit. Or, cela ne doit pas être si évident, puisqu'à peine cinquante ans plus tard, Proudhon dira : « *La propriété c'est le vol* ». Pour qu'une règle soit effective, il faut qu'elle corresponde à une finalité comprise et acceptée. Sinon, dès qu'elle comporte des inconvénients pour celui qui est censé l'appliquer, il essaie d'y échapper et il faut exercer des contraintes pour l'obliger à s'y plier.

C'est à la finalité de nos règles que je vous demande de réfléchir maintenant. Comme dans la déclaration de 1789, nous aurons ensuite à établir les droits, c'est-à-dire ce que chacun peut revendiquer. Mais ce que je vous demande d'abord, c'est de dire dans quel but nous allons établir ces droits. C'est un exercice très difficile parce que nous devons trouver quelque chose de simple qui devra être unanimement reconnu comme incontournable. Je propose donc que nous ne tenions pas de séance demain. Chacun pourra ainsi consacrer la journée à réfléchir seul à cette question : quel but je souhaite que nous donnions à l'Arche ? Lors de la prochaine réunion, après-demain, nous pourrons alors débattre des différentes propositions individuelles.

Il était très tard tout le monde était fatigué, et la proposition fut adoptée sans réserve.

§

Le lendemain, alors que j'étais seul sous la halle de conférences, occupé à revoir mes notes, Lazare vint me rejoindre. Son visage était fermé. Au bout d'un long moment, il dit :

— Je suis inquiet. Je viens de recevoir des informations de la Côte. L'affaire Bernard Martin provoque de plus en plus de remous. Pour la première fois depuis longtemps, le gouvernement est ouvertement critiqué. Une journaliste a provoqué un clash en affirmant en direct qu'on cherchait à éliminer Martin parce qu'il détient des informations dissimulées par le gouvernement. Elle a réussi à prendre de vitesse la censure en sortant sa déclaration dans une émission-débat sur l'aménagement des espaces verts de la Gigapole ! Les rumeurs sur l'existence de groupes organisés vivant à l'air libre et échappant au gouvernement commencent à circuler et les démentis insistants ne font que les renforcer. Des tracts venant du milieu universitaire remettent en cause la théorie officielle de l'évolution de la couche d'ozone. Tout cela est inquiétant. Le gouvernement ne voudra pas discuter notre statut dans une atmosphère de désordre, surtout si les contestataires parlent de nous.

Il réfléchit puis se redressa brusquement.

– Bon ! Laissons cela pour l'instant, nous ne pouvons rien faire d'ici. Où en est la biographie de l'Arche ?

– Ça va. J'étais en train de remettre de l'ordre dans mes notes d'hier. Il y a eu beaucoup de choses de dites, un peu dans tous les sens. Pour l'instant, je ne vois pas bien comment tout cela va se mettre en forme.

– Il faut que tu fasses attention à garder un esprit très journalistique, en restant au niveau de l'anecdote. Dans tes comptes rendus, insiste à chaque occasion sur nos hésitations, nos égarements, nos doutes. Je souhaite qu'il y ait une trace vécue de ces journées, mais je me méfie des écrits : ça fige les choses et ça rassure les gens. Si on met par écrit une idée pour l'Arche en disant : « Voici ce que Lazare et les Patriarches ont décidé », le texte devient une référence et les gens se disent : « Voilà la règle de nos pères fondateurs ; elle est bonne et nous devons la suivre ». À partir de là, ils ne réfléchissent plus. Dès qu'on écrit des idées, elles deviennent des dogmes, et les dogmes sont stériles. Les religions sont moribondes parce qu'elles ont choisi de se fonder sur des textes écrits en interdisant de les remettre en cause. Il n'y a rien de certain ni rien de permanent dans la nature. Tout change, tout évolue et il ne faut pas entraver le changement. Si on essaie de bloquer l'évolution, on perd la vie.

– Le mieux serait de ne rien écrire, alors ?

– Oui, théoriquement, ce serait l'idéal. Les lois les plus fortes et les mieux appliquées sont celles que les gens se fixent pour eux-mêmes. Jusqu'à maintenant, dans les communautés, nous nous sommes très bien passés de lois écrites. Mais pour l'Arche, nous avons besoin de quelque chose de fondateur, avec des objectifs simples et forts. C'est important pour nous, mais aussi vis-à-vis de l'Europe du Nord. Il faut que les gens des communautés aient des repères clairs et que ceux-ci soient bien explicités, sinon, la Gigapole nous absorbera et nous imposera ses propres règles.

§

Le surlendemain, pour rattraper la journée sans débat de la veille, la réunion commença dès le matin. Lazare ouvrit la séance dans le plus grand désordre. Tous étaient impatients de parler de leurs idées et les discussions avaient démarré immédiatement.

– Messieurs… Mesdames et messieurs… S'il vous plaît… S'il vous plaît, un peu de discipline. Ne parlez pas tous en même temps…… S'il vous plaît…

Lazare dut taper sur la table pour obtenir enfin un relatif silence.

– Bon, on ne va pas y arriver comme ça. Je crois que la meilleure méthode est de faire un tour de table. Chacun exposera le résultat de ses réflexions et nous verrons à la fin s'il se dégage des idées générales. Les orateurs, essayez d'être concis, et les auditeurs, essayez de ne pas interrompre les orateurs.

Les exposés prirent la journée entière. Malgré les consignes de Lazare, les participants ne pouvaient s'empêcher d'intervenir, posant des questions ou réagissant aux conclusions de l'orateur. Les trois objectifs de société le plus souvent retenus furent la liberté, la sécurité et la justice, la première étant citée par presque tout le monde. Aucune objection de principe ne fut faite contre la liberté. En revanche, sa définition suscita de houleux débats que Lazare dut écourter à chaque fois, renvoyant les discussions sur ce sujet aux prochaines séances. Concernant la justice, l'unanimité était moins flagrante, en particulier parce qu'il y avait des approches différentes de la question, les uns parlant de l'égalité des droits, d'autres d'équité, d'autres encore de la compensation des inégalités. Quant à la sécurité, ce fut la plus controversée. Ceux qui la proposaient comme objectif de société voyaient cela comme une évidence indiscutable. Parmi les autres, les moins opposés pensaient seulement que ce n'était pas un objectif en soi et qu'il fallait laisser chaque communauté s'organiser sur ce point comme elle l'entendait. Les plus virulents étaient fermement contre, affirmant que mettre la sécurité comme objectif constitutionnel déresponsabiliserait les personnes par principe, ce qui leur semblait totalement contraire à l'esprit de l'Arche. Sur cette question, Lazare laissa les débats suivre leur cours sans y participer mais son attitude laissait paraître qu'il était de ceux qui refusaient de mettre la sécurité comme objectif de société.

En plus de ces trois idées principales, il y eut beaucoup d'autres suggestions. Peu d'entre elles furent rejetées si bien qu'à mesure que la journée avançait, les idées, loin de se décanter, étaient de plus en plus confuses. On avait nettement l'impression de s'éloigner de l'objectif minimaliste fixé au départ par Lazare.

Elie Robiano, biochimiste de Satolas, fit une intervention remarquée en proposant de mettre la longévité comme premier objectif, idée qui fut reprise par d'autres intervenants sous l'angle de la santé. Max Forestier de La Chaise-Dieu insista sur l'éducation en tant que mission fondamentale de la société, ce que d'autres souhaitèrent généraliser en parlant de diffusion de l'information. Il y eut également beaucoup de discussions sur l'égalité, la solidarité et même la fraternité qui fut reprise par plusieurs intervenants.

Lorsque le tour de table fut terminé, en fin d'après-midi, tout le monde était épuisé et la concentration avait beaucoup baissé. Lazare prit la parole.

– Vous avez fait un bon travail. Même si ce n'est pas encore très clair (c'est le moins que l'on puisse dire), je crois que nous avons les éléments pour aboutir à quelque chose de conforme à notre projet. Nous sommes tous fatigués, mais, malgré l'heure déjà avancée, je voudrais que nous poursuivions ce débat ce soir sur un sujet évoqué par Elie et qui m'a paru particulièrement intéressant : la longévité. Je vous propose donc de faire une pause après laquelle j'aimerais qu'Elie nous en dise plus sur son idée et que nous discutions des implications de son approche.

Elie prit un air étonné d'être ainsi mis en avant, mais il acquiesça de la tête à cette demande.

La pause fut calme. Les conversations que j'ai pu entendre ne portaient que sur les conditions de logement de chacun, sur le charme du village, ou sur la couleur grisâtre du ciel qui faisait craindre l'arrivée d'un vent de sable. Après le repas, beaucoup de participants retournèrent à leur chambre pour prendre un peu de repos. La séance reprit à la tombée de la nuit.

Elie était revenu le premier pour revoir ses notes et essayer d'y mettre de l'ordre, pendant que les participants s'installaient. Lorsque l'assemblée fut au complet, Lazare ouvrit la séance en lui donnant la parole. Il s'écoula plusieurs secondes avant qu'il ne lève les yeux, surpris du soudain silence qui s'était fait. À son air ébahi, tout le monde éclata de rire. Sans se démonter le moins du monde, il enchaîna. Il avait une petite voix au débit très monotone avec un curieux accent italien qui donnait l'impression qu'il rigolait, voire qu'il se moquait du monde.

– Excusez-moi, oui… Je suis un peu perdu dans mes notes mais ça ne fait rien. Voilà. En fait, tout à l'heure, je n'ai pas pu aller jusqu'au bout de mes explications. Je suis content qu'on me donne la possibilité de le faire. Je voudrais donc vous expliquer comment je suis arrivé à cette idée de longévité et où cela m'a mené. Voilà. Naturellement, j'ai commencé à chercher quelque chose d'universel, d'incontestable et, comme vous, je suis arrivé à des choses comme « liberté », « égalité », « fraternité », etc. dont nous avons parlé cet après-midi. Je trouvais cela très général. En tant qu'objectifs, cela exprime juste l'obligation de ne pas entraver un état naturel. Les hommes sont naturellement libres, égaux et solidaires et la société ne doit pas contrarier cela. Je suis d'accord, bien sûr, mais j'avais envie de quelque chose de plus concret. Alors j'ai décidé de partir de mon cas personnel en me demandant ce que je souhaitais que la société m'apportât. Mais il fallait que je m'assure d'arriver à quelque chose qui corresponde vraiment à ma motivation la plus profonde. Pour cela, j'ai appliqué une méthode simple : à chaque fois que j'avais une idée, je me demandais pourquoi je voulais que la société m'apporte cela. Si je trouvais une réponse, cela signifiait qu'il y avait encore un besoin derrière et qu'il fallait continuer à se demander pourquoi. Et ainsi de suite jusqu'à ce qu'il n'y ait plus de réponse. Voilà. C'est ce que j'ai fait et je vais vous raconter cet enchaînement de « pourquoi ».

Il parcourut l'assemblée du regard, ravi de l'étonnement suscité par cette introduction.

– Vous allez comprendre. Voilà. Je suis biochimiste. En tant que tel, je consacre mon temps à mettre au point des médicaments pour soigner ou soulager les gens. Je me suis donc dit qu'un objectif de société pouvait être d'assurer la santé de ses citoyens. Aussitôt, suivant ma méthode, je me suis demandé pourquoi assurer la santé des gens. Au début, cela me semblait tellement une évidence que je ne trouvais pas de réponse. Mais je me suis aperçu que nous travaillions aussi beaucoup sur les substances anti-vieillissement. Je me suis alors dit que la vraie préoccupation, au-delà de la santé en elle-même, était peut-être la longévité. Que ce soit par la magie ou, ensuite, par la médecine, depuis toujours les hommes cherchent à vivre le plus longtemps possible. Partant de là, j'ai continué la méthode et je me suis demandé pourquoi faire vivre les gens le plus longtemps possible. J'ai d'abord pensé que cela était lié à l'instinct de conservation de l'espèce. Mais cela ne tient pas. Pourquoi s'ingénier à faire vivre confortablement jusqu'à 110 ou 120 ans des gens qui, le plus souvent, ne se reproduisent plus depuis l'âge de 40 ans ?

Il fouilla fébrilement dans les bouts de papier où il avait griffonné ses notes et, constatant avec satisfaction l'absence de réaction, il s'éclaircit la voix et poursuivit.

– Voilà. En ce qui me concerne, c'est clair, j'espère vivre longtemps afin d'avoir le plus de temps possible pour ma quête philosophique personnelle. Si on considère que mon cas est représentatif (ce que je crois), on peut généraliser et commencer à entrevoir un des objectifs de l'Arche : assurer à ses citoyens les conditions de la plus grande longévité possible pour leur permettre d'approfondir leur réflexion philosophique.

La proposition déclencha une rumeur générale de commentaires.

– Excusez-moi, mais je n'ai pas encore terminé. Une fois cet objectif posé, il faut vérifier que nous sommes arrivés au bout. Voilà. J'ai donc continué à appliquer ma méthode, et je me suis demandé « Pourquoi approfondir sa recherche philosophique personnelle ? ». On voit que les questions deviennent de plus en plus difficiles, ce qui, à mon avis est bon signe. Personnellement, ma réponse est : « Parce que cela élève notre niveau de conscience ». Et je continue : « Pourquoi élever notre niveau de conscience ? » Réponse : « Parce que le sens de l'évolution est d'aller toujours vers l'élévation du niveau de conscience ». Et alors maintenant : « Pourquoi l'évolution se fait-elle dans le sens de l'élévation de la conscience ? ».

À nouveau, il balaya l'assemblée d'un regard interrogatif. En l'absence de réaction, il enchaîna.

— Là, je vous rassure, à mon avis, on est vraiment au bout. On arrive à un stade où l'on ne distingue plus la question et la réponse : pour moi, l'évolution et l'élévation du niveau de conscience sont la même chose, ou, si l'on veut, elles s'engendrent mutuellement. Du coup, à cette dernière question, il n'y a plus que la réponse qui se boucle sur elle-même : « L'évolution se fait dans le sens de l'élévation de la conscience afin de poursuivre l'évolution ». Selon ma méthode, nous sommes donc arrivés à établir ce qui peut constituer un objectif ultime pour l'Arche : permettre à chaque citoyen d'élever son niveau de conscience en menant le plus loin possible sa quête philosophique. Voilà. Je n'ai pas encore eu le temps d'analyser entièrement les conséquences de cette proposition, mais elle pourrait constituer un bon point de départ, ne croyez-vous pas ?

Content de lui, Elie rangea méticuleusement ses papiers. Après un moment de sidération, les applaudissements fusèrent, suivis d'un énorme brouhaha de discussions désordonnées. Nicolas les interrompit difficilement.

— L'idée d'Elie est intéressante. Tout le monde se pose des questions existentielles et plus on avance en âge, plus on a envie de les approfondir. Cependant, je trouve que la notion de niveau de conscience est un peu vague. Chacun peut y mettre des choses différentes.

Lazare allait prendre la parole, mais Elie tint à répondre lui-même.

— Ce n'est qu'une question de formulation. Appelez ça réalisation individuelle, quête spirituelle, ou recherche de la sagesse… comme vous voulez. Ce qui me paraît important, c'est de reconnaître que la vie d'un homme a pour finalité qu'il parvienne en tant qu'individu au maximum des possibilités d'élévation de ce qu'on pourrait appeler son âme, et ce par une voie et des moyens qui lui sont personnels.

Lazare enchaîna.

— En effet, et, en conséquence, d'assigner à la société la mission de lui assurer les meilleures conditions possible pour cela. Ta proposition me fait penser au concept d'individuation développé notamment par Jung. Il avait adopté ce mot pour rassembler justement les notions de réalisation personnelle, de construction de la personnalité, d'élévation du niveau de conscience ou de découverte de son âme. Bravo pour ce travail, Elie. À partir de là, il nous reste à déterminer ce que cela implique au niveau des choix d'organisation sociale. Si nous arrivons à des choses concrètes et convaincantes, cela validera cette idée en tant qu'objectif de l'Arche. C'est ce que je vous propose de faire pour la prochaine séance.

Ce plan de travail fut adopté unanimement, parce que tout le monde trouvait l'idée séduisante, parce que cela débloquait une situation qui, avant la pause, paraissait sans issue, et aussi parce que tout le monde était très fatigué.

§

Le lendemain matin, les participants s'étaient mis par trois ou quatre afin de travailler sur les prolongements de la proposition d'Elie. Pendant le déjeuner, constatant qu'il y avait beaucoup d'idées très proches, ils s'étaient rassemblés en trois groupes, se répartissant les sujets pour éviter les travaux en double. La session du quatrième jour fut consacrée à débattre des résultats obtenus par chaque groupe. Lazare, arrivé en retard, l'air préoccupé, ouvrit la session sans préambule.

Tous étaient convaincus du bien-fondé de la proposition. Ils avaient constaté qu'en partant de la question : « Qu'est-ce que la société doit nous apporter pour nous permettre notre réalisation personnelle ? », ils avaient pu établir des réponses concrètes et limitées. Réciproquement, lorsqu'une suggestion était faite, en se demandant si elle était nécessaire à cette réalisation, ils avaient pu décider clairement de la garder ou non. Alfonso, patriarche de la vallée du Vaulmier, prit la parole en premier. Originaire des Pyrénées espagnoles, sa communauté avait survécu au prix d'une périlleuse migration en Auvergne.

– Après les travaux de la matinée, tout le monde était d'accord sur le fait qu'un maximum de liberté est indispensable à chacun pour la réalisation de son projet individuel. Il y a autant de projets de vie que d'êtres humains, et les conditions nécessaires à leur réalisation sont toujours différentes, d'un individu à l'autre et, pour un individu donné, d'une période de sa vie à l'autre. Il est donc nécessaire que chacun ait un maximum de liberté d'être, de penser et d'agir pour qu'il ait le maximum de chances de réussir. Octroyer et garantir ces libertés a donc été unanimement retenu et, l'après-midi, nous avons approfondi ce sujet.

À partir du mot « liberté », nous avons inévitablement évoqué la suite de la célèbre devise : *égalité et fraternité*. L'égalité et la fraternité entre les personnes sont-elles nécessaires à la réalisation individuelle de chacun, et la société doit-elle les garantir ? Sur cette question, le consensus a été beaucoup moins évident et les débats beaucoup plus « animés ». Je vais vous livrer les conclusions qui ont finalement été adoptées, sachant qu'elles ont été très controversées. Peut-être trouverez-vous des arguments pour les remettre en cause.

Le principe d'égalité a été le plus discuté. Il n'y a pas d'égalité à l'état naturel, et personne n'a pu avancer de raison pour demander à la société d'établir l'égalité là où il n'y en a pas. Forcer à l'égalité entre les personnes ne contribue pas à favoriser la réalisation individuelle. Personnellement, je suis même de ceux qui pensent que c'est le contraire. Ce que l'on voit dans la nature, c'est que le changement ne se produit qu'à la faveur des inégalités. En physique, on appelle ça le potentiel. S'il n'y a pas de différence de potentiel, il ne se passe rien. Dans le domaine du vivant, c'est pareil. Ce qui a fait progresser l'humanité, ce sont les façons de penser différentes. Nous ne serions pas là en train de discuter cette question si Galilée, Voltaire, Picasso, Einstein et tant d'autres n'avaient remis en cause les dogmes de leur époque.

Nous sommes donc tombés d'accord pour ne pas mettre l'égalité telle quelle comme objectif de société. Cependant, le débat s'est poursuivi à cause de la notion d'égalité des droits qui paraissait assez difficile à rejeter. En se posant la question de savoir si des droits inégaux, comme aux temps féodaux par exemple, si de tels droits entravaient la réalisation individuelle, nous n'avons pas réussi à conclure clairement. L'inégalité des chances est omniprésente dans la nature. Une personne née dans une région au climat tempéré et humide bénéficie d'un contexte plus facile que celle qui est née dans une région chaude et aride. L'inégalité des chances n'affecte pas la possibilité de développement individuel tant qu'elle n'est pas perçue comme une injustice. En revanche, lorsque l'individu a le sentiment d'être victime d'une injustice (du fait de son dieu, de la société ou d'un autre individu), il est révolté ou découragé parce qu'il ne peut rien y faire. Le contraire de l'injustice étant l'équité, nous avons adopté ce terme pour remplacer l'égalité et nous avons retenu l'équité en tant qu'objectif de société. Je vous accorde que la différence avec l'égalité des droits est minime, mais nous avons préféré ne pas utiliser le mot « égalité » et laisser à chaque communauté de l'Arche le soin d'interpréter la notion d'équité comme elle le souhaite.

J'en viens au troisième concept : la fraternité. Comme pour l'égalité, notre conclusion sur la fraternité n'est pas très tranchée. Doit-on s'imposer une société fraternelle pour permettre à chacun de se réaliser ? Ce qui s'est dégagé, c'est l'idée que, l'homme étant fondamentalement un être social, il était important de contrebalancer l'objectif de liberté maximale par une notion collective, mais, là encore nous avons eu un problème de terminologie. Le mot « fraternité » nous semblait abstrait et empreint de sentimentalité. Finalement, notre choix s'est porté sur le terme de « solidarité » qui nous a paru plus concret. Cependant, je dois ajouter que plusieurs d'entre nous considéraient que la solidarité est une attitude naturelle chez l'homme (et chez les animaux aussi d'ailleurs), et qu'il n'était pas nécessaire de la mettre explicitement parmi les objectifs de société. Nous pouvons en débattre aujourd'hui, si vous le souhaitez.

Il y eut peu de réactions, notamment parce que les participants attendaient d'avoir entendu les autres exposés avant de se manifester. On enchaîna donc avec les conclusions du deuxième groupe, rapportées par Jacques Godard de Saint-Étienne.

– Notre groupe devait traiter des conditions matérielles nécessaires aux individus pour leur permettre leur développement personnel. La notion de conditions matérielles est très large, mais les discussions se sont rapidement concentrées sur les questions de sécurité et de santé. Il est clair que l'absence de sécurité ou une santé défaillante sont de mauvaises conditions pour se consacrer à son évolution personnelle. Elles peuvent rapidement devenir une priorité vitale laissant peu de place à la philosophie. Sans aucun doute, chacun doit assumer ses responsabilités en ces matières. Celui qui fume du tabac est clairement responsable de la dégradation de sa santé. Celui qui pratique des sports dangereux choisit de mettre sa sécurité en péril. Mais au-dessus de cette responsabilité individuelle, il y a un niveau de responsabilité collective sur lequel l'individu n'a pas de prise. Nous en avons un exemple flagrant avec l'intervention sur le climat tentée en 34 qui a abouti au désastre que vous connaissez. Les citoyens du monde ont vu leur sécurité et leur santé mises en péril sans rien pouvoir y faire.

Nous avons donc conclu au fait qu'il fallait mettre la santé et la sécurité des personnes comme objectifs essentiels de société. Toutefois, ces concepts nous ayant paru un peu spécifiques, nous avons cherché quelque chose de plus général, directement lié à notre objectif fondamental d'individuation. Pour cela, nous sommes simplement revenus à l'idée dont Adriano nous a parlé dès le début : la longévité. En adoptant ce mot, nous intégrons forcément la santé et la sécurité dans les objectifs de société et, comme pour l'équité tout à l'heure, nous laissons plus de liberté d'interprétation aux communautés de l'Arche.

Je vous remercie de votre attention.

Martina Pallach d'une communauté de la région de Prague prit la parole pour le troisième et dernier groupe.

— Notre thème, l'information et l'éducation, était relativement simple et nous sommes facilement arrivés aux conclusions dont je vous parlerai tout à l'heure. Ce que je souhaite évoquer auparavant, c'est une question de principe que nous avons beaucoup débattue. Le problème est venu des travaux d'un groupe du matin qui avait pris la Révolution française comme point de départ de ses réflexions. En 1791, l'Assemblée constituante a créé le Comité d'instruction publique, transformé en 93 par Robespierre en Commission d'instruction publique. Le but était clairement de mettre en place les conditions d'accès à l'enseignement, à l'éducation et à l'information pour le plus grand nombre. Pour la petite histoire, ils avaient prévu que cela inclût aussi les aveugles, les sourds-muets, les orphelins et même… les femmes !

Une fois l'hilarité générale passée, elle reprit, un peu agacée :

– Évidemment, ça vous fait rire ! Comme quoi, presque 300 ans plus tard, le problème n'est toujours pas réglé. Bref, revenons à notre sujet. Dans la mission de la Commission d'instruction publique, il y avait également l'instruction morale et l'on sait que Robespierre, contrarié par l'opposition populaire à certaines de ses mesures, se demandait comment éduquer le peuple pour qu'il comprenne sa révolution. L'idée d'éduquer les gens pour les faire adhérer à un projet de société est courante. On la retrouve notamment sous la forme de camps de redressement dans les deux grandes dictatures communistes du XXe siècle, l'URSS et la République populaire de Chine. Cette idée n'est toujours pas morte, et dans l'organisation de l'Europe du Nord, elle a encore des applications, par exemple, dans les séances éducatives imposées aux contrevenants à certaines lois comme celles contre la prostitution ou la consommation de drogues illicites.

Forts de ces réflexions, nous en sommes arrivés unanimement à la conclusion que nous ne voulions pas cela pour l'Arche. C'est là que se pose la question de principe dont je vous parlais : il y a manifestement des objectifs de société que nous souhaitons exclure ou, pour être plus clair, que nous souhaitons interdire aux communautés adhérentes à l'Arche. Toutefois, nous sentons que cette approche négative ne correspond pas à l'esprit que nous souhaitons pour l'Arche. Nous proposons donc que soit discutée en assemblée la question de savoir si nous nous interdisons d'interdire.

Mais avant cela, je vais maintenant vous livrer nos conclusions – positives celles-là – sur ce que les sociétés de l'Arche doivent apporter à leurs membres en matière d'information et d'éducation. Comme je vous le disais en introduction, les discussions n'ont pas soulevé de difficultés. Il est rapidement apparu que l'accès à l'information sous toutes ses formes est un élément essentiel pour le développement personnel. Un être humain privé des connaissances acquises par ses congénères, ou privé de communication avec ces mêmes congénères, un tel être humain ne peut que dépérir. À l'inverse, pour nous développer, élever notre niveau de conscience donc, nous avons besoin d'étudier les sciences, la philosophie, la poésie, nous avons besoin d'écouter de la musique, de parler à d'autres personnes, de savoir ce qui arrive dans le monde. Incontestablement, l'accès universel à la connaissance, à l'information et aux communications est une condition absolument nécessaire pour permettre à chacun de se réaliser. Cet accès ne peut souffrir aucune restriction dès lors que l'on reconnaît que le besoin est différent pour chaque personne, et que, pour une personne donnée, il change tout au long de son existence.

En réalité, il faut reconnaître que cette condition a été globalement satisfaite à l'échelle de la planète dès le début de ce siècle. Aujourd'hui, si l'on excepte les communautés de l'Intérieur, tout le monde peut communiquer instantanément avec à peu près tout le monde, Internet est devenu une gigantesque bibliothèque mondiale donnant accès à toute la connaissance de l'humanité et, bien qu'en Europe du Nord, la censure ait repris du service depuis l'évacuation, les gens peuvent savoir tout ce qui se passe sur Terre. Pour ce qui nous concerne, nous avons de la même manière accès à tout à l'intérieur de notre réseau. Le point noir, bien sûr, c'est la connexion entre ce réseau et l'Internet mondial. Grâce à nos hackers (dont Lazare n'est pas le moindre), nous pouvons profiter de l'essentiel des données disponibles sur le Web, mais il faudra forcément rétablir un jour une véritable connexion libre et universelle.

Voilà l'essentiel de nos réflexions. Je te rends la parole, Lazare.

– Merci, Martina. Avant de vous proposer une synthèse de ce qui s'est dit aujourd'hui, je vais donner mon avis sur la question que tu as soulevée concernant l'insertion d'éventuelles interdictions dans notre charte. Interdire quelque chose ou obliger son contraire, ce n'est pas très différent, au moins du pur point de vue logique. Mais humainement, ce n'est pas pareil.

Énoncer une interdiction, c'est anticiper le fait que certains seront tentés de faire ce que l'on veut interdire. C'est donc manquer de confiance à leur égard, et c'est là que commence l'engrenage d'une organisation répressive. Si tu profères une interdiction, celui qui souhaite passer outre ira dissimuler son action puisqu'il a initialement accepté l'interdiction. Tu vas donc être obligée de surveiller les gens a priori, à la recherche d'un éventuel indice révélateur d'une infraction. De surcroît, en définissant l'interdiction, tu seras obligée de définir également des sanctions aux infractions. Et te voilà inévitablement engagée dans un système policier. Plutôt que d'interdire, il est beaucoup plus productif d'avertir et de recommander. Imagine que tu surprennes ton enfant un couteau de cuisine à la main. Tu as peur qu'il se blesse et tu es tentée de le lui prendre et de lui interdire de toucher aux couteaux. En faisant cela, si tu as suffisamment d'autorité sur lui, tu vas le protéger. Mais tu vas aussi le priver de l'exercice de son propre jugement et l'empêcher de progresser dans la maîtrise des risques. Le mieux est de lui laisser le couteau, de lui expliquer clairement le genre d'accident qui peut lui arriver, et de lui recommander de ranger le couteau. À partir de là, ton rôle de mère est d'être attentive à ce qu'il ne prenne pas de risque trop important jusqu'à ce qu'il intègre ton conseil et choisisse d'abandonner le couteau. S'il le fait, comme dans le premier cas, le problème du danger est réglé mais, en plus, tu l'as fait progresser en autonomie et en confiance en lui.

Ainsi, dans l'exemple que tu citais de la « ré-éducation », si on voulait en parler dans la charte, je pense qu'il faudrait seulement signaler que nous considérons cela comme une mauvaise démarche et que nous recommandons de ne pas y recourir en expliquant les inconvénients que nous y voyons. Si une communauté passe outre, il appartiendra à ses membres de juger si, chez eux et à ce moment, ils considèrent que cette pratique est contraire aux objectifs de l'Arche. Il vaut mieux ne pas préjuger de manière définitive de ce qui est bon ou mauvais. En fin de compte, si un enfant est très habile et très prudent avec un couteau de cuisine, pourquoi lui interdire de s'en servir ? Dans mon idée, implicitement, il n'y a qu'une seule interdiction pour les membres de l'Arche, c'est de faire quelque chose de contraire au but que nous avons fixé. Si tu dis qu'il est interdit d'éduquer des gens en vue de les faire adhérer, tu décides que cela sera toujours contraire à notre but. Comme toi, j'ai l'impression que c'est le cas, bien sûr. Mais je ne peux pas en être tout à fait certain. Il y aura peut-être une situation où faire cela sera nécessaire, même si nous n'arrivons pas à imaginer une telle situation. Si cela arrive, alors notre interdiction deviendra contre-productive.

Tel est mon point de vue sur la question des interdits, mais c'est certainement une question discutable et j'encourage ceux qui le souhaitent à ne pas hésiter à relancer le débat ultérieurement. Maintenant, comme je vous le disais tout à l'heure, je voudrais vous faire part de ce que j'ai retenu de ces quatre jours de travail.

Il s'est dit beaucoup de choses intéressantes et je crois qu'il est nécessaire de trier tout cela.

D'abord, il faut distinguer ce que j'appellerai les objectifs fondamentaux de l'Arche, c'est-à-dire ceux auxquels devront nécessairement adhérer toutes les communautés souhaitant faire partie de notre groupement. Le principal de ces objectifs, nous sommes tous d'accord là-dessus, c'est d'assurer à chaque personne les meilleures conditions possible pour sa réalisation individuelle, quelle que soit la conception qu'il a de cette réalisation.

Ensuite, dans tout ce qui a été évoqué, je retiendrai trois autres objectifs, que nous avons d'ailleurs déduits de l'objectif principal :

- assurer à chacun un maximum de liberté, quelle que soit la façon dont il souhaite exercer cette liberté,
- garantir à tous un accès sans limite à l'information sous toutes ses formes et dans tous les domaines,
- favoriser pour chacun la plus grande longévité possible.

Je pense qu'ils constituent effectivement ce que nous avons évoqué au début de ce concile : les conditions nécessaires et suffisantes pour l'atteinte du but principal de l'Arche, la réalisation individuelle de chaque personne.

Adhérer à la charte, cela voudra donc dire s'engager à mettre en œuvre des mesures visant à atteindre ces objectifs et seulement ce type de mesures. En conséquence, toute disposition prise par une communauté devra être justifiée auprès de ses membres en tant qu'action tendant à la réalisation d'au moins un des objectifs fondamentaux.

Au-delà de ces éléments essentiels, il y a ce qu'on peut considérer comme des choix moraux. Nous avons parlé de l'équité ou de la solidarité, par exemple, mais il y en a bien d'autres que l'on pourrait envisager : la générosité, la fidélité, la tempérance, la prudence, le courage, etc. Je ne sais pas ce que nous devons faire sur ce point. Devons-nous choisir des vertus obligatoires pour l'Arche, ou bien simplement donner un catalogue de vertus recommandées, ou encore ne rien dire du tout ? Ce que je peux dire, c'est que s'il fallait en mentionner une dans la charte, je ne parlerais que de l'honnêteté. Il me semble que cette qualité recouvre toutes les autres. À la limite, si les communautés pouvaient n'être constituées que de gens honnêtes, nous n'aurions sans doute même pas besoin de la charte.

Notre travail est maintenant bien avancé puisque nous avons éclairci les idées directrices de notre projet. Pour les jours à venir, il nous reste à étoffer notre définition de chacun des quatre objectifs et surtout à réfléchir aux principes de fonctionnement de l'Arche vis-à-vis de la charte. Par quelle procédure une communauté peut-elle adhérer ? Comment détecte-t-on les manquements éventuels ? Quelle instance juge du respect ou du non-respect de la charte ? Quelles sanctions prévoit-on ? Ici encore, nous devrons faire preuve de minimalisme.

Cette fois j'en ai terminé. Vous allez enfin pouvoir aller vous restaurer et vous reposer… jusqu'à la séance de demain.

En se levant pour quitter la session, il me demanda de le suivre et il m'emmena dans le hall de l'hôtel.

– J'ai eu de nouvelles informations en provenance de la Côte. Ça continue à se dégrader. Maintenant, il commence à y avoir de vraies manifestations. À Amsterdam, des gens se sont réunis dans le parc couvert pour demander de la transparence sur les évolutions climatiques. La journaliste qui avait protesté contre l'éviction de Bernard Martin en a remis une couche en parlant ouvertement de populations installées dans les régions de l'Intérieur. À Ostende, la police prétend avoir arrêté un groupuscule qui préparait un attentat. La tension continue à augmenter. Il y a clairement un raidissement du gouvernement et il risque d'y avoir des purges qui seront dirigées en premier contre nos alliés. Il faut essayer de gagner du temps et voilà ce que je voudrais que tu fasses. Demain soir, un camion doit venir ici apporter du matériel et des vivres. Il repart ensuite vers Lyon. Tu partiras avec lui et, à Satolas, tu auras un contact qui te ramènera à Dieppe. Là-bas, il faut que tu trouves cette journaliste et que tu la convainques de faire elle-même un démenti afin de calmer la situation. Pour l'instant, elle est encore libre parce que le gouvernement craint de provoquer trop de réactions, mais cela ne va pas durer. Ils finiront par l'éliminer, d'une manière ou d'une autre. Il faut faire vite.

§

Le lendemain, cinquième jour, j'avais dû quitter la séance assez tôt à cause de mon départ en fin d'après-midi. J'ai néanmoins pu suivre le matin une intervention remarquable de Nicolas concernant le système judiciaire. En cherchant à recenser les questions d'organisation qu'ils allaient avoir à traiter, les participants s'étaient tout de suite focalisés sur le problème de la gestion des inévitables violences et agressions. Comme les discussions sur le fond s'engageaient déjà et que le Val d'Osne était très avancé sur ce point, Nicolas décrivit en détail l'organisation qu'il avait mise en place :

— Je suis juriste de formation. Ceci explique que je me sois particulièrement occupé de notre système judiciaire. Comme pour vous tous, au début, tout se passait bien. Dans la difficulté où nous étions, l'esprit de solidarité était largement prédominant et les rares conflits entre les personnes étaient facilement réglés. Ce n'est qu'après une dizaine d'années que le nombre de litiges a commencé à croître à tel point que le Conseil a pris conscience qu'il n'était plus possible de ne pas s'organiser. Pour les différends entre personnes, nous avons simplement institutionnalisé une pratique qui s'était instaurée spontanément, consistant à ce que les parties choisissent elles-mêmes un juge et lui demandent de proposer des solutions. Comme on peut l'imaginer, certaines personnes avaient acquis la réputation d'être de bons juges et l'on ne faisait appel qu'à eux. Cependant, nous avons toujours laissé le choix libre et j'ai personnellement veillé à ce que l'on ne crée pas d'institution judiciaire. Les juges ne sont ni élus ni nommés et les parties peuvent choisir n'importe quel citoyen. Ce système fonctionne bien et le Conseil ne s'occupe pas de ce type de conflit. En revanche, pour les cas de comportement social inapproprié, nous n'avons pas pu éviter de mettre en place une organisation spécifique. À mesure que la population du Val augmentait, les cas se multipliaient et nous avons été obligés de créer une instance directement placée sous l'autorité du Conseil. Cette instance est assez proche d'une justice pénale classique, mais avec une différence essentielle : sa mission n'est en aucune manière de punir le délinquant. Elle est uniquement chargée de trouver une solution pour faire cesser les troubles, en se plaçant du seul point de vue de la collectivité, sans objectif moral vis-à-vis de l'individu. Nous avons adopté ce principe pour deux raisons : D'abord, nous avons estimé qu'il était impossible de corriger le comportement d'un adulte par une punition. La punition est un moyen d'éducation des enfants. Elle a pour effet de concrétiser l'autorité de l'éducateur, autorité dont la reconnaissance par l'enfant est indispensable à sa propre éducation. Pour l'adulte, tout cela n'a plus cours. Nous sommes convaincus qu'il y a un âge limite (sans doute variable d'un individu à l'autre) au-delà duquel le mécanisme éducatif de la punition ne fonctionne plus. Au contraire, ressentie comme une humiliation, elle induit un comportement de révolte qui ne fait qu'empirer les choses.

La deuxième raison, au-delà de cet aspect psychologique, est qu'une punition n'a aucune chance d'améliorer quoi que ce soit parce qu'elle ne traite pas la cause du comportement de l'intéressé. Quand il y a un problème, si vous ne vous attaquez pas à la cause, vous ne pouvez pas le résoudre. Vous ne pouvez que le pallier, et seulement temporairement. En mettant un délinquant en prison, vous l'empêchez de nuire pour la durée de son emprisonnement, mais vous ne supprimez pas la cause de sa délinquance et elle agira de nouveau à sa sortie de prison.

Notre communauté a donc créé une justice où la notion de punition a disparu et je suis convaincu que cela contribue déjà fortement à limiter les comportements indésirables. Il n'est pas facile de vous expliquer comment marche notre système. Les cas sont très différents, et la façon de les aborder l'est également. À chaque fois, nous essayons de comprendre dans quel but la personne en cause adopte le comportement qu'on lui reproche. Pratiquement, à chaque fois que nous avons compris le vrai but, nous avons pu proposer une solution, et cela a marché. Le traitement de chaque cas peut prendre du temps et, bien sûr, nous n'avons pas de prison. Nous avons donc dû mettre au point un système pour éviter qu'il y ait d'autres problèmes pendant l'instruction. Pour cela, le seul moyen que nous avons trouvé est basé sur l'information. Lorsque l'autorité est saisie d'un cas, l'identité des personnes en cause et les raisons de l'examen de leur comportement sont diffusées à toute la communauté. Dans certains cas, rares, nous avons en plus recours à l'implantation d'une puce de localisation. Cela peut paraître dur, mais c'est la seule solution que nous ayons trouvée respectant la liberté de tous, y compris celle des prévenus.

Malheureusement, cette approche ne marche pas toujours. Pour les cas que nous n'arrivons pas à résoudre, nous avons été obligés de définir une mesure extrême : le bannissement. Après maintes discussions, il a été admis que cela n'était pas en contradiction avec le principe de non-punition. Le bannissement est la conséquence inévitable d'un constat d'incompatibilité. Il ne dit pas que quelqu'un a raison ou que quelqu'un a tort. Il constate la nécessité de se séparer. À partir de là, pour faire une mauvaise blague, je dirai qu'il s'agit de l'histoire du piano et de la chaise. S'il faut les écarter l'un de l'autre, vous ne déplacez pas le piano, vous déplacez la chaise. Vous ne pouvez pas déplacer la communauté, c'est donc la personne qui doit partir.

– Avez-vous appliqué cette sentence ? demanda Lazare.

– Deux fois. À chaque fois, c'est un terrible sentiment d'échec.

– Sais-tu ce que sont devenus les intéressés ?

– Le premier avait agressé plusieurs femmes et il reconnaissait lui-même être incapable de se contrôler. Après plusieurs mois d'errance, il a fini par trouver un équilibre dans la communauté des camionneurs grâce à une femme chauffeur avec laquelle il vit maintenant. Finalement, notre système d'information transparent l'a aidé car cette femme était bien au courant de ses difficultés. Le deuxième était très dur. Certains disent qu'il est retourné à la Gigapole, d'autres qu'il a rejoint une horde.

Maïté Etchezaretta demanda la parole :

– Ces questions autour de la justice et de la répression me ramènent à une interrogation qui me tracasse depuis plusieurs jours et que je voudrais vous soumettre : est-ce que nous ne sommes pas en train de réinventer une société archaïque ? Excusez-moi d'être aussi abrupte, mais le bannissement, cela fait plutôt penser au Moyen Âge qu'au XXIe siècle.

Nicolas répondit :

– Je t'avoue que je me suis également posé cette question, Maïté. En constatant que jusqu'à maintenant la civilisation n'a évolué que dans le sens de la concentration vers de grandes structures, on peut penser qu'il doit y avoir une bonne raison à cela. Or, ce que je crois, c'est qu'il y en avait une, effectivement, mais qu'elle n'existe plus. Le développement des richesses et des connaissances de l'humanité nécessite toujours plus de communication entre les organisations et les personnes. Pour compenser des moyens de communication insuffisants, la meilleure réponse est de se regrouper. Aujourd'hui, la situation est bien différente. Nous pouvons communiquer instantanément avec n'importe quel point de la planète. Nos communautés communiquent aussi bien que si elles étaient physiquement regroupées. Mais humainement, elles vivent mieux parce qu'elles ne sont pas trop nombreuses. Les hommes ne peuvent entretenir de bons contacts humains qu'avec un petit nombre de personnes. Ainsi, aujourd'hui, grâce au progrès technologique, l'organisation sociale par petites communautés devient possible, avec de nouveaux objectifs. Il y a trente ans, nous avons tous retroussé nos manches sans réfléchir, pour survivre et pour faire fonctionner nos communautés, séparément puis en réseau. Involontairement, nous avons fait la preuve que le progrès nous permet de revenir à des petites structures où les personnes se sentent bien, sans perdre les avantages de faire partie de la totalité de la communauté des humains. On peut même inverser ma proposition et affirmer que c'est l'avenir des sociétés d'évoluer vers des petites structures, grâce au progrès technologique.

À partir de là, je dus quitter le concile, pour ma nouvelle mission, bien différente du rôle de journaliste que j'avais tenu jusqu'à ce moment.

§

5 – LAURE

Le chauffeur du camion pour Satolas était un gars sympathique mais peu expansif. Il n'avait pas desserré les dents pendant tout le trajet. Cela m'avait plutôt convenu dans la mesure où j'avais plus besoin de me concentrer sur ma mission que de tenir une conversation. Arrivé à Satolas, un ingénieur de l'usine biochimique m'avait conduit en voiture à une station d'essence de l'autoroute où, muni d'une fausse carte d'identification, j'étais monté à bord d'un convoi de marchandises à destination de la Côte. S'agissant d'opérations effectuées fréquemment, tout était bien rodé et le voyage s'était déroulé sans incident. Arrivé à la Gigapole, je fus pris en charge par Pierre, un retraité de l'administration, très efficace mais pas plus loquace que mon chauffeur de camion. M'introduisant dans un petit appartement impeccable, il prit tout juste la peine de m'expliquer qu'il le louait officiellement à un étudiant, qu'il s'agissait d'un étudiant fictif et que cela permettait de l'utiliser pour les gens de passage venant des communautés. « Lazare y a d'ailleurs séjourné quelques jours », ajouta-t-il quand même avec fierté. En revanche, il ne me donna aucune précision sur ses relations et son rôle vis-à-vis des communautés.

– Je me suis renseigné sur la journaliste que vous devez rencontrer. Elle s'appelle Laure Devergnes. Elle habite à Fécamp. Son domicile est très surveillé. Le mieux est de la contacter à son bureau, en l'appelant sous un prétexte professionnel. Voici son numéro.

Il me tendait une de ses anciennes cartes de visite au dos de laquelle étaient griffonnés le nom et les coordonnées de la journaliste.

– Voilà. Si vous avez besoin de quelque chose, n'hésitez pas à me le demander, j'habite à côté, conclut-il sans amabilité.

Laure Devergnes était spécialiste des questions écologiques et de biodiversité. Elle produisait notamment une émission sur la protection des espèces sauvages, je l'appelai en me présentant comme ornithologue, lui proposant la primeur d'une découverte intéressante sur le dodo, espèce de dindon disparue au XIXe siècle. Manifestement sur ses gardes, elle me répondit assez froidement. Malgré un gros travail préalable de potache sur le dodo, j'eus beaucoup de mal à répondre à ses questions ou à les éluder quand je séchais complètement. Finalement, à force d'insistance, j'obtins un rendez-vous d'une demi-heure à son bureau. J'avais franchi une première étape, mais, pour l'instant, j'étais juste un spécialiste qu'elle allait rencontrer brièvement, à tout hasard. Il me restait à trouver un moyen de lui communiquer l'objet réel de mon contact, sans être repéré par la Sécurité. Ses conversations devaient être écoutées, son écran d'ordinateur répliqué et il pouvait y avoir des appareils vidéo capables de lire les documents qu'elle examinait. Il n'allait donc pas être possible de révéler directement le vrai but pendant l'entretien. Il me fallait une solution en deux temps : d'une part, lui faire comprendre qu'il y a un autre motif que le dodo et, d'autre part, lui permettre de découvrir ce motif seule, en dehors de l'entretien. Sur ce problème, Pierre se révéla très imaginatif. Il proposa une vieille recette oubliée et pourtant tout à fait adaptée : l'utilisation d'une encre sympathique, invisible lors de notre entretien et qui n'apparaîtrait progressivement qu'au bout d'un jour ou deux après notre rencontre. J'avais préparé un dossier sur ma soi-disant découverte, avec quelques documents papier censés être des originaux du XIXe siècle. Au dos de ceux-ci, j'écrivis avec l'encre fournie par Pierre un court message décrivant rapidement les communautés, évoquant la personnalité de Lazare et indiquant la raison de ma venue. Je lui demandai également d'organiser un rendez-vous où nous pourrions parler librement. Grâce à ce procédé, notre entrevue allait avoir l'air tout à fait normale et Laure pourrait prendre connaissance de mon message en toute discrétion. Mais, pour que cela fonctionne, je devais en plus lui faire comprendre que l'objet de ma visite n'était pas le dodo et qu'elle devait chercher le message lui donnant le vrai motif. Lorsque je me rendis au rendez-vous, je n'avais toujours pas trouvé le moyen d'y parvenir.

La chaîne pour laquelle Laure travaillait était l'une des plus importantes d'Europe. Elle était située dans un immeuble luxueux du centre de Rouen. Le hall d'accueil était entièrement en marbre gris, avec une hauteur de plafond vertigineuse. Deux batteries d'ascenseurs assuraient un trafic considérable de personnes pressées qui traversaient le hall en tous sens. Le bruit de leurs pas emplissait entièrement l'immense volume. En attendant qu'on vienne me chercher, je me creusais la tête pour trouver un moyen d'attirer l'attention de Laure sans éveiller celle des systèmes de surveillance. Il fallait absolument que je le fasse avant le début de l'entretien, car après, j'allais être obligé de jouer mon rôle d'ornithologue.

Alors que je n'avais toujours pas d'idée, une femme vint vers moi :

– Bonjour, je suis Laure Devergnes, si vous voulez me suivre…

Je ne m'attendais pas à ce qu'elle vienne elle-même me chercher. Je trouvai instantanément la solution :

– Bonjour, j'apporte un message des gens qui habitent les régions de l'Intérieur.

Je venais de me rendre compte que cet endroit était sans doute le seul de l'immeuble où l'on pouvait se dire quelque chose discrètement. Le vacarme qui résonnait dans le hall empêchait que l'on puisse écouter les conversations et le fait que personne ne s'y arrête pour discuter rendait peu probable l'existence de systèmes sophistiqués pour espionner les gens. Je vis son expression se figer une seconde, puis elle se reprit, me serra la main naturellement et me fit signe de la suivre.

Ensuite, les choses furent assez simples, du moins concernant le but de ma venue. Je lui exposai, documents à l'appui, ma découverte sur les causes de la disparition du dodo. Elle fit semblant de s'y intéresser de façon très crédible (plusieurs fois, je me suis dit qu'elle aurait fait une bonne comédienne). Je lui affirmai que cet entretien était trop court et qu'elle devait relire le dossier à tête reposée pour en percevoir tout l'intérêt. J'insistai sur l'importance d'examiner en détail les documents originaux du XIXe. Elle me répondit qu'elle n'y manquerait pas et que, si mon travail apportait quelque chose de nouveau, elle me contacterait certainement.

En revanche, intérieurement, ce fut plus compliqué. J'étais littéralement hypnotisé par son charme, ce qui nuisait beaucoup à ma concentration sur la difficile question de la disparition du dodo. Tout me plaisait en elle. La beauté de ses yeux, la vivacité de son intelligence, le dessin de ses lèvres, la noirceur de ses cheveux. La situation était d'autant plus troublante que sa façon de plonger furtivement son regard dans le mien m'encourageait à penser que je ne lui étais pas indifférent.

Nous parvînmes néanmoins à donner le change jusqu'au bout, nous séparant le plus poliment du monde. Sur le chemin du retour vers Dieppe, une chose me frappa rétrospectivement : elle était d'une étonnante sérénité. Je m'étais attendu à quelqu'un de tendu, fatigué par le stress et les tracasseries permanentes dont elle devait faire l'objet depuis son intervention. Rien de cela. Elle était détendue et tout à fait présente, sans inquiétude apparente quant à une éventuelle menace sur sa liberté.

§

Le rendez-vous que j'avais fixé, grâce au système d'encre sympathique, était cinq jours plus tard, dans un restaurant de la Côte. D'après le ton de sa réponse, je n'avais aucun doute sur le fait qu'elle allait venir. Ne pouvant rien faire de plus dans l'intervalle, j'en profitai pour prendre la température de la Gigapole en regardant les émissions d'information à la télévision. Je remarquai une augmentation importante du temps consacré à l'état de la haute atmosphère. Globalement, le message restait catastrophiste, rabâchant de toutes les façons possibles la théorie selon laquelle la couche d'ozone ne pouvait pas se reconstituer avant des décennies. Les commentaires ajoutaient systématiquement des éléments stressants sur la suractivité solaire dont les rayons ultraviolets et gamma parvenaient de plus en plus facilement jusqu'au sol, constituant un danger mortel pour tous les êtres vivants.

J'avais également demandé à Pierre de me fournir quelques picocards de magazines où l'on parlait de l'intervention de Laure et des mouvements contestataires. L'une d'elles contenait un reportage où l'on voyait effectivement un petit groupe d'une trentaine de personnes parcourant l'avenue de l'Union des États d'Europe, en maillot de bain, avant de se faire embarquer brutalement par une patrouille de police. Ils étaient présentés comme des gens dérangés qui avaient fondé une secte d'adorateurs des rayons solaires, et le reportage précisait qu'après avoir reçu des soins pour leurs brûlures, ils avaient été transférés dans un centre psychiatrique. En réalité, ils avaient surtout l'air d'étudiants plus déterminés que dérangés. Sur les images, ils brandissaient des pancartes aux slogans ridicules sur le bienfait des rayons du dieu Soleil. Ayant une certaine habitude de l'analyse des images vidéo, je pouvais facilement voir qu'il s'agissait de trucages et que les pancartes réelles affichaient certainement des textes bien différents.

Je m'intéressai particulièrement aux débats scientifiques suscités par l'intervention de Laure sur la possibilité de l'existence de populations vivant hors de la Gigapole. Dans ces émissions, l'aplomb avec lequel certains intervenants affichaient leur esprit contestataire était surprenant. Des scientifiques universitaires affirmaient ouvertement que leurs propres travaux sur la couche d'ozone ne coïncidaient pas avec les thèses officielles, et ils réclamaient des informations plus précises et plus détaillées sur ces questions. Je n'avais jamais vu un tel comportement, ni encore moins une telle absence de réaction de la part des organisateurs des débats. Un état d'esprit nouveau était en train de s'instaurer, face auquel les instances gouvernementales ne semblaient pas savoir comment réagir. La liberté de mouvements dont jouissait encore Laure était une autre manifestation de cette passivité des dirigeants. Au vu de tous ces éléments et de l'absence d'inquiétude manifestée par Laure, la situation me paraissait moins alarmante que Lazare me l'avait laissé entendre.

Les jours suivants me donnèrent bien tort. Je venais de me coucher, lorsque la sonnerie du portier retentit : il était 1 h 30 et, reconnaissant Laure sur le moniteur vidéo, l'inquiétude m'envahit immédiatement. Pour qu'elle vienne à l'appartement à cette heure-là, il fallait qu'il se passe quelque chose de grave.

— J'ai été avertie in extremis qu'ils allaient m'arrêter. Ils ont préparé un coup de filet. Malheureusement, faute d'avoir été prévenus, beaucoup vont être arrêtés. Pouvez-vous m'aider ?

Je déverrouillai la porte sans hésiter.

Même au milieu de la nuit, pas maquillée, coiffée et habillée à la hâte, Laure était très belle et j'étais impressionné par la maîtrise qu'elle avait de son stress dans de telles circonstances.

— J'ai lu votre note cachée. Malgré tout le travail que j'avais fait sur le sujet, je n'en reviens pas. J'étais loin de m'imaginer un tel niveau d'organisation.

— Certaines choses sont même beaucoup plus développées que ce que j'ai pu vous résumer rapidement dans ma note.

— Moi, je m'imaginais ça comme des petits groupes revenus quasiment au Moyen Âge. Ce qui est généralement considéré comme des affabulations ridicules est donc vrai.

— Oui, c'est vrai. Aujourd'hui, les communautés fonctionnement bien. Mais ce qui inquiète leurs dirigeants, ce sont les remous créés par vos déclarations dans les instances gouvernementales de la Gigapole.

— Ils savaient qu'il allait y avoir des purges et ils préparaient des manifestations de rue en réaction aux arrestations. Et surtout, ils préparaient des attentats : la situation est en train de devenir explosive.

— De qui parlez-vous en disant « ils » ?

– Depuis longtemps, un mouvement s'est créé dans les milieux universitaires et intellectuels à cause de la mauvaise foi totale avec laquelle le gouvernement traite l'information, notamment sur les questions climatiques. Progressivement, les contestataires ont constitué une force à laquelle se rallient de plus en plus de gens. Étant encore mal organisés, ils sont débordés par le nombre. Un groupe dirigeant s'est formé et ce sont les éléments les plus radicaux qui en ont pris le leadership. Pour lutter contre la censure, ils ont élaboré une tactique basée sur des attentats visant les bâtiments et les infrastructures de l'administration. Leur idée est de faire une manifestation de rue sur le site de l'attentat dès que les télévisions sont sur place, profitant ainsi du désordre et de la situation d'urgence pour déjouer la censure.

– Lazare voulait que je vous rencontre pour vous demander de calmer le jeu en usant de votre notoriété. J'ai l'impression que ça va être compliqué.

– Impossible. On ne peut plus rien empêcher maintenant. Quant à moi, il faut que je disparaisse, ça devient vraiment…

Soudainement absorbée dans ses pensées, elle me regardait fixement. Dans ses yeux noisette, il y avait des nuances de vert et des paillettes dorées que je n'avais pas remarquées lors de notre première rencontre. J'allais la complimenter mais elle reprit en m'adressant un petit sourire qui rendait la chose superflue.

— Vous ne croyez pas que les terres de l'Intérieur feraient une cachette idéale ? Pouvez-vous m'emmener là-bas et me faire rencontrer Monsieur Méradec ?

Il n'était pas prévu que je reparte avant plusieurs jours et, encore moins, accompagné. Je ne savais pas du tout s'il était possible d'organiser ça rapidement.

— J'appelle Pierre. Il peut peut-être nous aider.

Pour justifier l'heure tardive de mon appel et l'urgence de sa venue, je prétextai d'une importante fuite d'eau, en lui fournissant des détails propres à lui faire comprendre que ce n'était pas le vrai sujet. Pierre comprit tout de suite qu'il y avait un problème. Il ne lui a fallu que quelques minutes pour nous rejoindre à l'appartement. Lorsque je lui ouvris, il était presque souriant, avec l'air de penser : « Ça y est : on passe à l'action ». Je lui expliquai la situation :

— Ils sont sûrement à vos trousses. Il faut que vous quittiez immédiatement la Gigapole avant qu'ils n'aient le temps de réagir. Je sais où aller pour vous faire sortir. Vite ! Habillez-vous et on y va !

Quelques secondes plus tard, nous nous retrouvions au niveau des caves. Après un parcours au pas de course dans le dédale de couloirs, Pierre s'arrêta devant la porte d'entrée d'un parking qui devait se situer à deux ou trois immeubles de celui d'où nous étions partis. Nous faisant signe de rester en arrière, il ouvrit la porte le plus doucement possible et, après s'être assuré que la voie était libre, il nous fit signe de le suivre. Mais, à peine avait-il fait quelques pas dans le parking que deux hommes surgirent de l'ombre.

– Halte !

– Merde !

Il rebroussa chemin en nous repoussant brutalement dans le couloir.

– Arrêtez ! Sécurité, arrêtez !

– Courez ! Suivez-moi.

Laure était derrière moi. Le bruit de notre course résonnait dans les couloirs et m'empêchait de distinguer ses propres pas. Je craignais qu'elle ne courût pas assez vite, mais, de peur de perdre Pierre de vue, je ne voulais pas me retourner. Soudain, Pierre s'arrêta net. Emportée par son élan, Laure me percuta et tomba à terre. Sans s'en occuper, Pierre déverrouilla fébrilement la porte d'une cave. Il releva Laure en la tirant par la main et la propulsa à l'intérieur du local, avant de m'y pousser à mon tour et de refermer à clé derrière lui. Il éclaira son visage avec une petite lampe de poche pour nous faire signe de faire silence et il éteignit la lampe. Les hommes étaient dans le couloir de notre cave. Ils ne se parlaient pas, mais on entendait le choc sourd de leurs bottes sur le sol. Ils parcoururent le couloir plusieurs fois, puis s'éloignèrent en jurant.

Nous attendîmes plusieurs minutes pour nous assurer qu'ils avaient abandonné.

– Ça va : ils ne nous ont pas vus entrer dans la cave. Laure, vous êtes blessée ?

– Non, ça va, merci.

Il n'était plus le même. Dans cette situation d'urgence, le retraité taciturne qui m'avait accueilli se révélait être un homme d'action rapide et décidé.

– Il ne faut pas moisir ici. Ce niveau a un accès aux égouts. Allons-y avant qu'ils ne reviennent.

Au bout du couloir, il y avait effectivement une trappe ouvrant sur un puits vertical équipé d'une échelle métallique.

– Descendons là-dedans.

Le puits débouchait dans une galerie, à peine éclairée de loin en loin par des petites barrettes lumineuses orangées. Arrivés en bas, Pierre nous parla à voix basse :

— Il y a une autre voiture que nous pouvons prendre, à environ trois kilomètres d'ici. Les flics vont finir par se douter que nous sommes descendus là. Il risque d'y avoir des patrouilles. Nous devons faire le moins de bruit possible : ça résonne dans les galeries et on entend de très loin. Laure, il faut que vous enleviez vos chaussures : elles sont trop bruyantes.

Il lui prit ses chaussures, mit une pierre dedans et les fit couler silencieusement dans l'eau glauque du canal central de l'égout.

Nous marchions en file indienne en rasant le mur. En quelques minutes, nous étions passés d'un petit appartement confortable aux bas-fonds de la Gigapole, fuyant comme des rats. Notre vie était maintenant en péril et j'avais peur. Une peur qui s'amplifiait jusqu'à la panique lorsque je croyais entendre un bruit venant d'autres galeries, ou que Pierre hésitait sur le chemin à prendre.

Après environ une demi-heure, Pierre se mit à presser le pas. Par gestes, il nous fit comprendre que les bruits que nous entendions n'étaient pas que des impressions. Quoiqu'encore assez lointains, ils étaient suffisamment nets pour nous convaincre qu'il s'agissait de la Sécurité. Laure, devant moi, avait de plus en plus de mal à suivre la cadence. Elle glissait sur la mousse humide qui recouvrait les pierres et, sans chaussures, elle devait avoir très froid aux pieds. Pierre s'arrêta enfin au bas d'une échelle qui montait dans un puits. Les barreaux étaient de simples tiges d'acier scellées dans le mur. Nous faisant signe de le suivre, il s'y engagea le premier, suivi de Laure. À mesure que nous montions, je voyais ses pieds qui tremblaient de plus en plus, crispés de douleur. Pierre s'arrêta. Il souleva la bouche au-dessus de lui, passa brièvement la tête, puis referma doucement. Il chuchota :

– On y est.

Devant moi, les jambes de Laure étaient agitées par saccades de tremblements de plus en plus forts. Soudain, une force irrésistible me projeta violemment en arrière. Ma tête heurta le mur. Sous le poids de Laure qui me tombait dessus, je lâchai prise. Un choc violent sur le genou, l'arrivée brutale sur le sol et la lourde chute de Laure sur ma hanche. Mentalement je cherche mes blessures. J'ai mal au genou. Laure ne bouge pas. Je me dégage. Mon bras gauche me brûle. Je touche : ça saigne.

– Bon sang, que s'est-il passé ?

– Laure m'est tombée dessus. Elle a dû lâcher à cause de la douleur. Les barreaux lui faisaient très mal.

Pierre tapait les joues de Laure :

— Bon sang, bon sang… Laure… réveillez-vous. Il faut sortir. Laure, Laure, réveillez-vous… Et vous, ça va ?

— Je me suis cogné le genou et éraflé le bras, mais ça va aller.

— Il faut remonter. Je vais la prendre sur mes épaules et vous allez me pousser par en dessous.

Il nous fallut plusieurs minutes pour parvenir, barreau par barreau jusqu'à la bouche d'égout. Le puits débouchait dans le local à poubelles d'un immeuble. Heureusement, Laure reprit conscience pendant la remontée et elle put nous aider un peu lorsqu'il fallut la hisser sur le sol du local. Par vagues, elle était toujours agitée d'impressionnants tremblements. Elle gémissait en claquant des dents :

— J'a…vais…tr…trop…mal…trop…mal.

Pierre lui enroula son gilet autour des pieds.

— Vous ne pouvez pas partir avec elle dans cet état. Si vous avez un contrôle, il faut qu'elle ait l'air normale. Ce local donne sur le parking où se trouve la voiture. Le propriétaire habite l'immeuble au-dessus. Je vais aller voir s'il est là, au moins pour chercher de la nourriture et des vêtements. Cela nous permettra d'attendre qu'elle aille mieux.

– On pourrait la mettre dans la voiture.

– Tant qu'elle ne peut pas marcher par elle-même, nous ne pouvons pas prendre le risque d'être repérés sur les caméras du parking. Nous devons rester là pour l'instant. Attendez-moi, je reviens.

Il régnait dans le réduit une odeur pestilentielle. Je m'assis par terre adossé au mur et mis Laure entre mes jambes pour lui communiquer un peu de ma chaleur. J'essayais d'imaginer une solution à ce cauchemar. Normalement, pour organiser mon retour, je devais re-contacter le convoyeur qui m'avait amené à la Gigapole. Maintenant, du fond de ce trou à rats, il était impossible de contacter qui que ce fût et je ne voyais plus d'issue.

Après une longue attente, pendant laquelle le moindre bruit me sortait brusquement de ma léthargie, Pierre revint avec de quoi manger, des vêtements chauds et une trousse de secours.

– Tenez, nettoyez votre bras avec ça.

Toujours choquée, Laure était hébétée et, par intermittence, elle était encore agitée de violents tremblements. Nous lui enfilâmes des chaussettes de laine et des chaussures de tennis et l'enroulâmes dans une doudoune trop grande.

– Il y a un problème avec la voiture. Je croyais qu'elle était disponible, mais Mrdan, son propriétaire, en a absolument besoin. Nous ne pouvons pas la prendre. Cela mettrait d'autres personnes en danger. Il va falloir prendre le métro pour vous rendre où je voulais vous emmener.

Cette voiture indisponible était le coup de grâce.

– Nous allons attendre l'heure du premier métro. Cela permettra à Laure de se remettre. Je vous accompagnerai à la station, mais je ne pourrai pas rester avec vous. Vous devrez vous débrouiller tout seul avec Laure. Le premier métro est à 4 h 30. Il vaudra mieux partir plus tard pour qu'il y ait quand même un peu de monde. Disons à 5 heures. Vous devez aller aux entrepôts des halles où l'on vous organisera un transfert en camion vers le Val. C'est assez loin et vous avez deux changements. Vous y arriverez vers six heures et demie, sept heures moins le quart.

Bien que Pierre s'efforçât d'être rassurant, je ne pus m'empêcher de penser : « Si nous y arrivons un jour ».

– Voici le numéro du quai où vous devez vous rendre et le mot de passe qu'on vous demandera.

– Où sommes-nous ? Ça pue, gémit Laure.

– Au sous-sol d'un immeuble, dans le local poubelles. Vous êtes tombée en montant l'échelle. Comment vous sentez-vous ?

– Mal. J'ai froid et j'ai très mal aux pieds… Je me souviens. J'avais trop mal. Je n'ai pas pu tenir. Mes jambes ont lâché.

– Vous m'êtes tombée dessus.

– Je suis désolée.

Pierre sortit une paire de ciseaux et, sans hésitation, il entreprit de couper les cheveux de Laure.

– Que faites-vous ? dit-elle en essayant de l'écarter.

– Mrdan m'a donné une aïdicard où la photo vous ressemble vaguement, mais avec les cheveux courts. En plus, comme ça, vous serez moins facilement reconnaissable par les caméras. Mais nous n'avons pas eu le temps de trafiquer la puce : si vous avez un contrôle avec reconnaissance rétinienne, vous êtes foutue, parce que ça ne correspondra pas.

Régulièrement, il comparait son travail avec la photo en allant la placer sous la lumière de l'applique indiquant la sortie du local.

– Tenez, mangez ça. Il faut que vous repreniez des forces.

Pierre continuait son travail de coiffeur improvisé en essayant de donner un air vraisemblable à sa coupe, pendant que Laure se forçait à grignoter le morceau de pain. L'éclairage anémié de la lampe de sécurité lui creusait terriblement les traits, la rendant presque laide.

Une fois la séance de coiffure terminée, emmitouflée dans le blouson, Laure avait retrouvé un semblant de sommeil, entrecoupé de réveils angoissés. Pierre, assis dans un coin, somnolait. Moi, je ruminais des pensées noires, me repassant le film des événements qui nous avaient amenés dans cet infâme cagibi et cherchant vainement à identifier le moment où nous aurions pu échapper à cet enchaînement infernal.

§

J'avais dû finir par m'endormir, car lorsque Pierre me tapa sur l'épaule pour me signifier qu'il était l'heure de partir, cela me déclencha un cauchemar dans lequel un milicien m'interpellait et où, me tournant vers lui, je voyais en gros plan son visage verdâtre, sans yeux et barré d'un sourire terrifiant.

— Il faut y aller maintenant, il est cinq heures moins cinq. Réveillez Laure et préparez-vous.

Rapidement, nous nous efforçâmes de nous donner un air à peu près propre. Avec ses tennis et sa coiffure improvisée, Laure avait un look plutôt spécial mais, comme elle faisait assez jeune, cela pouvait passer. Dans l'ascenseur, elle se vit dans la glace :

— Pas mal comme coupe. Moi, je n'aurais pas osé, mais c'est pas mal. Vous êtes doué, Pierre.

Une fois sortis du garage, nous suivions Pierre à bonne distance, nous donnant l'air d'un couple ordinaire se rendant à son travail. Dans le métro, en passant devant le couloir que nous devions prendre, il nous fit un signe imperceptible, continuant son chemin sans autre adieu. Derrière chaque caméra vidéo, j'imaginais des vigiles nous observant l'air goguenard, sachant exactement l'endroit où ils nous arrêteraient. J'étais obligé de me forcer à ne pas les regarder et, lorsque du coin de l'œil j'en voyais une bouger, j'avais toutes les peines du monde à ne pas accélérer le pas. Laure était dans le même état d'esprit que moi à en juger par la force avec laquelle elle serrait mon bras.

— Vos pieds, ça va ?

— Ça ira, ne vous en faites pas. Pour l'instant, j'essaye surtout de ne pas m'endormir en marchant.

§

La première partie du trajet et le changement de ligne s'étaient passés sans ennui. Nous n'avions croisé qu'une seule fois des miliciens et ils n'avaient pas l'air d'être à la recherche de quelqu'un. La tension était un peu retombée. Nous étions maintenant sur la nouvelle ligne à sustentation magnétique. Le silence et l'absence de vibrations étaient apaisants et les légers mouvements de tangage procuraient une sensation de flottement très agréable. Laure était assise devant moi. Sa tête partait malgré elle de côté ou en avant. Voyant que je la regardais, elle trouva la force de me faire un sourire que je lui rendis pour nous encourager. Le métro se remplissait de plus en plus. Je commençais à reprendre confiance et à spéculer sur ce que nous allions faire une fois arrivés au Val. Mais, soudain, toutes les lumières s'éteignirent, notre train freina brutalement, faisant tomber plusieurs personnes. Il s'immobilisa en plein tunnel. Le fait que cet arrêt était peut-être motivé par notre présence dans la rame me remit instantanément dans un état de stress extrême. Après quelques secondes de noir complet, l'éclairage de secours se mit en service. Je vis immédiatement dans le regard de Laure qu'elle se posait la même question que moi. Les gens se relevaient et commençaient à commenter l'événement lorsque le haut-parleur du wagon grésilla :

« Mesdames, Messieurs. Votre train est immobilisé en pleine voie en raison d'une coupure de courant dont la cause est encore inconnue. Nous vous prions de rester calmes et de ne descendre en aucun cas sur les voies sans y avoir été invités par les agents de sécurité ».

Après un crachement très désagréable, le silence revint. Petit à petit, les gens se remirent à parler. La plupart s'inquiétaient essentiellement des conséquences de ce retard sur leur travail et ils envisageaient déjà les recours qu'ils auraient contre la compagnie du métro. Laure et moi, nous nous regardions sans rien dire, tétanisés. Au bout d'une interminable demi-heure, le haut-parleur grésilla à nouveau :

« Mesdames, Messieurs. Les services techniques sont dans l'impossibilité de rétablir le courant avant un délai indéterminé. Nous allons procéder à l'évacuation de la rame. Lorsque les portes s'ouvriront, vous voudrez bien descendre dans le calme et emprunter la piste qui longe le tunnel, dans le sens de la marche du train. Je répète : empruntez la piste dans le sens de la marche du train, c'est-à-dire vers votre gauche en sortant ».

Laure me glissa à l'oreille :

— C'est peut-être un attentat. Il y a quelques semaines, un informateur m'a parlé d'un projet d'attaque sur des installations électriques.

— Ça pourrait être une bonne chose pour nous. Les miliciens seront débordés et nous pourrons en profiter.

Nous arrivâmes dans la station de métro où régnait une

incroyable pagaille. Des centaines de personnes étaient massées sur les quais et dans les couloirs vaguement éclairés par la lueur verdâtre du système de secours. Le niveau de bruit et l'odeur étaient insupportables. J'essayais de me frayer un chemin dans la masse compacte, remorquant Laure agrippée à mon vêtement.

— Pourquoi ces gens restent-ils ici ? me hurla-t-elle dans l'oreille.

L'homme qui était collé à moi à ce moment lui répondit, le visage à quelques centimètres du mien :

— Il paraît qu'il y a un incendie là-haut. Ils ont fait descendre tout le monde et ils ont dit qu'il fallait rester sur le quai pour ne pas gêner les pompiers.

Je me tournai vers Laure :

— On va aller jusqu'au tunnel, à l'autre bout du quai et continuer à pied. Je crois que notre station est la suivante, ou, au pire, celle d'après.

Il était très difficile de progresser sur le quai. Les gens m'invectivaient. Arrivés à peu près à mi-chemin, un bruit sourd résonna dans les couloirs, accompagné de fortes vibrations dans le sol et les murs. Une femme devant moi se mit à hurler :

— On va tous crever là-dedans. Laissez-nous sortir. Je veux

sortir, je veux sortir !

Quelques secondes après, je reconnus sans aucun doute possible l'odeur caractéristique d'un explosif que je connaissais bien depuis mon reportage dans les mines de lithium de Bolivie. Finalement, parvenus au bout du quai, nous nous engageâmes dans le tunnel sans que personne ne s'occupe de nous. En marchant vite, il nous fallut moins de dix minutes pour rejoindre la station suivante qui était bien celle de notre destination. Il n'y avait absolument personne. Je m'arrêtai dans le tunnel avant de monter sur le quai.

– Qu'y a-t-il ? demanda Laure.

– C'est bizarre, il n'y a pas un rat. Je vais monter sur le quai. Surveillez les caméras. Si vous en voyez une bouger, faites-moi un signe : je rebrousse chemin et on retourne se cacher dans la foule.

Après quelques mètres sur le quai, je m'arrêtai.

– Alors ?

– Elles ne bougent pas.

– Montez. On y va.

Nous devions traverser la moitié du quai pour accéder au couloir menant à la sortie. Toujours concentrés sur notre rôle de jeune couple ordinaire, nous n'osions pas nous dépêcher, ce qui était parfaitement ridicule au milieu de ce quai désert où notre présence était de toute façon anormale. Mais aucun système ne réagissait. La station avait sans doute aussi été désertée par ses agents de sécurité. Cette fois, la chance nous souriait et plus cela se confirmait, plus nous pressions le pas, jusqu'à courir à toute vitesse. Arrivés en haut, dans le hall principal, hors d'haleine, nous nous assîmes sur un banc. L'écran géant du hall fonctionnait. Laure avait vu juste. Sur l'avenue des États-Unis d'Amérique, il y avait des dizaines de véhicules de pompiers dans tous les sens. Leurs lances arrosaient une gigantesque brèche entre deux immeubles, d'où s'échappait une trombe de fumée noire et, par moments, des bouffées de flammes qui montaient en volutes. L'immeuble de droite penchait anormalement. L'explosion, qui avait dû être d'une extrême violence, avait provoqué l'effondrement complet du bâtiment. Tous les pompiers étaient en scaphandre intégral.

— C'est bien ce dont m'avait parlé mon informateur. L'immeuble abritait un transformateur électrique. La fumée que vous voyez est très toxique. Ils l'ont fait exprès pour causer un maximum de désordre, m'expliqua Laure. La fumée a dû pénétrer dans la station où nous étions et c'est pourquoi ils ont bloqué les gens en bas. C'est sans doute aussi pour cela qu'ils ont complètement évacué celle où nous sommes.

— Pour le désordre, c'est réussi. Ils ont l'air complètement dépassés.

Le commentateur parlait d'un probable attentat perpétré par des factions subversives lorsque, soudain, l'image se mit à défiler rapidement vers le côté opposé à l'incendie.

— Mais… Que se passe-t-il ? Je vois des gens. Des centaines de personnes sont sorties dans la rue. Elles n'ont aucune protection. Comment est-ce possible ?… Les miliciens interviennent…

Le journaliste bafouillait de stupeur. Aussitôt, l'image se brouilla, censurée.

— Bon sang ! Vous avez vu ça ?

Laure regardait encore l'écran, stupéfaite.

— Incroyable. D'où sortaient ces gens ? Est-ce qu'ils étaient dirigés par quelqu'un ? Je n'ai pas eu le temps de voir.

L'image réapparut sur l'écran. Un autre journaliste, l'air paniqué, fouillait dans ses papiers. Il se ressaisit en voyant qu'il était à l'antenne.

– Les services du ministère de la Sécurité publique nous ont transmis le communiqué suivant.

Il se mit à lire un texte qu'il découvrait au fur et à mesure :

– Des terroristes, poursuivant des objectifs obscurs, cherchent à nuire à votre sécurité. Ils ont perpétré un lâche attentat contre une installation électrique du 32e arrondissement. Aucune victime n'est à déplorer pour l'instant, mais l'absence d'électricité pour presque tout l'arrondissement met gravement en danger la sécurité et la santé des habitants. Les services techniques du ministère de l'Énergie s'emploient activement à restaurer une situation normale le plus rapidement possible. Les terroristes seront identifiés rapidement et remis à la justice qui leur infligera le châtiment qu'ils méritent. D'ores et déjà, une prime de dix millions d'Unités Monétaires Universelles, soit vingt-deux millions d'euros, est offerte pour toute information permettant l'arrestation de la femme dont voici la photo. Elle est soupçonnée d'être la meneuse du groupe de terroristes.

– Ah ! Les enfoirés, s'exclama Laure.

Son visage s'affichait en plein écran.

– Comme vous dites ! Ils n'ont pas été longs à trouver le moyen d'exploiter l'attentat. Et moi qui croyais que cela arrangerait nos affaires. Tous les systèmes d'identification vont être en alerte sur vous. Il faut qu'on disparaisse au plus vite. Quelle heure est-il ?

– Huit heures et quart.

– Déjà ! C'est foutu. Notre chauffeur est sûrement parti depuis longtemps.

– Qu'est-ce qu'on fait ?

– De toute façon, il faut aller au dépôt. C'est le seul endroit où nous pourrons contacter quelqu'un. On verra après. Allez, fichons le camp, nous y sommes presque.

Dans l'effort pour me lever, une douleur fulgurante me lança du genou. Me rasseyant, je l'examinai : il avait triplé de volume.

– Il est temps qu'on arrive. Je ne pourrai bientôt plus marcher du tout… Et ça m'étonnerait que vous puissiez me porter.

– Ce serait avec plaisir, mais j'ai encore un peu mal aux pieds.

L'entrepôt était à trois blocs de la station de métro. Il n'y avait plus d'autre solution que d'y aller directement par les galeries commerçantes. Les couloirs étaient complètement vides. Tout avait été évacué dans un vaste périmètre autour de l'explosion et les forces de police devaient être concentrées sur la manifestation à l'extérieur. Nous arrivâmes sans encombre à l'ascenseur correspondant à la zone de l'entrepôt où nous allions. Enfin à l'abri, nous nous jetâmes dedans et, quelques secondes plus tard, un colosse aux impressionnants biceps couverts de tatouages multicolores nous demandait le mot de passe.

— Bonjour. Je suis Rachid. Nous commencions à être très inquiets. Suivez-moi, je vais vous conduire au bureau de notre directeur, Monsieur Duchaussois.

Georges Duchaussois, la cinquantaine grisonnante, avait l'air de quelqu'un de pressé.

— Bienvenue dans notre modeste garage. Je suis fier d'accueillir la terroriste dont toutes chaînes parlent en ce moment.

Il parlait fort, sans aucune précaution. Voyant notre étonnement, il reprit :

— Ne vous inquiétez pas. Vous êtes ici dans l'endroit le plus mal connu des services de la Sécurité. Tout y est faux. Notre système de camouflage crée en permanence une situation fictive dans le réseau de télésurveillance. Les agents voient des bureaux, un magasin de stockage et des gens qui travaillent. Ils entendent les conversations et tout est on ne peut plus normal et cohérent, et surtout, mortellement ennuyeux. Il ne se passe jamais rien, même pas une petite histoire de cul de temps en temps. Du coup, même cet environnement virtuel, ils ne le surveillent plus, conclut-il en rigolant, content de lui.

Il changea brusquement de ton :

— Tout ça, c'est bien, mais pour vous, Madame Devergnes, ça va plutôt mal. D'ici à moins d'une heure, tous les systèmes d'identification auront été mis à jour, focalisés sur votre personne. À partir de ce moment, si vous sortez de ce local, vous serez prise dans les cinq minutes.

Il se tourna vers moi :

— Et vous ? J'ai vu que vous boitiez. Vous êtes blessé ?

— Au genou, fis-je en remontant mon pantalon.

— Oh, là, là ! En effet. Bon. De toute façon, il n'y a pas de convoi avant deux jours. Ce n'est pas de trop pour préparer une protection contre les systèmes d'identification pour Madame Devergnes. Ils vont utiliser les grands moyens. Déjà, à l'intérieur du camion, vous ne pourrez pas vous cacher. On ne peut rien faire contre les scanners des points de contrôle. Ils repèrent immédiatement tous les organismes vivants dans les véhicules. On ne peut travailler que sur votre identité. Tous les systèmes de la Sécurité sont basés sur la reconnaissance rétinienne. Les derniers modèles sont très performants. Ils peuvent opérer à plus de vingt mètres sur un sujet en mouvement. Si vous avez le malheur de rester plus de trois secondes face à la caméra, vous serez identifiée.

– Et vous pouvez faire quelque chose contre ça ? s'enquit Laure.

– Si vous êtes d'accord, nous pouvons vous implanter dans les yeux un femtochip tout nouveau. Il a été mis au point à Bratislava et ils ne le connaissent pas. On le met sur la paroi antérieure de l'œil, au bord de l'iris. Il projette sur la rétine l'image de micro vaisseaux sanguins. Cela modifie votre image rétinienne vue de l'extérieur et rend l'identification impossible. Si le système ne consulte que le fichier des individus recherchés, ça marche. En revanche, s'il consulte le fichier mondial d'identification, vous serez arrêtée parce qu'ils ne trouveront personne correspondant à l'image rétinienne.

Voyant l'air inquiet de Laure, il ajouta :

– Rassurez-vous. C'est une opération difficile et très longue à mettre en place, grâce aux mésententes qui subsistent entre les différentes régions du monde. Pour une fois, nous pouvons nous féliciter de l'incapacité des gouvernements à s'entendre entre eux…

Georges ne quittait pas Laure du regard. Malgré le visage creusé par la fatigue et les cheveux coupés n'importe comment, lui aussi était sous le charme.

— Est-ce que l'implant oculaire est gênant ?

— Pas du tout. Les images projetées sont microscopiques et elles se forment sur des régions peu sensibles. Au début, vous voyez tout un peu plus sombre, mais en quelques heures, votre œil s'habitue et vous voyez normalement. Toutefois, ils ont une durée de fonctionnement limitée à une ou deux semaines. Après, ils ne serviront plus à rien. Normalement, on les enlève, mais il n'y a pas d'inconvénient à les laisser.

— Très bien. On fait ça quand vous voudrez.

— Alors, il faut le faire dès ce soir, j'ai déjà prévenu le chirurgien. C'est une petite opération sous anesthésie locale qui ne vous laissera qu'une légère irritation désagréable pendant vingt-quatre heures. Si vous êtes d'accord, il faudra qu'il en profite pour travailler un peu sur votre visage pour éviter un repérage sur une caméra de surveillance automatique. Ce serait trop bête. Rassurez-vous, ce ne sont que de petites injections et les transformations seront réversibles.

Il s'arrêta une seconde, dévisageant Laure :

— Le contraire serait dommage… Voilà, bon ! Vous allez pouvoir vous laver, vous restaurer et vous reposer. Vous devez en avoir bien envie. Je vous retrouverai ce soir pour l'implantation. Ensuite, vous devrez patienter jusqu'à après-demain soir pour prendre votre camion. Vous aurez des sauf-conduits de chercheurs allemands se rendant à Cologne à un congrès d'électronique qui se tient là-bas. Nous avons choisi cela parce qu'il y a eu de grosses tempêtes thermiques qui ont occasionné de nombreuses annulations de vols sur la région. Cela justifie que vous voyagiez en camion. Le chauffeur a l'habitude de ce genre de convoyage et il a tout ce qu'il faut pour ne pas avoir d'ennui malgré votre absence à l'arrivée. Il vous laissera à un poste d'essence près de la bifurcation vers Lyon. J'ai envoyé un message à Satolas pour les prévenir. Pour l'instant, je n'ai pas de retour. Ce n'est pas normal, mais, même si nous n'avons pas de réponse d'ici là, vous devrez partir. Je suis désolé. Il y va de notre sécurité à tous : vous ne pouvez pas rester ici.

Une partie des bureaux de l'entrepôt était aménagée en un petit appartement sommaire : une chambre à lits superposés, un cabinet de toilette et un recoin avec un réfrigérateur, un four à micro-ondes, une table et trois chaises. Un palace pour nous, après ce que nous venions de vivre. Laure se coucha sans même se restaurer et s'endormit aussitôt. De mon côté, après avoir avalé les deux portions de nouilles précuites qui étaient dans le réfrigérateur, je m'employai à bander mon genou, toujours très enflé et à cause duquel j'avais dû prendre un puissant antalgique. À l'extérieur, on entendait encore des sirènes de véhicules de pompiers qui continuaient à aller et venir.

Le soir, Laure avait retrouvé une partie de son énergie et, ce qui ne me simplifiait pas la vie, tout son charme. Les implantations se déroulèrent sans difficulté, à part les effets indésirables.

– « Une légère irritation ». C'est insupportable, oui ! À mon avis, Georges a dû être médecin dans une autre vie : il n'y a qu'un médecin pour vous dorer la pilule à ce point. Ça fait un mal de chien. J'ai carrément l'impression qu'on m'a passé les yeux au papier de verre.

Très rouges, ses yeux pleuraient abondamment et elle était obligée de les éponger sans arrêt, en évitant de frotter pour ne pas accentuer l'irritation. Cela ne nous empêcha pas de commenter les événements jusque très tard, notamment concernant les auteurs des attentats.

– Pensez-vous que les partisans des insurgés soient nombreux ?

– Ils sont très dispersés dans toute la Gigapole. En fait, il faut distinguer deux populations : d'une part, il y a plusieurs centaines de petites cellules (cinq ou six personnes tout au plus) reparties sur toute la Côte ; d'autre part, il y a tous ceux qui connaissent et qui soutiennent la sédition. La plupart de mes informateurs disent qu'ils se comptent en millions. Moi, je ne crois pas qu'il y en ait tant, mais ils sont sûrement plusieurs centaines de milliers.

— Comment ce mouvement a-t-il pu se former ?

— Au départ, c'est un petit groupe d'informaticiens qui a commencé à constituer un réseau. J'ai pu rencontrer un membre de ce groupe. Il m'a expliqué qu'ils ont mis au point un système de communication invisible.

— C'est-à-dire ?

— La difficulté ultime pour communiquer secrètement, c'est de parvenir à ce que l'ennemi ne sache même pas que vous communiquez. Vous pouvez chiffrer vos messages pour en cacher le sens. Mais si vous voulez vous organiser en secret, il faut aussi cacher le fait que vous communiquez. Ces informaticiens ont découvert les travaux d'un génie qui avait établi les principes théoriques d'une communication invisible. Ils n'ont eu qu'à mettre ces principes en pratique, ce qui, paraît-il, fut assez facile.

— Un génie ? On sait qui c'est ?

— Non, on ne sait pas.

— On sait à quelle époque il a sorti ça ?

– Il paraît que ça date du milieu des années cinquante.

Lazare ! Qui d'autre que lui pourrait inventer une chose aussi extraordinaire tout en gardant l'anonymat. Avant de disparaître, il avait laissé cette bombe à retardement dans la Gigapole. Une bombe encore plus efficace que toutes celles qui vont maintenant exploser dans les rues.

– Je suis convaincu que c'est Lazare Méradec. Et tel que je le connais, il avait dû s'arranger pour que celui ou ceux qui ont découvert sa théorie ne puissent pas être des gens à la solde d'un gouvernement.

– En tout cas, c'est tombé entre de bonnes mains. Grâce à ce système, ils ont pu construire un réseau qui est maintenant prêt à agir. Cela a été long car le système de communication est limité. On ne peut échanger que peu d'information à la fois, et sa mise en œuvre est assez coûteuse.

– Et que vont-ils faire maintenant ?

– D'après l'informateur qui m'avait parlé de l'attentat, ils ont prévu une campagne de longue durée, avec des attentats « publicitaires » régulièrement aux quatre coins de la Gigapole. L'idée est de donner au gouvernement l'impression d'un mouvement organisé et très étendu de façon à le paniquer et à provoquer des tensions internes. Leur leader, qui reste totalement inconnu, a réussi à les retenir le temps de doter le mouvement de moyens permettant une action de grande envergure.

$$\S$$

Le lendemain fut une journée calme, telle que nous n'en avions pas eu depuis longtemps. Laure et moi restâmes toute la journée devant un ordinateur à suivre les journaux télévisés. Il y avait eu trois attentats simultanés sur trois transformateurs identiques distants d'une centaine de kilomètres. Les trois explosions avaient eu lieu exactement à la même seconde, afin de bien mettre en évidence la capacité de coordination du mouvement. Les chaînes repassaient sans cesse les mêmes images des trois sites, avec une grande colonne de fumée noire et les véhicules de secours. Régulièrement, la photo de Laure paraissait avec une offre de récompense pour des informations permettant sa capture, dont le montant augmentait de parution en parution. Les commentaires faisaient état d'une faction armée, sans précision sur ses objectifs ou ses revendications. Les journalistes martelaient l'affirmation selon laquelle les terroristes allaient être rapidement mis hors d'état de nuire. Sur chaque lieu d'explosion, un petit groupe bravait l'interdiction en se rendant à découvert sur le site, réclamant plus de transparence et de respect des libertés.

En marge de ces événements qui occupaient la une de tous les journaux, Laure remarqua une information de second plan passée rapidement sur une chaîne mineure. Il y était question d'une organisation qui s'était fait connaître par un communiqué dans lequel elle prétendait vouloir réinvestir Paris. Si cette information s'était confirmée, c'eut été la première fois que des habitants de la Gigapole eussent prétendu retourner dans les terres évacuées, témoignant ainsi d'un niveau de contestation jamais atteint.

Finalement, l'heure de notre départ arriva. Il fut plutôt précipité. Georges, très nerveux, nous informa laconiquement qu'il n'avait pas reçu de réponse de Satolas concernant notre prise en charge sur l'autoroute. Il nous présenta rapidement au chauffeur du camion et nous quitta sans plus d'effusion. Pressé, le chauffeur était manifestement contrarié d'avoir à s'occuper de passagers, et il ne faisait aucun effort pour s'en cacher. Nous n'étions pas encore installés dans la cabine arrière que le convoi s'engageait déjà dans une des grandes artères parfaitement rectilignes de la Gigapole. L'insonorisation de la cabine était si mauvaise que le sifflement des piles à combustible empêchait les conversations. Je me mis à mes notes tandis que Laure écoutait de la musique, le casque sur les oreilles. Bien qu'il fût déjà assez tard, il n'était pas question de dormir tant nous étions certains de subir plusieurs contrôles avant d'atteindre l'autoroute de l'est.

Le premier d'entre eux fut le plus stressant et, finalement, le plus drôle. Dans le groupe de miliciens qui nous avait arrêtés, il y avait un homme en civil, un petit maigrichon à l'air particulièrement teigneux. Après que le policier eut passé Laure au scanner d'iris, le petit maigrichon lui agrippa brutalement le bras :

– Qu'avez-vous aux yeux ? Ils sont tout rouges.

Laure et les miliciens se tenaient devant l'étroite et unique porte de la cabine. Coincé à l'intérieur, j'essayais d'imaginer une solution pour m'éjecter en cas de complication. Laure ne se démonta pas le moins du monde. Prenant un air contrit, du regard, elle fit comprendre au flic que c'était moi la cause de son chagrin. Il se pencha pour me regarder, soupçonneux. Il fit une moue de dédain et relâcha Laure. Ce n'est que plusieurs minutes après être repartis, certains qu'il ne se raviserait pas, que nous avons pu rire de cette péripétie. Les autres contrôles se déroulèrent sans trop de problèmes. Plus nous nous éloignions du centre, moins les miliciens étaient vigilants. La difficulté de mobiliser des gens sur des causes dont ils se contrefichent et la paresse naturelle du flic de base seront toujours le talon d'Achille des dictatures. Une fois engagés sur l'autoroute, le voyage devint d'une rassurante monotonie.

§

Laure était passionnée par la découverte des communautés. J'aurais voulu me reposer, mais, ayant bien retrouvé son rythme naturel, elle me bombardait de questions, sur les gens, les risques, l'agriculture, les animaux, les maladies, l'éducation et, évidemment, Lazare. À propos de ce dernier, elle posait des questions comme si elle en connaissait l'existence depuis longtemps.

— Comment connaissez-vous Lazare ? Je vous avais écrit très peu de choses sur lui.

— Vous en aviez écrit suffisamment pour que je fasse le lien avec les rumeurs qui courent sur l'existence d'un génie disparu dans les années cinquante. Ceux qui parlent de populations vivant dans les terres de l'Intérieur disent qu'il vit là-bas et qu'il est leur chef.

— Il ne vit pas là-bas, et, à mon avis, il n'apprécierait pas le titre de chef.

— Non ? Quel est son rôle, alors ?

— Vous verrez.

— Dans la Gigapole, les plus mystiques le considèrent pratiquement comme un dieu. Ils disent qu'il va revenir à la Gigapole pour libérer les gens de ce gouvernement. Quand on s'intéresse un peu à ce sujet, on trouve des choses étonnantes qui circulent. J'ai lu un document qui prétendait qu'on le voyait souvent à Paris où il est comme chez lui, qu'il a toutes les hordes sous ses ordres et qu'il peut les jeter sur la Gigapole n'importe quand.

– Fichtre ! Et vous, qu'en pensez-vous ?

– Ça m'étonnerait. Je l'imagine mal à la tête des hordes. Ça ne colle pas avec l'idée que je me fais des communautés. Il y a beaucoup de désinformations lancées par le gouvernement, et il est difficile de démêler le vrai et le faux.

– C'est le but de la désinformation. En tout cas, je peux vous assurer qu'il n'est pas plus le chef des hordes que le dieu qui va libérer la Gigapole. En fait, pour l'instant, c'est plutôt l'inverse : il préférerait que les agitateurs se calment. Comme je vous l'ai dit, il voulait que je vous demande de démentir publiquement vos affirmations sur les survivants de l'Intérieur.

– Cela n'aurait servi à rien. Je ne suis qu'une journaliste un peu mieux informée que les autres. Je n'ai pas de contact direct avec les leaders du mouvement. Ils me connaissent, mais je n'ai pas d'influence sur eux. En plus, il commence à y avoir d'autres journalistes qui manifestent des velléités d'indépendance. Cela se traduit, par exemple, dans les débats télévisés où les sous-entendus sont de plus en plus évidents derrière les phrases politiquement correctes. Les journalistes d'État continuent à rabâcher les phrases formatées par le ministère de la

Communication, mais ça n'empêche plus les vraies informations de filtrer.

— Pourquoi êtes-vous mieux informée ?

— Peu importe. Disons que je fais bien mon métier.

— Vous êtes… contente de cette évolution ?

— Je désespérais de vivre cela un jour. Je craignais que les gens ne soient définitivement anesthésiés par la propagande et le confort. Et là, non seulement il y en a qui se réveillent dans la Gigapole, mais je découvre qu'il y en a d'autres qui vivent en dehors. Je suis très impatiente.

J'avais envie de l'embrasser. Elle aussi, je crois, mais cela ne se fit pas. Elle me regarda, remit son casque en souriant et ferma les yeux. Je sombrai rapidement dans un demi-sommeil, me concentrant sur le plaisir que me procurait la chaleur du contact entre nos cuisses, rapprochées par le manque de place sur la banquette de la cabine.

Ce fut l'arrêt soudain du sifflement des piles à combustible qui me sortit de cette délicieuse torpeur. Le camion ralentissait. Une panne ? Un contrôle ? Le haut-parleur de la cabine vociféra en grésillant :

– Vous êtes arrivés. Préparez-vous. Dès que la porte s'ouvre, descendez !

Nous avions à peine eu le temps d'enfiler nos vestes que le camion s'engageait dans une bretelle de dégagement. Lorsque la porte s'ouvrit, il roulait encore. Chargé des deux bagages que nous avait remis Georges, je me préparai à sauter.

– Qu'est-ce que vous attendez ? Descendez, bon sang, je ne m'arrête pas. Allez !

Il relançait déjà les piles pour ré-accélérer. Je m'exécutai et, emporté par le poids des valises, m'étalai de tout mon long. Relevant la tête, je vis le camion qui reprenait de la vitesse, dispersant en tourbillons les jets de vapeur éjectés par les piles, avec Laure qui, gesticulant pour rétablir son équilibre, avait l'air de lui courir après. Après un bon fou rire, nous reprîmes notre sérieux en considérant la situation. Nous étions quelque part dans l'est de la France, dans une station d'essence aussi perdue et délabrée que celle où je m'étais ravitaillé en allant au Val d'Osne, sans savoir combien de temps nous allions y rester ni comment nous allions pouvoir en repartir. L'idée que ce chauffeur acariâtre était peut-être le seul être humain à savoir que nous étions là me déprimait profondément. Les éléments positifs étaient : 1) que nous avions un abri avec de l'eau et des toilettes, 2) que nos valises contenaient de quoi manger pendant deux ou trois jours, en se rationnant, et surtout, 3) que j'étais seul avec Laure.

§

Le jour vint bientôt et, avec lui, la chaleur. Le climatiseur était évidemment en panne et nous passâmes la première journée terrés au fond de notre guérite. Mon seul sens en éveil était l'ouïe. J'étais certain qu'on viendrait nous chercher avec une voiture à essence et, à chaque fois qu'un véhicule s'approchait, je tendais l'oreille pour identifier le plus rapidement possible le type de moteur. Les véhicules électriques étaient faciles à reconnaître à cause du sifflement des piles. En revanche, de loin, les moteurs thermiques à hydrogène pouvaient être confondus avec des moteurs à essence et, à chaque fois, j'espérais ne pas entendre finalement le cliquetis caractéristique des injecteurs d'hydrogène. Cette activité mentale totalement inutile avait le mérite de faire passer le temps. De son côté, Laure ne paraissait pas impatiente ni inquiète. Elle restait de longs moments assise en tailleur, se levant régulièrement pour s'étirer et faire quelques mouvements de gymnastique avant de reprendre sa position.

Le deuxième jour, mon activité mentale dériva sur un tout autre sujet. Durant la nuit, Laure s'était appuyée sur moi pour essayer d'avoir un peu de confort. La situation était devenue de plus en plus troublante. La recherche de positions à peu près confortables nous avait amenés à nous allonger l'un contre l'autre, quasiment enlacés. Dans une somnolence complice, les choses étaient devenues de plus en plus agréables, jusqu'à une intimité extrêmement érotique. Toute la nuit, nous avions échangé baisers et caresses, sans un mot, dans une pure communication sensuelle entrecoupée de délicieuses phases de sommeil. Au réveil, courbatus et engourdis, nous n'avions pu échanger que des sourires un peu gênés.

J'avais toujours eu de bons rapports physiques avec les femmes, le plus souvent améliorés au Cupidolon. Mais cette nuit-là, bien que nous n'ayons pas fait l'amour, j'avais vécu quelque chose d'incomparablement plus intense. Pendant qu'elle méditait, je la regardais en me demandant si j'étais amoureux d'elle, ou si j'allais tomber amoureux d'elle et s'il était possible qu'elle fût amoureuse de moi. Ces questions m'occupèrent une partie de la journée, d'autant plus facilement qu'elles n'avaient pas de réponse. Je tournais en boucle avec délectation dans ces spéculations romantiques lorsque Laure sortit de sa méditation :

— C'était vraiment très agréable cette nuit. Je suis assez perturbée et maintenant, je me demande si je ne suis pas un peu amoureuse de toi. Je pense à ça depuis ce matin, et je n'arrive pas à en sortir.

— Nous avons vécu pas mal de choses ensemble. Je suppose que ça crée des liens.

Elle me regarda, étonnée, avec un petit sourire qui s'amplifia progressivement pour se terminer en fou rire :

— C'est super nul, comme réponse ! Pourquoi est-ce que tu ne me dis pas simplement que tu te poses les mêmes questions que moi ?

Elle me regardait fixement, un peu par en dessous. Je revois ses yeux d'or qui me souriaient, avec l'air de réfléchir. Insensiblement, ils se rapprochèrent de moi, plongeant dans les miens pour m'hypnotiser. Elle mit sa main sur ma nuque et elle posa ses lèvres sur les miennes avec douceur, puis avec tendresse et enfin, avec volupté. Je m'abandonnai sans retenue à ce baiser. Elle stoppa net, se redressant en tendant l'oreille. Une voiture électrique s'engageait sur la bretelle d'accès de la station. Nous nous précipitâmes derrière le mur de la guérite. La voiture s'arrêta à notre hauteur, libérant bruyamment un jet de vapeur. J'essayai de me pencher pour voir quel genre de véhicule c'était. D'après la couleur du petit bout de carrosserie que je voyais, il ne s'agissait pas d'une voiture de police. C'était déjà ça. Une portière s'ouvrit, puis une sorte de rugissement me ravit les tympans :

— Sortez de là ! Allez, grouillez, il ne faut pas moisir ici : le prochain satellite passe dans cinq minutes.

C'était Rudi, Rudi en personne qui venait nous chercher.

– Salut, Rudi. Content de t'entendre. On fait le ménage et on arrive.

– C'est eux ? fit Laure, surexcitée.

– Oui, c'est bon. Ramassons tout en vitesse et filons.

Le temps de faire disparaître les traces de notre séjour et nous nous jetions dans la voiture. Beau-Boule était au volant. Rudi se retourna vers nous tandis que la voiture repartait en trombe.

– Te revoilà, Matthieu le journaleux. Qu'est-ce que tu fous dans ce piège au milieu de nulle part ?

Avisant Laure à côté de moi :

– Et quelle idée d'emmener une jolie femme dans un coin pareil ? Bonjour, madame. Il ne faut pas suivre les messieurs n'importe où, comme ça, ce n'est pas prudent.

– Salut, Rudi. C'est gentil de faire un détour pour passer nous prendre. On commençait à se demander comment on allait rentrer.

Il ne quittait plus Laure des yeux.

– Tu parles d'un détour ! J'étais chez des potes à Troyes quand j'ai reçu le message de Lazare.

– Il y a encore des gens à Troyes ?

– Ouais, c'est juste deux familles. Ils sont sympas, mais ils n'y arrivent plus. Il va falloir qu'ils déménagent C'est pour ça que j'étais là-bas. Ça ne m'arrangeait pas vraiment d'aller vous chercher, mais Lazare m'a dit qu'il y avait une dame en danger, alors tu me connais...

– Trop aimable, dit Laure. Mais vous êtes... Rudi... ? Rudi le Rouge ?

– Lui-même, pour te sauver la vie, princesse.

– Alors, vous... vous existez ?

– Si j'... ? Il se tourna vers sa compagne : Hé ! Beau-Boule, d'après toi, j'existe ou j'existe pas ?... Tu crois que j'existe, hein ? Eh bien, poisson d'avril ! Je n'existe pas ! Je t'ai bien eue, hein ?

Beau-Boule pouffait de rire.

– Excusez-moi, fit Laure, se sentant ridicule.

– T'inquiète pas, poulette, je connais tous les bobards qui

courent sur moi dans la Gigapole. Eh ben oui, tu vois, Rudi le Rouge existe, pour de vrai ! Et heureusement pour toi, parce que vous étiez mal barrés dans votre clapier, là-bas. Et toi, à part du tourisme en terre interdite, tu fais quoi dans la vie ? Tu n'es pas journaliste, au moins ?

Laure me jeta un regard paniqué.

— Si, Rudi, elle aussi, elle est journaliste.

— Ah ! Ça alors, mais qu'est-ce qu'il a Lazare à nous ramener que des journaleux. Il est tombé sur un nid ou quoi ?

— Vous n'aimez pas les journalistes ? fit Laure sur un petit ton provocateur.

— J'aime pas les gens qui fouinent et qui racontent des salades.

— Il y en a aussi qui fouinent pour raconter la vérité. Ça peut être utile, quelquefois.

Rudi sourit.

— Bien… Bien… ! Elle a du répondant la poulette, elle ne se démonte pas.

— Et vous nous emmenez où, maintenant ?

– Au Val d'Osne.

Le visage de Laure s'illumina.

§

L'HISTOIRE VÉRITABLE DE LAZARE MÉRADEC

6 – NICO DE JONG

Convaincu que l'autoroute serait sillonnée de patrouilles, Rudi avait voulu prendre les anciennes routes. Nous n'arrivâmes au Val qu'en début d'après-midi, fourbus après plus de trois heures d'un épuisant gymkhana dont chaque soubresaut relançait la douleur de mon genou. Mais finalement, quel bonheur de retrouver le Val ! Nicolas et Pascale nous attendaient sur le perron, un peu inquiets :

– Vous en avez mis du temps ! Lazare nous avait dit que vous arriveriez vers 11 heures.

– On a pris des petites routes. Enfin, si on peut appeler ça des routes.

– Vous êtes là, c'est le principal. Lazare arrivera ce soir pour dîner.

Laure était ébahie. Dès les présentations faites, elle était partie avec un petit groupe d'enfants, mandaté par Nicolas pour lui montrer le village. En revenant, emportée par son enthousiasme, elle me raconta en détail tout ce qu'elle avait vu, oubliant que je connaissais déjà ce qu'elle me décrivait.

– C'est magique. C'est beau. Et les gens sont si chaleureux… Sur la Côte, avec notre vie bien organisée, sécurisée, climatisée, nous ne nous rendons plus compte que nous avons oublié ça. S'ils savaient, là-bas, ils débarqueraient tous ici.

Nous nous installâmes sur le perron pour prendre la collation préparée à notre intention par Aurore. Tandis que Laure, infatigable, bombardait Pascale de questions, je sombrai rapidement, épuisé par le voyage et surtout par mon entorse au genou. Je ne refis surface qu'à la tombée de la nuit. Laure était seule sur le perron, compulsant des magazines datant du début du siècle.

– C'était bien ces magazines avec des photos. C'est dommage qu'on n'utilise plus que la vidéo aujourd'hui. Les photos, on a le temps de les regarder.

Je l'embrassai et m'assis à côté d'elle. Elle prit un air désolé :

– Aurore m'a demandé si on était ensemble.

– Marrant ! Qu'est-ce que tu lui as dit ?

– Tu sais, je ne peux pas aller trop vite. J'ai une vie un peu compliquée à Fécamp. Je suis avec quelqu'un d'assez connu qui est très exposé. Je ne peux pas faire n'importe quoi. J'ai vraiment été sincère, je t'assure, mais ne sais pas bien où j'en suis.

– OK… Donc on n'est pas ensemble.

– Non, pour l'instant, on n'est pas ensemble…

– Et, ça dure longtemps, « pour l'instant » ?
Elle sourit :

– Je ne sais pas.

§

Je ne m'attendais déjà pas à ça, mais le pire pour moi était à venir, avec l'arrivée de Lazare. Ceux qui prétendent que les coups de foudre n'existent pas n'ont pas assisté à leur rencontre. Ils étaient tombés amoureux l'un de l'autre à l'instant même où leurs regards s'étaient croisés, lorsque Lazare était sorti de la voiture. Tout le monde s'en était aperçu. Le soir, au cours du dîner préparé par Aurore à notre attention, ils n'avaient parlé que l'un avec l'autre, échangeant de longues conversations entrecoupées d'éclats de rire tournant souvent au fou rire. Les moqueries et les plaisanteries qui finirent par fuser autour de la table sur leur compte leur avaient à peine inspiré un sourire complice lorsqu'ils s'en étaient aperçus. Ensuite, ils ne s'étaient plus quittés ce qui, cette fois, avait posé un problème de logement puisqu'il n'était pas prévu de les mettre ensemble et que j'occupais ma chambre, seul ! On leur avait finalement trouvé un ancien garage dont les travaux d'aménagement en appartement étaient presque terminés.

J'eus toutes les peines du monde à rester à table jusqu'à la fin du dîner. Lorsque je pris congé, prétextant ma douleur au genou, Laure m'adressa un regard désolé auquel je ne pus répondre. Le lendemain, au cours d'une longue promenade dans le village, elle s'excusa, réaffirmant la sincérité de ses sentiments pour moi, mais m'expliquant qu'en voyant Lazare, elle avait instantanément compris qu'elle venait de rencontrer l'homme qui lui était destiné et à qui elle était destinée. Elle reconnut ne pas comprendre elle-même et que c'était bien au-delà de tout effort de volonté de sa part. C'était la douche froide. Je croyais, je comprenais ce qu'elle me disait, mais j'avais du mal à accepter ces contradictions qu'elle assumait si facilement.

– Je n'ai jamais cru au destin et j'ai toujours trouvé ridicules les gens qui croient avoir un destin.

– Et maintenant, tu ne trouves plus ça ridicule ?

– Si, toujours !

Elle rit. On s'embrassa une dernière fois d'un baiser salé par ses larmes.

§

Malgré l'inquiétude suscitée par les récents événements sur la Côte, nous nous étions tous laissé gagner par la douceur de vivre du Val. Laure et Lazare passaient beaucoup de temps à l'écart, soit à parler et à rire, soit, au contraire, sans rien dire, chacun dans ses pensées. Parfois, comme les jumeaux, ils finissaient la phrase commencée par l'autre sans même se rendre compte que ce n'était pas eux qui l'avaient commencée. Ils parlaient beaucoup du fonctionnement de la politique et des grenouillages au sein du gouvernement, sujets que Laure connaissait très bien. Lazare était avide de ces informations qui lui permettaient de mieux comprendre ce qui se passait dans la Gigapole et les conséquences pour l'Arche.

Tous les jours, nous regardions les informations en provenance de la Côte. Entre deux attentats, le calme revenait progressivement et l'on pouvait croire que les activistes s'essoufflaient. Il y eut ainsi une accalmie de plus de deux mois, qui permit à la désinformation gouvernementale de donner l'impression que la situation était sous contrôle. Cette période coïncida avec la venue au Val des principaux acteurs de la rédaction de la charte de l'Arche, dans le but de parapher la version finale. Il s'agissait d'une formalité de principe puisque le texte était déjà entièrement validé par tous les Patriarches. L'objectif était essentiellement que Lazare y appose sa signature au cours d'une manifestation un peu solennelle.

La cérémonie se tint en plein air, à la nuit tombée, en présence de tous les habitants des trois vallées. Une grande table avait été installée sur une estrade. Lazare était assis au milieu, entouré des dix Patriarches rédacteurs, plus, en bout de table, Nicolas et Laure dont il avait tenu à ce qu'ils fussent également présents. Une foule bruyante avait afflué sur la place. Celle-ci étant trop petite pour accueillir tout le monde, beaucoup des gens s'étaient massés dans les ruelles adjacentes où des haut-parleurs et des écrans vidéo relayaient l'événement. Les choses commencèrent très en retard. Le sens de l'organisation pour ce genre de manifestation n'étant pas le point le plus fort de l'équipe de Nicolas, les pépins s'enchaînèrent à un rythme soutenu. Il fut d'abord difficile de réunir tous les Patriarches en même temps parce que le retard des uns faisait que les autres finissaient par quitter la table. Ensuite, lorsque tout le monde fut enfin réuni, Lazare essaya de prendre la parole, mais des problèmes de micro l'en empêchèrent dans l'hilarité générale. Enfin, une fois les ennuis techniques résolus, au moment où Lazare allait parler, une jeune femme vint précipitamment l'informer en aparté qu'on avait égaré le document qu'il devait signer, qu'on allait certainement le retrouver rapidement, mais qu'il fallait attendre un peu avant de commencer.

– Moi qui ai la réputation de ne pas aimer les choses trop bien organisées, je suis servi, dit-il. Figurez-vous qu'on a tout simplement perdu la charte pour laquelle nous sommes tous réunis.

Puis, il adopta le ton d'un commentateur de télévision :

– Bon… Eh bien, chers amis, cela prouve que nous sommes en direct… Nous allons attendre notre charmante assistante qui… Ah ! La voici qui revient en courant. Espérons qu'elle apporte de bonnes nouvelles… Eh bien oui : je vois un document, il s'agit certainement de la charte que nous attendons tous… Elle gravit les escaliers à toute vitesse… et voilà, c'est bien ça, nous sommes sauvés, nous allons enfin pouvoir signer.

Hors d'haleine, la jeune femme posa le document devant Lazare, se confondant en excuses. Lazare brandit la charte :

– Ça y est, grâce à la charmante… euh…

Il lui tendit le micro en lui demandant son nom.

– Mada.

Voyant la surprise de Lazare, elle précisa :

– Normalement, c'est Anna-Magdalena. Mais tout le monde m'appelle Mada.

Il lui dit quelque chose à l'oreille. Elle fit « non » de la tête en reculant, mais Lazare la retint. Il lui parla plus longuement et finalement, elle acquiesça.

– Mes amis. En paraphant ce document, nous allons officialiser la naissance de l'Arche. Mais nous avions oublié quelque chose d'essentiel pour une naissance. Heureusement, grâce à Anna-Magdalena – que tout le monde appelle Mada – nous allons pouvoir réparer cet oubli. Habitants des trois vallées, je vous le demande : acceptez-vous de choisir Anna-Magdalena comme marraine de l'Arche ?

Immédiatement, cette idée fut accueillie par un délire de « Vive Mada », « Vive Anna-Magdalena », « Vive la marraine », qui devinrent rapidement un unique « Ma-da, Ma-da, Ma-da… ». La pauvre Mada, dont les joues étaient déjà bien rosies par la course qu'elle venait de faire, était devenue écarlate. Elle était tétanisée, mais elle souriait, heureuse et immensément fière de se trouver choisie, de façon si inattendue, pour un tel honneur. Lazare la fit asseoir à côté de lui. Les dix Patriarches paraphèrent la charte et, avant de la signer lui-même, il tendit le stylo à Anna-Magdalena, déclenchant une nouvelle salve d'applaudissements et, corollaire inévitable, un énorme fard sur le visage de la jeune fille. Voilà comment a été élue la marraine de l'Arche dont, aujourd'hui, tout le monde dans les communautés connaît le nom et le visage. Ensuite, Lazare prit brièvement la parole pour dire qu'il ne voyait pas la nécessité d'un discours et que le nombre et la joie des gens réunis ce soir étaient suffisamment éloquents.

Heureusement, les organisateurs avaient été beaucoup plus efficaces pour le pique-nique géant qui suivit et pour les festivités qui durèrent jusqu'au lever du soleil. Nicolas avait plaisanté sur ceux qui nous surveillaient par satellite. Le Val, entièrement illuminé, était une salle des fêtes à ciel ouvert et ils devaient se dire qu'on s'amusait plus dans les terres de l'Intérieur que dans la Gigapole. Laure, quant à elle, avait proposé que l'on décernât à l'équipe de Nicolas le prix des plus mauvais organisateurs de cérémonie officielle de toutes les communautés, ce qui avait été approuvé à l'unanimité.

§

Après la signature de la charte, la vie avait repris un cours assez tranquille. Le principal sujet de discussion entre nous portait sur la politique que l'Arche devait adopter vis-à-vis de l'Europe du Nord. Grâce à sa connaissance des milieux politiques, Laure avait confirmé la position de Lazare sur cette question. Elle avait expliqué que l'équipe en place était composée de gens sans envergure, à l'intelligence limitée. Généralement incompétents, uniquement motivés par des intérêts personnels, ils étaient empêtrés dans d'incessantes luttes intestines. D'après elle, le contrôle qu'ils exerçaient sur l'information donnait une impression de toute-puissance qui ne correspondait pas à la réalité. Elle considérait cette situation comme une opportunité qu'il fallait saisir pour faire reconnaître officiellement l'Arche par le gouvernement. Lazare adhérait à cette idée, notamment parce qu'il pensait que l'actuelle situation de clandestinité tolérée était non seulement précaire, mais surtout un frein au développement des communautés. Si tout le monde était d'accord avec le principe d'une reconnaissance officielle, les discussions iraient bon train sur la manière de négocier cette reconnaissance. La découverte du matériau pour les centrales nucléaires était certainement un atout en cas d'attitude positive du gouvernement européen. Mais ce dernier pouvait aussi ignorer l'offre et imposer une solution par la force. L'Arche n'avait aucun moyen de pression. Rudi, qui participait avec jubilation aux débats, avait une théorie assez simple : les faire signer sous la menace d'actions commando répétées de la part des hordes, dans toute la Gigapole, du Havre à Copenhague. Il se disait capable de mobiliser suffisamment de ses amis pour pourrir la vie du gouvernement pendant des mois. Sous un aspect basique, sa tactique était plus astucieuse qu'elle n'en avait l'air : en s'appuyant sur la contestation actuelle, il n'y avait pas besoin de beaucoup de coups de force pour entretenir, sur une très grande étendue, un climat d'instabilité permanente difficile à gérer pour le gouvernement. Lazare se montra opposé à une telle attitude. Il considérait qu'elle ne pouvait mener à aucune solution viable en particulier parce que le gouvernement n'aurait aucun mal à monter les populations contre les communautés, par amalgame avec les hordes.

Laure abonda, confirmant que l'image des hordes était très négative pour la quasi-totalité des gens, y compris les plus opposants au régime et que l'idée de Rudi risquait fortement de déraper de façon incontrôlable. Elle surprit tout le monde en ajoutant qu'il n'y aurait probablement pas besoin de faire pression sur le gouvernement. Elle affirma que Nico de Jong, le nouveau ministre plénipotentiaire, était tout le contraire des politiciens médiocres de la clique en place et qu'il souhaitait sincèrement faire bouger les choses dans la Gigapole. Elle se disait convaincue qu'il appuierait une telle démarche, notamment parce qu'elle lui permettrait, en montrant qu'il a trompé les populations, de mettre en position de faiblesse le ministre de la Culture et de l'Information, considéré comme le numéro deux derrière le ministre de la Sécurité.

– Cela m'étonne beaucoup, dit Nicolas. Bernard Martin ne nous a jamais parlé de ça. Tu es sûre de ce que tu dis ?

– Tout à fait certaine. De Jong a bien caché son jeu jusqu'à maintenant pour ne pas être contré avant d'avoir suffisamment de force.

– Et comment tu le sais, toi ? s'enquit Rudi.

– Je te l'ai dit : les journalistes, ça sert à ça.

Sur la question de l'attitude à prendre une fois la reconnaissance obtenue, Laure et Lazare n'étaient pas du même avis. Lui se disait plutôt enclin à continuer une tactique de discrétion, évitant toute publicité et se limitant aux seuls contacts indispensables avec les instances gouvernementales. Il était convaincu que des interactions avec les populations de la Côte ne pourraient attirer que des ennuis et que moins on parlerait des communautés, mieux cela vaudrait. Laure, au contraire, proposait une attitude plus politique, consistant à promouvoir les idées de l'Arche. Elle voulait exploiter la situation pour pousser les réformes susceptibles de faire évoluer la Gigapole et, implicitement, soutenir les activistes qu'elle considérait comme la principale source de renouveau.

§

Pendant ce temps, dans la Gigapole, les choses recommençaient à se dégrader d'une manière qui confirmait les affirmations de Laure sur les limites de la capacité du gouvernement à gérer la situation. Toutes les trois ou quatre semaines, des attentats se produisaient à des centaines de kilomètres de distance les uns des autres. Sans être aussi spectaculaires que ceux qui avaient éclaté lorsque Laure et moi étions là-bas, ils causaient suffisamment de désordre pour empêcher que l'on puisse les occulter. La dispersion des actions rendait difficile la tâche de désinformation à laquelle s'employait ardemment le ministère de la Culture et de l'Information. À chaque fois, l'excellente coordination des activistes leur permettait d'organiser des opérations dont la nature ou la cible venait contredire les affirmations matraquées sur tous les canaux à propos de l'attentat précédent. Dans cette confusion, le comportement des médias commençait à évoluer. Le gouvernement avait baissé sa garde, craignant sans doute d'envenimer les choses en censurant trop brutalement. Plusieurs journalistes s'enhardissaient en animant des débats de plus en plus critiques ou en commentant les actualités de façon de plus en plus personnelle. Dans les débats, parfois, la discussion venait sur l'existence de groupes humains « à l'Intérieur », discussion au cours de laquelle les spéculations allaient bon train. Certaines étaient assez comiques comme celles de ce biologiste qui affirmait qu'il était inévitable que les populations, si elles existaient, eussent subi des mutations génétiques transformant la peau en un cuir plus dur que celui des crocodiles et les yeux en organes atrophiés à peine capables de percevoir les ombres et les lumières. Cette vision épouvantable avait suscité entre nous un concours à celui qui imaginerait la mutation la plus cauchemardesque. À la fin de l'émission, le générique nous apprit sans surprise que ce biologiste était conseiller auprès du ministère de la Santé.

Ce qui était plus sérieux, c'était la montée en puissance du mouvement des gens qui disaient vouloir revenir à Paris. Sur lui, la censure était au contraire très active. Le sujet n'était jamais abordé aux heures de grande audience et, le plus souvent, les émissions étaient coupées lorsque les informations devenaient trop précises. Il avait fallu toute la puissance de l'ordinateur du Val pour que nous parvenions à nous faire une idée de la situation. Par recoupements, nous avions pu nous rendre compte que le mouvement gagnait en ampleur de jour en jour et qu'il était doté d'une organisation structurée et efficace. Finalement, un hacker de la communauté était parvenu à pirater un document interne émanant des leaders du mouvement et destiné à tous les membres. Le texte expliquait que le but était de réintégrer Paris et de la remettre en état afin d'en faire une ville libre et indépendante. Le plus étonnant était que leur projet parlait de prendre contact avec « le chef des communautés » afin de lui demander de les aider à soutenir leur mouvement.

– C'est exactement ce que je crains le plus. Les gens vont mettre tous leurs espoirs sur moi en s'imaginant que je peux régler leurs problèmes. J'avais réussi à éviter ça dans les communautés, en m'expliquant directement auprès des gens, mais, là, à distance, je ne peux pas les empêcher de gamberger.

Lazare avait dit cela sur un ton d'agacement tout à fait inhabituel. Jusque-là, il nous avait toujours donné l'impression que rien ne pouvait le déstabiliser, mais cette fois, il était très contrarié et même inquiet. Seul Rudi parvint à le dérider :

– T'inquiète, Lazare. Paris c'est chez moi et j'aime pas qu'on vienne m'emmerder chez moi. Je vais te les renvoyer dans leurs clapiers, moi, tu vas voir, ça ne va pas traîner.

Le lendemain, tandis que Laure était à l'école pour parler de la Gigapole aux enfants, j'eus l'une des rares occasions depuis mon retour au Val de me retrouver seul avec Lazare.

– Au fond, il était évident que ça allait évoluer de cette façon. J'ai voulu me persuader que ça resterait gérable et que nous allions pouvoir officialiser notre existence sans créer des problèmes importants dans la Gigapole. Mais en fait, c'était impossible. J'ai sous-estimé la capacité de réaction de ses habitants. Il va falloir faire avec tout ça, et ça va être vraiment compliqué.

§

Au fur et à mesure que les jours passaient, il y avait de plus en plus d'informations sur le mouvement qui voulait réinvestir l'ancienne capitale. Les Parisiens, comme ils se nommaient eux-mêmes, avaient commencé à se rassembler du côté de Tancarville sur le terrain d'un chantier abandonné. Ils avaient profité du manque de surveillance de cette friche industrielle et, chaque nuit, par petits groupes, ils avaient investi le terrain vague. Ils utilisaient un système de tentes modulaires qui se raccordaient les unes aux autres pour créer une sorte de hangar de toile les protégeant du rayonnement solaire. Chaque module était suffisamment léger pour être apporté par une seule personne. En l'espace d'une semaine, ils étaient déjà cinq ou six cents, et leur tente couvrait plus de 2 000 mètres carrés. Chaque nouveau groupe d'arrivants apportait des vivres et un ou plusieurs modules de tente. La censure avait totalement changé d'attitude et l'événement était couvert régulièrement par toutes les télévisions. Les Parisiens étaient présentés comme les victimes d'un dangereux gourou qui leur promettait une vie de rêve dans les beaux immeubles des quartiers chics. Le porte-parole du ministère de la Sécurité expliquait que le gouvernement essayait avant tout de les ramener à la raison et d'obtenir qu'ils se désolidarisassent de leur meneur. On pouvait effectivement voir sur les reportages que la Sécurité était présente, mais que les miliciens évitaient toute provocation en restant discrètement postés à l'extérieur du chantier.

— Qu'est-ce qu'ils foutent ? s'exclama Rudi constatant la passivité de la police. C'est pas normal. À mon avis, ils préparent un coup fourré.

— Ils attendent sans doute qu'il y ait le plus de monde possible sur le chantier pour intervenir, dit Nicolas.

— Je ne crois pas, dit Laure, ce n'est pas cohérent. Pourquoi laissent-ils les médias couvrir l'événement ? S'ils font une action de police devant les caméras, ça se retournera contre eux. S'ils préparaient quelque chose, ils commenceraient par tout censurer.

Lazare regardait attentivement toutes les émissions sur le sujet, qu'il s'agisse de reportages ou de débats. Pour la première fois, je l'ai même vu prendre des notes. Il en parlait peu et il n'intervenait pas dans nos discussions qu'il écoutait pourtant apparemment avec intérêt. Les Parisiens rejetaient toutes les sollicitations des journalistes, auxquels ils interdisaient l'accès au chantier. Leur organisation était efficace, et les nouveaux arrivants avaient certainement déjà reçu une consigne de réserve, car aucun n'acceptait de s'exprimer devant les caméras. De son côté, la Sécurité prétendait maîtriser complètement la situation. Elle allait bientôt organiser le retour des « malheureux » dans leurs foyers et arrêter le dangereux fauteur de troubles qui les avait entraînés dans cette folie.

Le phénomène dura plusieurs semaines. Les reportages étaient devenus très monotones, d'autant plus que le flux de nouveaux Parisiens s'était beaucoup ralenti. Nous nous étions désintéressés du sujet et chacun avait plus ou moins repris des activités de son côté, jusqu'au jour où l'ordinateur de surveillance avait déclenché une alerte. Une très violente explosion avait endommagé les installations électriques de la gare centrale d'Amsterdam. Ce nouvel attentat était particulièrement bien ciblé car il avait frappé un centre névralgique pour l'alimentation en énergie des transports de toute la région, de Calais jusqu'à Copenhague. D'après les premières images, il était évident que les dégâts provenaient principalement d'une unique déflagration de très forte puissance, et non, comme le prétendaient les commentateurs, d'un incendie survenu accidentellement qui se serait propagé sur différentes installations. Alors que l'événement monopolisait toutes les chaînes et beaucoup de membres du gouvernement pour diffuser la propagande officielle, c'est ce moment que choisirent les Parisiens pour faire une communication officielle devant les rares journalistes qui étaient restés à Tancarville. La panique créée par l'attentat leur permettait d'éviter la censure. Leur communiqué disait ceci :

« Plus de 2 000 personnes se sont regroupées sur ce terrain, dans le but de retourner à Paris, pour beaucoup d'entre eux ville d'origine de leurs parents. Nous sommes maintenant prêts, et nous allons partir dans les jours qui viennent. Nous sommes conscients des difficultés et des dangers qui nous attendent. Nous sommes fermement décidés et aucun de nous ne renoncera. Au nom de l'imprescriptible et universel droit à la liberté de circulation, nous demandons au gouvernement d'Europe du Nord de ne pas tenter d'entraver notre marche. »

Le porte-parole refusa d'ajouter quoi que ce fût malgré les rafales de questions des journalistes. Nous étions dans le salon de Nicolas, avec ceux des Patriarches qui n'étaient pas encore repartis. Nicolas éteignit le téléviseur. Chacun réfléchissait seul, essayant d'imaginer les suites que l'on pouvait attendre... ou redouter. Laure sortit la première de ses pensées :

— C'est quand même intéressant ce mouvement. La plupart de ces gens ignorent ou nient l'existence des communautés de l'Intérieur. Pourtant, ceux-là essayent de recréer une organisation du même type.

— Cela prouve qu'il reste des gens qui ont gardé suffisamment de lucidité, dit Lazare. Ils se rendent compte que le gouvernement central ne leur sert pratiquement plus à rien et qu'au contraire, il ne fait plus que les brider et les surveiller.

— À Paris, ils ne tiendront pas quinze jours, dit Nicolas. Ils ne se rendent pas compte qu'ils sont incapables d'assumer un tel environnement. Rien dans leur vie actuelle ne les prépare à ça.

Jean le Tourneur ajouta :

— De toute façon, ils les empêcheront d'y aller. Ils ne peuvent pas se permettre de laisser se créer une telle situation.

Rudi renchérit :

— Nicolas a raison. S'ils s'imaginent que les Tatoués vont les laisser s'installer comme ça, ils rêvent ! Ils vont se faire massacrer.

Jean le Tourneur continua :

– J'ai l'impression que le gouvernement ne contrôle plus grand-chose. Ils ont l'air d'être complètement paumés. Ils sont en train de se mettre eux-mêmes dans une situation inextricable. Leur comportement est incohérent.

– Il y a au moins un avantage, conclut Nicolas, c'est qu'apparemment, ils ne s'occupent plus de nous et que…

Laure reconnut la sonnerie de son téléphone et, après une recherche fébrile dans son sac, elle décrocha avec un « Allô » chevrotant. Je n'avais jamais vu quelqu'un changer de visage comme elle le fit à mesure qu'elle écoutait son interlocuteur. En quelques secondes, le teint livide et les traits creusés, elle était devenue méconnaissable. Elle raccrocha, hébétée.

– C'est… c'était le secrétaire du ministre plénipotentiaire de Jong… Il a dit que le ministre veut parler à Lazare… que la situation est très sérieuse… que le ministre va appeler en personne…

– Qu'est-ce que c'est que cette histoire ? Qu'est-ce qu'il me veut ?

– À mon avis, là, c'est la panique, dit Jean le Tourneur.

Rudi prit le téléphone des mains de Laure :

– Mais comment ça se fait, Laure ? Ton téléphone était activé ?

– Mais non, non. Je… je ne comprends pas.

Son regard passait de l'un à l'autre, cherchant un allié :

– Tu es venue de la Côte avec ton téléphone en marche ? demanda Nicolas, s'efforçant de garder un ton neutre.

– Mais non, bien sûr que non. Je suis sûre de l'avoir désactivé le soir où je suis allée chez Matthieu. Si je ne l'avais pas désactivé, je ne serais jamais arrivée ici.

Rudi la coupa, avec beaucoup moins de diplomatie que Nicolas :

– En tout cas, c'est clair que maintenant, ils savent où tu es. Et en plus, il y a toutes les chances pour qu'ils aient écouté toutes tes conversations.

Laure bredouilla :

– Je ne comprends pas… je vous assure… je ne comprends pas.

La scène devenait pénible. Tous s'étaient tournés vers Laure, tassée sur sa chaise, qui bredouillait lamentablement. Lazare intervint :

— On regardera ce téléphone plus tard pour comprendre ce qui s'est passé. Pour l'instant, nous allons attendre l'appel du ministre et voir ce qu'il me veut. Viens, Laure.

Dès qu'ils furent sortis, Rudi explosa :

— Bravo pour la discrétion ! La localisation, on s'en fout. Mais je suis sûr qu'ils ont tout écouté. Je ne comprends pas ce qu'elle a foutu. Putain, je l'ai toujours dit : « Les journalistes… »

Nicolas essaya de le calmer :

— N'exagère pas. Ce n'est pas si dramatique. Ils sont au courant de nos activités et même s'ils ont écouté, je ne vois pas ce qu'ils ont pu apprendre de si secret.

— Je n'en sais rien, moi. On ne sait pas ce qu'ils se sont dit, Lazare et elle. Moins ils en savent, ces enfoirés, mieux ça vaut. Je ne comprends pas. Franchement, ça me gonfle.

Alors qu'il allait quitter la pièce, il se retourna pour ajouter, hors de lui :

– Et je vous rappelle qu'un téléphone, ça sert aussi à appeler.

Personne n'avait plus envie de commenter la situation et Nicolas mit fin à la soirée.

§

Seul dans ma chambre, j'étais assailli par des sentiments plutôt désagréables. Il était très étrange que le cabinet du ministre plénipotentiaire appelât Laure aussi directement. Bien qu'en détestant l'idée, je ne pouvais m'empêcher d'envisager ce à quoi Rudi avait fait allusion en sortant : au moyen de ce téléphone, elle avait peut-être eu secrètement des contacts avec eux. Si je repensais à tout ce que nous avions vécu lors des premiers attentats, à ses attitudes, ses réactions, je ne pourrais pas imaginer une telle possibilité. Plein de détails me prouvaient sa totale loyauté. Il était impensable qu'elle puisse jouer un double jeu à ce point. Mais comment avait-elle pu commettre une telle négligence ? Tout le monde sait que la Sécurité utilise les téléphones personnels pour espionner les gens et que, si l'on veut ne serait-ce qu'un peu d'intimité, il faudra déconnecter l'émetteur. Laure était dans le collimateur depuis longtemps. Elle devait forcément faire attention à ça. Je me demandais ce que Lazare en pensait. Que s'étaient-ils dit, une fois seuls ? Toutes ces questions, ajoutées à celles sur la raison et le but de l'appel du ministre, me tinrent éveillé quasiment toute la nuit.

§

Le lendemain, alors que nous étions en train de prendre le petit déjeuner, Lazare arriva chez Nicolas, seul. Il s'assit à notre table :

– Excuse-moi, Nicolas, mais je meurs de faim : je m'invite. Cette nuit a été assez… longue.

– Je m'en doute. Comment va Laure ?

– Moyen…

– D'après toi, qu'est-ce qu'il va te dire, le ministre ?

– Il a appelé.

– Quoi ? Quand ça ?

– Hier soir, à peine dix minutes après l'appel de son secrétaire. Il m'a parlé pendant une heure.

– C'est-à-dire ? De quoi t'a-t-il parlé ?

– Il nous demande de l'aider.

– Ça, c'est la meilleure ! De l'aider à quoi ? À réprimer les manifestations ?

– Il nous demande de l'aider à empêcher les Parisiens d'aller à Paris.

– Il ne s'imagine tout de même pas que nous allons prêter main-forte à la Sécurité !

– Il dit que leur chef est cinglé et il veut leur éviter la répression brutale qui, d'après lui, se prépare.

– Je ne vois pas ce que nous pouvons faire.

– Il voudrait que je parle aux Parisiens pour les convaincre de rentrer chez eux.

– Tu ne vas pas te mêler de ça ?

– Je ne sais pas. Il m'a expliqué qu'il veut faire évoluer la politique du gouvernement. Il prétend être soutenu par le président, mais il dit aussi qu'il y a une forte opposition contre lui, venant principalement de son homologue de la Sécurité avec qui il se dit en désaccord complet.

– Ce n'est pas notre problème.

– Il a des arguments. Je lui ai parlé de notre projet de constitution. En échange de notre aide, il nous propose de la faire reconnaître officiellement par le gouvernement d'Europe du Nord.

– Tu parles ! Déjà, est-ce qu'il a le pouvoir de faire ça ?

– Il dit que oui. Il est d'accord pour mener une politique de coopération de façon à permettre un bon développement des deux organisations. Il est conscient que l'Europe du Nord est dans une mauvaise situation et il essaye vraiment d'en sortir. Il me fait l'effet de quelqu'un de positif. Il se dit intéressé par notre philosophie politique et ce qu'elle pourrait apporter aux réformes qu'il veut engager. Je lui ai même parlé de l'eau de mer. Il a compris et il serait d'accord.

Rudi entra.

– Ah ! tu es là, Lazare. Je suis passé chez toi. Je voulais te voir avant l'appel du ministre… !

– Tu as vu Laure ? lui demanda Lazare.

– Oui, je l'ai vue.

Lazare s'efforça de ne pas réagir au ton de la réponse de Rudi.

– Le ministre a appelé. Nous sommes en train d'en parler. Assieds-toi.

– Déjà ?

– Oui. Il me demande de parler aux Parisiens et en échange, il propose de reconnaître l'Arche.

– C'est bidon. Il veut seulement se servir de toi pour les mater. Il ne faut pas accepter. Avec eux, si tu discutes, ils te baisent.

– Il faut voir. C'est peut-être une opportunité pour normaliser nos relations avec le gouvernement. Si j'accepte, ça peut marcher. Si je refuse, il y aura une répression violente et nous, nous en serons toujours au même point.

Laure entra. Elle fit un petit signe de la main en guise de bonjour et s'assit à côté de Lazare.

– Alors, tu leur as dit ?

– Oui. Rudi pense que c'est un piège et qu'il ne faut pas y aller.

– De Jong est ministre plénipotentiaire depuis seulement un an. C'est un type intelligent et ouvert. Lors de son investiture, il a fait un discours qui a surpris par les critiques qu'il contenait sur le fonctionnement du gouvernement. Pour l'instant, il n'a pas encore fait grand-chose mais ses rares interventions ont été plutôt dans le bon sens. Mais ses prises de position ne lui ont pas fait que des amis. Il est entouré de gens qui sont prêts à le descendre à la première erreur. Moi, je le trouve pas mal. Je ne crois pas que ça puisse être un piège. Ça supposerait qu'il soit de mèche avec la Sécurité, ce qui est tout à fait invraisemblable.

Sans lever le nez, Rudi commenta :

— Tu as encore l'air super bien informée...

— Je le suis. C'est mon métier.

Lazare se tourna vers Nicolas :

— Qu'en penses-tu ?

— Pas facile... Ça pourrait être une opportunité pour l'Arche. Mais franchement, ça ne me plaît pas. Je trouve que ce n'est pas cohérent avec tes principes. Tu as toujours voulu éviter d'apparaître comme un leader et tu dis qu'il faut faire attention à ne pas manipuler les foules.

— C'est vrai, et c'est ce qui me gêne dans cette histoire. Mais il a été très convaincant et je le crois sincère. Il veut vraiment faire avancer les choses. Même s'il est seul – d'ailleurs, surtout s'il est seul – nous devrons l'aider. En plus, je suis d'accord avec lui : l'idée des Parisiens est une très mauvaise idée. À supposer que la sécurité les laisse y aller, ça ne marcherait pas. Regarde comment les hordes vivent là-bas. À part toi, Rudi, qui a réussi à organiser quelque chose d'acceptable, les autres vivent comme des rats, non ? Vous imaginez des habitants de la Gigapole dans cet enfer ?

— Ils n'y arriveront jamais. Déjà, les autres hordes ne leur laisseront même pas le temps d'essayer de s'installer. Et ce n'est pas les Cent Soleils qui vont les défendre : ce n'est pas mes oignons et je ne vais sûrement pas m'en mêler.

Lazare observait Pascale depuis un moment. Elle se cachait dans ses cheveux, tortillant du bout des doigts une mèche dont elle fixait attentivement l'extrémité.

— Et toi, Pascale, qu'en penses-tu ?

Elle répondit sans lever le nez :

— Il faut que tu le rencontres. C'est le seul moyen de te faire une idée sur ses intentions et sur son réel pouvoir.

— Eh bien, voilà une réponse claire et à laquelle je souscris totalement. Bravo, Pascale ! Ton père n'a pas de souci à te faire pour sa succession. Le ministre doit me rappeler à midi, je vais lui demander de le rencontrer.

Tout le monde se leva de table. Laure me fit signe de la

rejoindre tandis que Nicolas et Lazare restaient en arrière à échanger en aparté. M'éloignant avec Laure, je vis que Rudi attendait pour parler à Lazare. Elle était très nerveuse. Après quelques centaines de mètres, elle s'assit sur un banc, m'invitant à en faire autant.

— Rudi m'a fait une scène épouvantable. Il m'a traitée de tous les noms. J'ai essayé de lui expliquer, mais il n'a rien voulu entendre. Je n'ai pas pu en placer une. Il était hors de lui.

— Déjà qu'il a une dent contre les journalistes, cette histoire ne risquait pas de le faire changer d'avis. Au-delà de ça, c'est vrai qu'on s'est tous demandé pourquoi ton téléphone marchait.

— J'avais enlevé la puce. Je le sais : je l'ai enlevée avant de venir chez toi, la nuit de la rafle. Crois-moi, avec ce qui se passait, je savais ce que je risquais en la laissant.

— D'accord, mais comment était-elle revenue, alors ?

Elle ne répondait pas.

— Tu crois que quelqu'un a pu la remettre à ton insu, quand on était à l'entrepôt ?

— Non, ce n'est pas possible.

– Franchement, tu n'es pas très…

– Je sais. Je sais… Écoute…

– Quoi ?

– Jure que tu le garderas pour toi.

– Oui, je le jure. Que s'est-il passé ?

– Bien sûr que c'est moi qui l'ai remise.

Elle me regardait, étonnamment sereine. Ne pas pouvoir l'embrasser était un supplice.

– J'en ai eu besoin, juste pour quelques minutes. Malheureusement, j'ai oublié de l'enlever après.

– Tu en as eu besoin pour quoi ?

– Je… je ne peux pas te le dire.

– Tu ne peux pas, ou tu ne veux pas ?

– C'est vrai, je ne veux pas. Mais je n'ai trahi personne, je t'assure, crois-moi.

– Tu en as parlé avec Lazare ?

– Il ne m'a rien demandé.

§

L'imposant hélicoptère du ministre plénipotentiaire arriva au Val en fin d'après-midi sur le terre-plein du bout du village, là où les enfants faisaient des courses de vélo la nuit. Il y avait bien longtemps qu'un tel fracas n'avait pas résonné dans la vallée et tous les habitants avaient accouru pour voir la machine se poser. Lazare, Laure, Rudi, Nicolas et moi attendions dans la voiture de Rudi. L'ambiance était plutôt lourde. Une discussion orageuse avait eu lieu parce que Lazare avait décidé de s'entretenir seul avec De Jong. Nous pensions tous qu'il fallait qu'au moins une personne l'accompagne, même si elle ne devait pas intervenir, pour que l'on ait le point de vue d'un tiers après l'entretien. Expliquant que de Jong le lui avait demandé instamment en précisant que lui-même serait seul, Lazare n'avait pas cédé et il avait mis fin assez sèchement à la discussion.

Une fois le nuage de poussière retombé et le rugissement des turbines calmé, une porte latérale s'ouvrit et un escalier se déploya. À l'abri d'une simple ombrelle, Lazare traversa rapidement le terrain encore aveuglant de soleil. Arrivé en haut de l'escalier, il disparut d'un coup en passant dans le rectangle noir découpé par la porte dans la carlingue de l'hélicoptère.

§

La conférence dura trois heures. Petit à petit, les badauds se lassèrent et, à la fin, à part deux amoureux que l'événement n'avait pas l'air de passionner, il ne restait plus que Laure, Rudi, Nicolas et moi. Nous étions en train de spéculer sur les résultats de cette entrevue lorsque des silhouettes apparurent enfin dans l'embrasure de la porte. Cette fois, le ministre était là, raccompagnant Lazare en personne. Pendant que les turbines se lançaient déjà, ils échangèrent une longue poignée de main en continuant à parler puis, le ministre nous adressa un signe amical avant de disparaître à nouveau dans son bureau volant. Lazare nous rejoignit en courant tandis que, pales lancées à pleine vitesse, l'hélicoptère s'arrachait du sol en s'enveloppant dans son propre nuage de poussière. Rapidement, le bruit s'éloigna et le silence revint, sans que nous ayons revu l'engin. Lazare proposa de nous rendre compte de l'entrevue en rentrant à pied.

– Pascale avait raison. Cette rencontre m'a permis de voir vraiment à qui nous avons affaire. Franchement, je suis sûr que Nico de Jong est un type bien. Il veut vraiment faire évoluer la politique dans la Gigapole, il n'y a aucun doute. Il est conscient de la difficulté et des risques de la tâche, mais il est aussi convaincu de la nécessité impérative du changement. Il fait un diagnostic lucide des défauts qui minent la société d'Europe du Nord et il admet qu'elle est dans une impasse. Réciproquement, il a bien compris les inconvénients que nous pouvions craindre de ce mouvement migratoire et il sait que nous avons intérêt à l'empêcher. Je souhaite l'aider. On ne peut pas laisser passer cette opportunité.

– Avez-vous parlé de la reconnaissance de l'Arche ? demanda Nicolas.

– Oui, bien sûr. Il m'a même montré un projet. Je l'ai là, je vous le passerai. Je l'ai parcouru rapidement et, à part quelques points, ça m'a paru correct.

Rudi ne cachait pas sa désapprobation :

– OK. Et pour avoir ça, qu'est-ce qu'il veut en échange exactement ?

– Il voulait que je parle à la télé, en m'adressant aux Parisiens et…

Laure lui coupa la parole :

– Si tu passes à la télé, tu vas être complètement catalogué pro-gouvernemental. Tu n'auras plus aucune marge de manœuvre après. En plus, ils pourront te censurer. Il a parlé de direct, ou quoi ?

– De toute façon, j'ai refusé. Je veux aller leur parler directement au campement de Tancarville.

– Et lui, qu'est-ce qu'il en dit ? interrogea Rudi, toujours énervé.

– Cela lui crée des difficultés pratiques qu'il n'avait pas prévues. Mais je ne lui ai pas laissé le choix. Je lui ai dit que ce n'était pas négociable.

– Tout ça ne me plaît pas du tout, dit Nicolas. On s'embarque trop rapidement dans quelque chose qu'on ne maîtrisera pas. Lazare, tu n'es pas prudent. Non seulement, ça peut t'échapper politiquement, mais en plus, c'est physiquement très dangereux pour toi.

– Je sais. C'est pourquoi j'ai demandé et obtenu que ma sécurité soit sous la responsabilité de Rudi et de la horde des Cent Soleils.

Cette affirmation ne fit qu'attiser la colère de Rudi :

– Ah ! D'accord ! On aurait peut-être pu en parler avant, non ? On t'avait dit qu'il ne fallait pas que tu y ailles seul.

– Qu'est-ce que ça aurait changé ? On ne va pas revenir sans arrêt là-dessus. Si tu avais été avec moi, qu'est-ce que tu aurais dit ? « Ah non, Monsieur le Ministre, c'est à vous d'assurer la sécurité de Lazare, moi je ne m'en occupe pas » ? Maintenant, si tu ne veux pas le faire, dis-le : on peut encore annuler.

– Tu fais chier, Lazare. Évidemment que je vais le faire. Mais fais quand même gaffe. La politique, ce n'est pas mon truc, mais je suis d'accord avec Nicolas : je ne le sens pas, ton meeting.

Laure reprit, résignée :

– Qu'est-ce que vous avez décidé finalement ? On fait quoi maintenant ?

– La première chose, c'est de finaliser la reconnaissance de l'Arche. J'ai mis ça en préalable absolu et de Jong est d'accord. Il comprend très bien que c'est notre but et c'est d'ailleurs principalement ça qui m'a convaincu de sa bonne foi. Nous devons étudier son projet de déclaration et faire notre proposition. Il me garantit qu'il n'aura pas de problème pour la faire signer par le président. Après, il faudra que la Chambre la valide, mais ça, ça prendra trop de temps. On sera obligés de parler aux Parisiens avant que ça soit fait. Sachant que la Chambre valide toujours les dispositions du gouvernement ratifiées par le président, moi, ça ne me pose pas de problème. Dès la signature du président obtenue, l'Arche fera définitivement partie des entités européennes.

– Et ça prendra combien de temps, cette signature ? s'enquit

Nicolas.

– De Jong attend notre contre-proposition. Vu la situation à Tancarville, il faut qu'on signe avant deux ou trois jours, sinon, ça va exploser. Le président a déjà approuvé le projet.

Nous étions arrivés à la hauteur d'un square. Lazare nous invita à nous y asseoir et il sortit des documents de sa sacoche :

– Tenez, voici des exemplaires du projet, et ça, c'est une lettre du président qui confirme son accord de principe. Rudi s'empara de la lettre :

– Putain ! Une lettre signée de la main du président de la Fédération de l'Europe du Nord ! La classe ! Et regarde le cachet gouvernemental : ça en jette. Je vais aller montrer ça à Beau-Boule, elle va être scotchée.

Lazare le rattrapa par la manche :

– Hé là, hé là ! Rends-moi ce papier s'il te plaît : c'est l'original, avec la signature numérique du président intégrée dans le papier. Tiens, prends ce fac-similé, il est aussi beau, mais si tu l'abîmes, c'est moins grave.

Rudi s'éloigna, avec le fac-similé, ravi. Nicolas, Laure et moi, chacun de notre côté, avions déjà commencé la lecture du projet de déclaration et de reconnaissance. Le document était court et précis. Après un bref rappel historique de la migration vers la Côte, il établissait une définition assez exacte des communautés et de leur organisation. Ensuite, venait la déclaration proprement dite, qui reconnaissait les communautés comme des entités faisant partie intégrante de la Fédération des États de l'Europe du Nord et à ce titre, elle leur attribuait un siège chacune à la Chambre des représentants ainsi que le droit de vote associé. Enfin, un paragraphe standard rappelait les droits et obligations réciproques entre la Fédération et ses membres en renvoyant à la Constitution. Laure fut la première à commenter le projet :

– Cela garantit une certaine tranquillité, mais en contrepartie, les communautés rentrent dans le moule. Je ne trouve pas ça très excitant, et je suis sûre que la plupart des Patriarches verront ça d'un mauvais œil.

Nicolas renchérit :

– Oui. En plus ils ne parlent pas de l'Arche. Pour moi, rien qu'à cause de ça, ce n'est pas acceptable en l'état.

– Je suis d'accord avec vous, reprit Lazare. En fait, en discutant avec De Jong, je me suis rendu compte qu'ils sont beaucoup moins bien informés qu'on le croyait. Ils savent qu'il y a quelque chose qui s'appelle l'Arche, et ils ont réussi à pirater une vieille version de la charte, mais ils n'y ont rien compris. Les principes énoncés sont tellement éloignés de leur façon de penser qu'ils n'avaient pas vu que c'était un document politique fondamental. Ils avaient pris ça pour une sorte de code moral un peu original, sans plus. J'ai dû tout expliquer à De Jong, mais je ne suis pas sûr qu'il ait vraiment bien compris. Quoi qu'il en soit, je lui ai clairement indiqué, d'une part, que nous voulions que l'Arche soit la seule entité considérée dans la déclaration et, d'autre part, qu'il fallait que nous jouissions d'une complète autonomie d'organisation.

– Il a dû sauter au plafond ? demanda Nicolas.

– Pas du tout. Il a longuement réfléchi et finalement, c'est lui-même qui m'a appris que ce type de statut existait dans la constitution de la Fédération. Il n'a jamais été utilisé, mais il est prévu et il m'a proposé cette solution. Je vous le dis : il veut vraiment aboutir. Nous n'avons qu'à modifier le projet en ce sens et, d'après lui, il sera accepté. Personnellement, je n'ai pas vu d'autre problème, et, moyennant ces amendements, je serais d'accord pour le signer. Qu'en penses-tu, Nicolas ?

– Franchement, j'ai du mal à y croire. Mais si ça se passe comme ça…

– Laure ?

— Je t'ai dit ce que je pense de De Jong. C'est un type honnête et de bonne volonté. Tel que tu le présentes, c'est une opportunité, mieux que ce qu'on pouvait espérer. Nous n'avons rien à perdre à lui soumettre exactement ce que nous voulons. S'il discute, on pourra laisser tomber. En revanche, le coup des Parisiens me fait peur. On ne sait pas où on met les pieds.

Petit à petit, pendant que nous discutions, des gens s'étaient attroupés autour de nous dans le square. Ils attendaient des nouvelles de cette exceptionnelle visite. Tandis que nous repartions chez Nicolas pour travailler sur la déclaration, Lazare resta pour les informer.

§

Laure, Lazare, Nicolas et moi travaillâmes toute la nuit pour mettre au point la déclaration telle que nous la voulions. Parallèlement, Rudi était parti pour rejoindre Paris et y préparer son équipe de sécurité pour Tancarville. Les recherches sur le statut accordant l'autonomie d'organisation d'un membre de la Fédération avaient été positives. Il était effectivement prévu qu'un État ayant un passé historique indépendant et différent de celui des autres pouvait bénéficier d'une autonomie de gouvernement, pourvu que, dans ses relations avec les autres membres, il respecte les règlements fédéraux et, bien sûr, qu'il paye ses contributions. Dès le matin, le document fut transmis à tous les Patriarches avec une convocation à une visioconférence au début de l'après-midi. Celle-ci démarra avec une heure de retard dans une atmosphère houleuse. Plusieurs Patriarches étaient mécontents de la rapidité avec laquelle les choses se traitaient et ils se plaignaient de ne pas avoir eu assez de temps pour étudier le projet. Lazare et Nicolas eurent toutes les peines du monde à se faire entendre. Les questions fusaient, interrompant constamment leurs explications. Finalement, tard dans la soirée, moyennant de nombreux amendements, la déclaration fut acceptée à l'unanimité. Tout le monde était épuisé, à tel point que Laure et Nicolas étaient partis se coucher sans attendre la mise au point des derniers détails. Elle fut transmise aussitôt au cabinet du ministre plénipotentiaire. En validant la transmission du document, Lazare poussa un cri de soulagement puis il resta les yeux fermés, jusqu'à ce que retentisse l'alerte sonore de l'accusé de réception du ministère. C'était le 6 juin 2068 à 23 h 52. Il se tourna vers moi, me regarda un moment en souriant et dit :

— Si nous obtenons cette reconnaissance, c'est un tournant incroyable dans l'histoire des communautés. Ça va tout changer. Jusqu'à maintenant, plus ou moins consciemment, nous nous contentions de survivre sans véritable avenir. Maintenant, nous allons pouvoir nous investir dans nos projets, ils vont nous paraître plus réalistes et plus enthousiasmants aussi. Nous allons fonder une société en progrès par rapport à celle des villes géantes.

Après un temps, il ajouta :

— Je suis embêté de la réaction de Rudi sur l'histoire du téléphone de Laure. Il a perdu confiance en elle. Il la soupçonne d'être une taupe du gouvernement.

— Vraiment ?

— Il me l'a dit ! Il était très remonté et il a fallu que j'y mette tout mon poids pour qu'il accepte de ne rien faire. Je sais qu'il a tort. Je connais Laure. Je vois en elle, je sais ce qu'elle pense. Elle ne pourrait pas me tromper, c'est impossible.

Son insistance à m'expliquer tout cela me gênait.

— Excuse-moi, fit-il en se reprenant, nous sommes très fatigués tous les deux. Allons nous coucher.

Ce fut la seule et unique fois que Lazare évoqua cette question en ma présence.

§

7 – TANCARVILLE

Après l'envoi de notre contre-proposition au ministère, un climat de tension s'était installé au Val. Laure ne se montrait plus qu'aux repas. Nicolas passait son temps devant l'écran vidéo, à la recherche d'informations sur Tancarville ou sur les attentats de la Gigapole. Quant à Lazare, très renfermé, il n'y avait pratiquement plus que Pascale qui arrivait à parler avec lui. Il était aussi attentif et patient avec elle qu'il était absent et expéditif avec les autres. Elle se passionnait pour les événements et elle voulait connaître tous les détails sur ce qui s'était passé et sur les gens impliqués. Lors du dîner du troisième jour, ils étaient en train de parler de Nico de Jong, dont elle essayait de comprendre le travail, lorsque l'écran vidéo s'était allumé automatiquement. Il s'agissait d'un direct en provenance de Tancarville. Un incident s'était produit entre des Parisiens et des policiers en faction à l'extérieur du chantier. Un Parisien avait été blessé. Le commentateur expliquait qu'un petit groupe avait décidé de quitter le camp en direction de Paris et que les forces de sécurité les avaient refoulés, blessant accidentellement l'un d'eux. D'après lui, des discussions étaient en cours pour savoir si l'on allait pouvoir le soigner sur place ou s'il fallait le transférer à un hôpital. Tandis que nous regardions le reportage, le téléphone de Laure sonna. Lazare décrocha :

— C'est de Jong, dit-il en mettant l'appareil sur haut-parleur.

— Bonjour, Monsieur le Ministre, vous avez reçu notre proposition de manifeste ?

— Bonjour, Monsieur Méradec. Je l'ai bien reçue, merci. Mais ce n'est pas à ce propos que je vous appelle. Est-ce que vous pouvez mettre le canal 5 de la Gigapole ?

— Ça y est déjà, répondit Lazare. Nous regardions le reportage à Tancarville quand vous avez appelé. Cela n'a pas l'air bien grave.

— Pourtant, ça l'est. En réalité, il ne s'agit pas d'un petit groupe. Ce sont tous les Parisiens qui veulent partir. La Sécurité a eu énormément de mal à les contenir. Il y a plusieurs blessés dont un très grièvement. Les gens sont surexcités.

— Ils veulent toujours sortir ?

– Pour l'instant, la situation est confuse. Il n'y a plus d'affrontement direct, mais c'est très imprévisible. Si le blessé meurt là-bas, ça risquera de dégénérer. C'est pour cela que je vous appelle. On ne peut plus attendre. Il faut absolument que vous y alliez maintenant.

Laure voulut intervenir, mais Lazare l'interrompit d'un geste de la main :

– Nous ne sommes pas prêts, monsieur le ministre, ni moi, ni notre service de sécurité. De plus, ce n'est pas ce que nous étions convenus. Nous devions attendre la ratification officielle par le président avant de faire quoi que ce soit.

– Je sais, mais nous ne pouvons plus attendre. La reconnaissance sera ratifiée, je vous le garantis. Je viens d'avoir le président en personne. Il m'a confirmé qu'il allait signer. Le temps que vous alliez sur place, ça sera fait. Faites-moi confiance, je vous en conjure, si vous attendez la signature pour vous mettre en route, il sera trop tard.

– Écoutez. Je ne peux pas vous répondre tout de suite. Nous devons nous concerter. Pouvez-vous me rappeler dans une demi-heure ?

– Entendu : dans une demi-heure. Pour ce qui est de votre sécurité, sachez que j'ai déjà fait envoyer le plan du chantier de

Tancarville à Rudi le Rouge pour qu'il prépare son intervention.

Lazare raccrocha, puis il adressa un regard interrogatif à Nicolas.

– Je ne sais pas quoi te dire. Ça peut ressembler à de la manipulation. Comme par hasard, il y a un problème qui t'oblige à intervenir avant qu'ils aient signé. De Jong est peut-être réglo, mais on ne sait pas à quel point il maîtrise la situation. Si tu interviens et qu'ils ne signent pas, qu'est-ce qu'on a comme moyen de pression ? Rien ! On aura tout perdu.

Du regard à nouveau, Lazare interrogea Pascale.

– Moi, j'ai eu l'impression qu'il avait vraiment peur que ça dégénère à Tancarville.

Enfin, il fit signe à Laure.

– Tu as raison, Pascale. Je suis sûre qu'il n'y a pas de manipulation. Mais quand même, Lazare, à ta place, je ne prendrais pas le risque. Ce ne sont pas des gens de De Jong qui sont là-bas, c'est la Sécurité. Il faut faire comme on a dit. Tant pis si ça dégénère. On se retrouvera comme avant, c'est tout.

– D'accord ! On attend la signature.

Lazare se leva de table et se mit à marcher en long et en large dans la pièce. Soudainement, il stoppa et dit.

— Nicolas, est-ce qu'on peut joindre Rudi ? Je voudrais savoir quand il pourra partir pour Tancarville.

Rudi était presque prêt. L'équipe de sécurité était constituée et les mécaniciens terminaient la préparation de l'unique camion qui devait servir à transporter le matériel et les hommes. Il lui restait à étudier le plan communiqué par le ministère et à affecter à chacun son rôle et sa position. Il pensait pouvoir être sur place le lendemain soir, ou au pire le jour suivant. Une fois la communication terminée, Lazare éteignit l'écran et, sans commentaire, il se rassit à table.

— Alors, Aurore, qu'est-ce que tu nous as encore préparé comme dessert magique ?

Les poires au vin d'Aurore étaient cuites et épicées à merveille. Elles furent dégustées dans un silence gourmand qui ne fut rompu que par l'appel du ministre. Lazare prit la parole immédiatement, d'un ton sec, presque agressif :

— Nous comprenons votre inquiétude. Malheureusement, nous avons réfléchi, et il n'est pas question pour nous de revenir sur les termes de notre accord initial. Je vous confirme donc que je ne me rendrai pas à Tancarville tant que nous n'aurons pas reçu et vérifié la reconnaissance de l'Arche ratifiée par le président.

De Jong essaya vainement d'intervenir.

– Comprenez bien que ceci ne remet pas en cause notre confiance en votre action ni notre souhait d'aboutir avec vous à une bonne solution pour les Parisiens. J'espère…

De Jong essaya à nouveau de couper Lazare.

– J'espère que nous arriverons à les ramener à la raison, mais je vous demande de bien garder à l'esprit que ce n'est pas notre objectif. Notre seul objectif est la reconnaissance de l'Arche, et c'est celui-là que je gérerai en priorité. Je ne serai donc aucunement influencé par d'éventuels troubles avec la Sécurité, y compris si ça dégénère.

Il avait terminé, mais, du coup, de Jong ne savait plus s'il pouvait intervenir. Lazare laissa le silence se prolonger, jusqu'à ce que le ministre finisse par se décider de lui-même.

– C'est bien noté. Je comprends votre position mais je crains qu'elle n'aboutisse à un échec, tant pour moi que pour vous. Espérons que cela n'arrive pas. Vous allez recevoir au Val d'Osne une copie de la déclaration, signée numériquement par le président et apostillée par le secrétaire principal de la Chambre. Appelez-moi lorsque vous l'aurez vérifiée.

Il ajouta : « Merci pour votre confiance. » Et il raccrocha. Laure réagit la première :

– Ça me va. Au moins, ceux qui ont espionné la conversation savent à quoi s'en tenir.

– De Jong a bien compris le message. Maintenant, il va se décarcasser pour avoir la signature, et il va l'avoir. Moi, je n'interviendrai pas avant qu'on l'ait, mais on va jouer sur les deux tableaux : je vais partir dès ce soir à Paris pour me rapprocher et pouvoir me rendre immédiatement à Tancarville dès que ça sera possible.

– Mais ils vont nous voir partir. Ils penseront que nous sommes prêts à craquer et ça…

– Écoute, c'est moi qui vais parler là-bas, non ? Alors moi, je ne veux pas attendre ici. Gagner une demi-journée peut tout changer. Nicolas est tout à fait capable d'organiser un départ discret pour qu'ils nous croient encore ici.

Cette dernière intervention mit fin à la discussion, et à la soirée.

§

Afin de ne pas éventer le départ anticipé, il avait été décidé de faire partir vers Paris deux camionnettes censées emporter du matériel pour l'intervention de Tancarville. Le chargement avait été fait de la façon la plus visible et la plus réaliste possible. Nous, en revanche, nous étions montés discrètement dans la deuxième camionnette, de nuit et à l'abri d'un petit hangar. Les préparatifs de départ s'étaient déroulés dans une atmosphère de crispation générale, l'humeur de Lazare se dégradant d'heure en heure. Personne n'osait plus lui parler d'autre chose que des questions matérielles, et, même sur celles-ci, il lui arrivait d'avoir des réactions incompréhensibles. Au cours d'une discussion sur le planning de son intervention, il s'était braqué sur des problèmes insignifiants, finissant par assener sans discussion toutes sortes de directives sur les moindres détails pratiques.

Pascale nous accompagnait. Elle avait réussi à convaincre Lazare et – plus difficilement – son père, qu'on ne pouvait pas l'empêcher d'assister à ce qui allait certainement devenir un événement historique. Elle me bombarda de questions pendant tout le trajet, sur Paris et sur les hordes. Comme Laure, lorsqu'elle avait fui la Gigapole, elle était très excitée à l'idée de voir en vrai tout ce dont elle avait tant entendu parler. Abandonnée depuis plus de vingt-cinq ans, Paris exerçait toujours la même fascination sur les gens, que ce soit à la Gigapole ou dans les communautés. C'était surtout les Cent Soleils qui intéressaient Pascale. Plus que l'histoire de l'Europe, la horde était sans doute la vraie raison de son insistance à faire partie du voyage. Déjà, au Val, elle avait essayé d'interroger Rudi, mais il l'intimidait et elle avait eu peu d'occasions de lui parler. Lorsque nous étions arrivés dans les premières banlieues de la capitale, elle s'était collée à la fenêtre avec les mains en hublot, répétant sans arrêt : « Incroyable… incroyable… ».

La camionnette s'arrêta à l'entrée du parking de Rudi, ce qui réveilla Lazare.

– Eh bien dis donc : qu'est-ce que tu es bavarde, toi. Au Val, tu parlais moins que ça !

– Je t'ai empêché de dormir ?

– Plus ou moins. Disons que ça faisait un bruit de fond.

Du regard, Laure me montra sa satisfaction de voir Lazare de meilleure humeur qu'au départ.

Rudi était venu à notre rencontre. Il était très nerveux. Après nous avoir à peine dit bonjour, il accapara Lazare pour lui expliquer la situation et l'organisation qu'il avait prévue. Dans un angle de son niveau de parking, il avait créé un QG de commandement dans une salle délimitée par des murs constitués d'armoires en tôle entassées. Là, une dizaine d'écrans vidéo étaient installés sur des tables allant du bureau ordinaire des années 20 au meuble d'époque avec dorures et dessus en cuir. De cet endroit, une équipe allait suivre les événements de Tancarville retransmis par des caméras télécommandées et coordonner l'équipe sur place. Malgré un aspect très fouillis, l'ensemble était assez impressionnant et faisait sérieux. Ensuite, Rudi nous emmena à un atelier situé au niveau zéro. Des mécaniciens y travaillaient sur un semi-remorque géant aménagé en podium.

– Là-bas, il n'y a aucun endroit surélevé d'où tu pourrais parler. Cette remorque ouverte sur le côté fera une estrade parfaite pour ton discours. Tu te mettras derrière ce pupitre. Le camion est entièrement autonome. Toute la sonorisation et l'éclairage sont dedans et il y a un générateur pour l'électricité. Comme ça, tu seras en sécurité : en cas de souci, il nous faut à peine deux minutes pour dégager. Regarde : on ferme…

Un rideau métallique commençait à descendre, déclenché à distance par Rudi qui ajouta, en hurlant pour couvrir le bruit :

–… et on se tire !

Avec une jubilation enfantine, il venait de faire démarrer le moteur du camion au moyen de sa télécommande. Après avoir rouvert le rideau et stoppé le moteur, il reprit :

– Dans le camion, il y aura moi, le chauffeur et une équipe de sécurité. Toute la régie sera assurée à distance du PC qu'on a vu tout à l'heure. Si nécessaire, ils pourront même organiser le rapatriement du camion en automatique. Le gros avantage, c'est qu'on n'a rien à installer sur place. Je ne me voyais pas passer une journée à tout mettre en place là-bas, ensuite, une journée à remballer avant de partir. Avec ce camion, on arrivera au dernier moment : on ouvre le rideau, tu parles, on referme et on rentre. Question sécurité : à mon avis, on ne peut pas mieux.

Lazare examinait les différents détails de l'installation.

— Chapeau, Rudi, bon travail. Et ça sera prêt quand ?

— C'est pratiquement fini. Il ne reste plus que quelques trucs à tester sur le pilotage à distance. Ça sera OK cet après-midi. À ce moment-là, on pourra partir quand tu voudras.

— Pour ça, j'attends le feu vert de Nicolas. Il doit nous confirmer qu'il a reçu la ratification et qu'il a authentifié la signature. J'espère que ça ne va pas prendre trop longtemps.

Rudi nous ramena à son « appartement », nous proposant d'y attendre l'appel du Val. Tandis que Laure et moi, nous nous plongions dans le monceau de vieux magazines parisiens des années 30, Lazare s'était isolé pour préparer son intervention. Quant à Pascale, en remontant du QG, elle avait remarqué l'atelier du troisième niveau où les mécaniciens de la Horde fabriquaient et réparaient les véhicules. Mourant d'envie d'aller voir ça de près, elle s'était éclipsée discrètement.

C'était intéressant de feuilleter ces revues imprimées dont les plus anciennes dataient d'avant le début de la grande sécheresse. En les parcourant dans l'ordre, on percevait bien l'évolution qui avait dû se produire dans les mentalités. Jusqu'en 2029-2030, les reportages portaient soit sur des sujets frivoles de mode, de voyage ou de beauté, soit sur des catastrophes naturelles ou accidentelles. Seuls, de rares articles sur les changements climatiques évoquaient la possibilité de conséquences gênantes. Puis, on voyait les sujets sur le climat prendre de plus en plus de place, avec des titres de plus en plus alarmants. À partir de 2033-2034, même les magazines people ne parlaient plus que de la sécheresse, fustigeant le comportement égoïste de certaines vedettes et glorifiant l'attitude généreuse d'autres.

§

Rudi nous sortit de notre lecture en apportant son téléphone. C'était Nicolas qui, comme prévu, appelait depuis le Val. Laure alla chercher Lazare.

— Je viens de recevoir un appel de De Jong pour toi, Lazare. Évidemment, il voulait te parler personnellement. Je lui ai expliqué que tu étais parti te retirer pour méditer et que je ne pouvais absolument pas te joindre par téléphone. Il m'a à moitié cru et j'ai eu beaucoup de mal à obtenir qu'il me parle directement.

– Que voulait-il ?

– Il est inquiet. Il a appris que le ministre de la Sécurité allait envoyer des renforts de police à Tancarville. Il dit que ce n'était pas prévu et que le ministre ne lui en a même pas parlé.

– C'est plutôt inquiétant, en effet mais au moins, ça nous conforte dans le fait que de Jong est de notre côté. S'il était de mèche avec la Sécurité, il ne nous parlerait pas de ça. Et la signature ?

– Il dit que ça avance, que le président a signé, mais que les procédures techniques de l'apostille prennent du temps. Il a encore essayé de parler d'une intervention anticipée. Je l'ai tout de suite arrêté.

– Il t'a dit quand il pensait nous l'envoyer ?

– Il espère que ça sera prêt ce soir.

– OK. Vous êtes prêts pour l'authentification ?

– Oui, bien sûr. Ça prendra trois ou quatre heures, tout au plus.

À ce moment, un grand type maigre aux cheveux hirsutes vert fluo vint précipitamment parler à l'oreille de Rudi. Lorsque celui-ci eut transmis l'information à Lazare, ce dernier mit fin à la conversation avec le Val :

— Nicolas, il y a un souci à Tancarville. Il faut qu'on aille voir au PC. Merci de ton appel. Préviens-nous dès que tu as du nouveau sur la signature. Excuse-nous.

Pendant qu'il établissait une liaison avec Tancarville, Rudi expliqua :

— Nous avons trois gars sur place. Ils sont entrés en se faisant passer pour des Parisiens. Ils ont appelé pour nous dire que ça recommençait à chauffer... Allô ! Allô !...TripleXL, tu m'entends ?

Il fallait se concentrer pour distinguer les réponses dans le bruit de la foule mélangé aux crachements de la communication.

— Oui. Mal, mais je t'entends.

— Qu'est-ce qu'il se passe ?

— Ça s'agite. Ils commencent à s'engueuler entre eux. Il y a des bagarres.

— Pourquoi s'engueulent-ils ? demanda Lazare.

— Quoi ?

— Pourquoi ils s'engueulent ? répéta Rudi.

— Ah ! Putain, j'entends rien dans ce truc.

— Pourquoi ils s'engueulent ?

— Ils veulent partir, je crois. J'en ai aussi entendu qui parlaient de Lazare. Ce qui est inquiétant, c'est…

La liaison devenait inaudible.

— Qu'est-ce qui est inquiétant ?… Allô, TripleXL ? TripleXL ?

On n'entendait plus que des crachements.

La liaison se rétablit.

— Ah ! Ça revient… Rudi ?

— Oui, on est là. Qu'est-ce qui t'inquiète ?

— C'est dehors, les flics. J'ai l'impression qu'il en arrive de plus en plus.

— On est au courant. Est-ce qu'ils préparent quelque chose ?

— Je ne sais pas. On ne voit pas bien. C'est vraiment le bordel, ici. Ça ne va pas tenir longtemps, il faut vraiment que tu te grouilles si Lazare veut avoir une chance de leur parler.

À ce moment, une rumeur avait commencé à monter, s'amplifiant jusqu'à couvrir la voix de TripleXL. Les gens scandaient quelque chose.

— Qu'est-ce qu'ils disent ? demanda Lazare. Qu'est-ce qu'ils disent.

Mais la liaison se coupa avant que TripleXL n'ait pu répondre.

— Qu'est-ce que ça veut dire TripleXL ? s'enquit Lazare.

— Ben ! C'est son nom. On l'appelle comme ça parce qu'il fait deux mètres dix et cent vingt kilos.
— Pas mal !

— Oui, pour la sécurité, c'est bien comme gabarit.

— Bon ! En attendant, ça a l'air de tourner au vinaigre. C'est sans doute ce que cherche le ministre de la Sécurité pour reprendre la main. De Jong avait raison. Je me demande s'il ne faut pas prendre le risque d'y aller maintenant. Notre arrivée calmera les choses. Ça nous fera gagner...

Laure éclata :

– Pas question ! Si c'est la Sécurité qui manipule ça, c'est un piège. Ils vont te coincer là-bas avec les Parisiens. Tu as dit que tu ne céderais pas. Arrête de gamberger.

C'était la première fois que nous la voyions s'opposer à lui aussi violemment.

– En n'y allant pas, nous risquons aussi de faire le jeu de la Sécurité.

– On a décidé une tactique : on s'y tient maintenant. C'est la seule qui a une chance de marcher. Vis-à-vis de De Jong, il faut qu'on garde un comportement cohérent, sinon il va perdre confiance en nous.

En guise de réponse, Lazare lui adressa une moue dubitative : il se rangeait à son avis, sans conviction. Assez heureusement, Pascale arriva à ce moment.

– Qu'est-ce qu'il se passe ?

– Je me fais engueuler parce que je ne suis pas sûr de ce qu'il faut faire, répondit Lazare.

– À propos de… ?

– Tancarville.

– Moi, je suis allée voir les mécaniciens : c'est génial ce qu'ils font. J'adorerais rester ici pour qu'ils m'apprennent la mécanique. Après je me fabriquerai une voiture avec les épaves qui restent au Val. Tu crois que ça serait possible, Rudi ?

– Quand tu veux. Enfin... si ton père est d'accord !

Elle avait réussi à détendre un peu l'atmosphère. Je me replongeai dans les magazines parisiens tandis que Laure réussissait à renouer le contact, au moins physiquement, avec Lazare.

§

Pascale avait de moins en moins peur de Rudi. Elle était en train de discuter avec lui suspension, cardan et embiellages lorsque son téléphone sonna à nouveau. C'était Nicolas qui s'égosillait à en perdre la voix :

– On l'a ! On l'a ! Ça y est, tu as gagné, Lazare : on l'a reçue. Je l'ai, là. Je vous ai envoyé une photo. Vous l'avez reçue ? C'est formidable. Quelle chance de vivre un événement pareil ! Je suis si heureux de partager ça avec toi. Quel bonheur !...

Nous nous regardions, sidérés. C'était fantastique. Nous avions été tellement tendus sur l'obtention de cette signature que nous n'en revenions pas qu'elle soit là. Je me demandais comment mon petit reportage bouche-trou avait pu m'emmener jusqu'à un tel événement. Personne n'a rien dit. Nous nous sommes seulement embrassés en riant aux larmes.

Lazare reprit le premier ses esprits :

— Est-ce que vous avez authentifié la signature ?

— C'est en cours. Mais, franchement, ça m'étonnerait qu'elle ne soit pas authentique. Ils savent bien qu'on va la vérifier.

— De notre côté, on se prépare tout de suite à partir. Préviens-nous du résultat de l'authentification. Allez, au revoir, Nicolas et pensez bien à nous en fêtant l'avènement de l'Arche.

À peine avait-il raccroché que le téléphone sonnait à nouveau. Cette fois, c'était directement Nico de Jong :

— Avez-vous bien reçu la reconnaissance ?

— Oui. Nous sommes en train de vérifier la signature.

— Elle est authentique, ne vous inquiétez pas. Il faut nous dépêcher. Êtes-vous d'accord pour partir, maintenant ?

— Nous sommes prêts. Nous partirons dès que nous aurons la confirmation.

— Il ne faut plus attendre. Chaque minute compte. Partez tout de suite, le trajet est long jusqu'à Tancarville. Vous recevrez les résultats en route.

— Je suis déjà à Paris. J'ai anticipé, sans vous le dire.

Il y eut un blanc, puis De Jong reprit :

— Bien joué ! Je peux vous dire que ça a marché. Vous avez bien fait et je vous en remercie, mais je vous demande à nouveau de reprendre la route tout de suite. Je suis persuadé que la Sécurité prépare quelque chose. Il faut les prendre de vitesse. Est-ce que vous croyez vraiment que je vous aurais envoyé un document non authentique ? Je vous garantis que j'ai supervisé personnellement toutes les opérations. Partez maintenant, je vous en conjure.

Lazare réfléchit longuement avant de répondre :

— Je vais voir. Nous allons en parler. En attendant, faites annoncer mon arrivée au chantier, ça les fera patienter. Je vous tiens au courant.

– Merci.

Une fois le téléphone raccroché, Lazare dit immédiatement :

– On y va.

Interloqué, Rudi essaya d'objecter :

– C'est ça que tu appelles « en parler » ?

– Nicolas nous appellera dans le camion. Si c'est négatif, on fera demi-tour.

Laure voulut intervenir, mais Lazare coupa court :

– La signature est bonne ! Nous avons ce que nous voulions. On y va, maintenant !

Rudi battit le rappel pour le départ et, à peine un quart d'heure plus tard, le semi-remorque s'engageait sur la place de la République.

La cabine était séparée en deux compartiments. Derrière, assez serrés, Laure, Pascale, Lazare et moi étions avec un des trois malabars de l'équipe de Rudi. Devant, à côté du chauffeur, il y avait Rudi et les deux autres malabars. Le bruit de l'énorme moteur diesel était infernal, d'autant plus que les deux capots latéraux qui auraient dû l'atténuer avaient été enlevés. Lazare tenait dans sa main le téléphone de Rudi. Il le regardait sans arrêt pour vérifier qu'il ne ratait pas l'appel de Nicolas. Celui-ci arriva plus rapidement que prévu, alors que nous venions à peine de sortir de Paris. L'appareil collé sur une oreille, se bouchant l'autre de la main, Lazare essayait de s'abriter du bruit en se penchant en avant le plus bas possible. Cela fut bref. Lazare se redressa et dit en hurlant :

— Ils ont un problème technique avec la signature.

— Elle n'est pas bonne ? demanda Laure.

— Ils ne savent pas. Ils disent que ça viendrait sans doute de nos systèmes.

— Qu'est-ce que tu veux faire ? Tu y vas quand même ?

— Oui.

Cette fois, Laure ne manifesta aucune réaction.

Après une bonne heure de route, Rudi fit signe au chauffeur de s'arrêter sur une aire de stationnement. Une fois le moteur — enfin — stoppé, il se tourna vers Lazare :

— Dis donc, il a appelé Nicolas ou pas ?

– Oui, il a appelé. Ils n'ont pas encore fini.

– Qu'est-ce qu'on fait, alors ?

– On continue, on continue. Ils auront fini avant qu'on arrive.

– Peut-être ! Mais peut-être que non, aussi. Qu'est-ce qu'on fera si ce n'est toujours pas bon quand on arrivera là-bas ?

– Roule. On pourra toujours s'arrêter avant le chantier.

Rudi fixa Lazare avec un air de totale désapprobation et, en même temps, de résignation. Son dévouement pour Lazare était sans limite. Il était incapable d'aller jusqu'à s'opposer à sa décision. Après quelques minutes pour que chacun se dégourdisse, le camion reprit la route pour Tancarville.

Une heure et demie plus tard, vers 2 heures du matin, nous approchions du chantier et il n'y avait toujours pas de message de Nicolas. Rudi fit à nouveau arrêter le camion au bord de la route et il appela TripleXL. Il lui demanda comment se comportaient les Parisiens et ce que faisaient les policiers puis, après avoir écouté les explications, il dit simplement :

– Nous, on est arrêtés à dix kilomètres et on attend le OK du Val. Tu m'appelles si ça s'agite.

Puis, il s'adressa à Lazare :

— C'est plus calme depuis que le chef des Parisiens leur a annoncé ton arrivée. Les flics n'ont plus l'air de bouger. Mais tu sais ce qu'il leur a dit, leur chef ? Il leur a dit que tu allais les conduire à Paris.

Lazare leva les yeux au ciel.

— C'est tout ce que ça te fait ? risqua Laure. Tu n'as pas peur qu'ils soient un peu déçus et que ça les énerve ?

Il marmonna, pour lui-même :

— Ce n'est plus le moment d'avoir peur.

À cette heure de la nuit, la température extérieure était très basse. Le chauffage du camion ne marchait qu'avec le moteur et la cabine commençait à se refroidir sérieusement. La fatigue s'ajoutant, tout le monde s'engourdit dans une vague somnolence.

À mon réveil, j'eus beaucoup de peine à reprendre conscience de l'endroit et de la situation où je me trouvais. Dans la lumière blanchâtre du ciel, je voyais de l'autre côté du lit de la Seine une installation industrielle. Après avoir vainement tenté d'identifier un endroit connu, me rappelant que je n'étais pas à la Gigapole, je me rendis compte qu'il s'agissait des vestiges d'un site de stockage de carburant ou de produits chimiques. À cet endroit, la Seine constituait la limite nord des régions désertiques de l'Intérieur. Au bord de l'ancien lit toujours baigné par les marées, il restait des zones humides où poussait une végétation d'eau salée éparse, qui luttait difficilement contre le rayonnement solaire. Rudi fit la distribution de sandwiches, de biscuits et, luxe suprême, de café chaud. Ce fut durant ce petit déjeuner spartiate, où chacun divaguait seul dans ses pensées, que le message arriva. Rudi nous le lut : « Nous pensons avoir trouvé ce qui n'allait pas. La procédure d'authentification a pu être lancée. Je vous appelle dès que les résultats sont confirmés. Nicolas ».

— C'est bon, on y va, dit Lazare.

— On n'a toujours pas les résultats, lui rappela Rudi.

— Écoutez, tous. Je vous demande de ne plus m'imposer ces discussions. Elles m'épuisent et je vous assure que je n'ai vraiment pas besoin de ça. Nous avons atteint notre but et, maintenant, je dois aller au chantier faire ce que j'ai à faire. Alors, Rudi, s'il te plaît, démarre.

Rudi fit signe au chauffeur de démarrer. À l'horizon, le ciel commençait à rougir.

§

L'arrivée au chantier fut triomphale. Il fallut une bonne demi-heure pour parcourir les cent cinquante ou deux cents mètres qu'il y avait de l'entrée du chantier à la tente principale. Les gens étaient serrés en foule compacte autour du camion. Tous voulaient voir Lazare. Il y en avait sur les ailes, sur le capot, sur le toit de la cabine. Ce n'est que grâce à son assourdissante sirène de paquebot que le chauffeur arrivait à les faire s'écarter du devant pour avancer, centimètre par centimètre. Un haut-parleur demandait aux gens de laisser le camion avancer et de se rendre à l'intérieur de la tente pour entendre l'allocution de Lazare. À l'approche de la tente, Rudi fit stopper le camion.

– Qu'est-ce que c'est que ce bordel ? C'était bien la peine que je leur demande d'étudier le plan à fond. Quels crétins !

Une grande ouverture avait été aménagée à une extrémité de la tente afin que l'on puisse placer la remorque-podium devant elle. Rudi venait de comprendre que non seulement, cette ouverture était très loin de la sortie, mais qu'en plus, le camion allait être orienté dans le mauvais sens, ce qui impliquait d'avoir à faire un demi-tour pour repartir. Cette configuration lui parut très dangereuse en cas de nécessité de départ précipité. S'adressant au responsable qui nous accompagnait depuis notre entrée sur le chantier, il exigea que l'ouverture de la tente fût aménagée sur le côté opposé afin que le camion soit près de la sortie et dirigé vers elle. Malgré les complications que cela allait créer, Lazare ne fit pas d'objection. Après des négociations tendues, il fut décidé de mettre la remorque devant l'ouverture actuelle et de faire entrer les gens dans la tente pendant que l'on créerait une ouverture de l'autre côté. Ensuite, on déplacerait le camion de l'autre côté de la tente pour qu'il se retrouve devant la nouvelle ouverture, dans le bon sens.

Cette opération provoqua un retard considérable qui fut mis à profit pour organiser une rencontre entre Lazare et le leader des Parisiens. Celle-ci eut lieu dans une petite tente annexe de la tente principale. Elle se passa très mal. Dès le départ, le contact fut mauvais entre les deux hommes. Arrogant, le chef du mouvement dissident se montra à plusieurs reprises presque méprisant à l'égard des communautés de l'Intérieur. Voulant toutefois garder Lazare de son côté, il l'avait flatté d'une manière si grossière qu'il avait failli le faire sortir de ses gonds. Ensuite, le ton était monté lorsqu'il avait essayé d'exiger d'être aux côtés de Lazare sur le podium. Pour le faire céder, Lazare avait dû se lever en affirmant fermement qu'il parlerait seul ou qu'il ne parlerait pas. Finalement, pour couronner le tout, le leader du mouvement s'était lancé dans un exposé-fleuve sur son projet, exposé dont le seul but était de révéler son propre génie. De retour dans la cabine du camion, pendant que les derniers préparatifs techniques se terminaient, Lazare fulminait :

– Ce type est un enfoiré de première. Il n'a qu'un objectif, c'est de se créer l'État dont il sera le dictateur. Ça ne m'étonne pas vraiment et ça correspond tout à fait à ce que m'avait dit de Jong.

– Et pour une fois, il faut reconnaître que ça correspond aussi à ce que disaient les chaînes d'information, remarqua Laure.

– Effectivement. En tout cas, s'il compte sur moi pour l'aider, il va être déçu. Je vais lui faire un discours dont il va se souvenir, le petit chef… A-t-on des nouvelles du Val ?

Il n'y en avait pas. On avait envoyé un message, mais il était resté sans réponse. Ce retard commençait à devenir vraiment inquiétant.

– Ça ne fait rien. Après cet entretien, je suis encore plus convaincu qu'il faut soutenir l'action de De Jong. Ils doivent avoir d'autres ennuis techniques et ils vont y arriver. Croyez-moi, nous avons atteint notre objectif. Si j'arrive à neutraliser ce mouvement insensé, la réussite sera totale. Nous aurons notre constitution et la position de De Jong au gouvernement sera renforcée.

Alors que, sous la tente, la foule commençait à scander son nom, Lazare nous demanda de le laisser seul avec Laure. Rudi partit préparer la manœuvre de changement de côté tandis que

Pascale et moi passions à l'avant du camion. Je les voyais par la fenêtre de la cloison. Lazare parlait et Laure faisait tout le temps « Oui » de la tête, mais, bien qu'elle fît tout pour le cacher, je vis qu'elle pleurait. Leur conversation dura jusqu'à la fin de la manœuvre. Une fois celle-ci effectuée, un organisateur vint demander que Lazare ne tarde pas. Laure et Lazare s'embrassèrent longuement, ils échangèrent un sourire et il passa de la cabine à la remorque-podium.

La clameur que provoqua son apparition nous mit une chair de poule comme je n'en avais jamais ressenti. Pascale et moi étions retournés dans le compartiment arrière afin de voir Lazare dans la remorque. Soudain, Laure me prit le bras et me dit :

– Je ne peux pas rester là. Il faut que je le voie en direct. Viens, on y va.

En une seconde, elle avait retrouvé toute son énergie et, sans doute aussi, ses réflexes de journaliste. Aussitôt, nous sautions du camion, entraînant Pascale avec nous. Mais, alors que nous longions la tente en courant vers la première entrée, nous tombâmes nez à nez avec Rudi :

– Qu'est-ce que vous foutez là ? Vous allez où ?

– Tu les entends ? Tu voudrais qu'on reste dans une cabine de camion dans un moment pareil ? Laisse-nous passer.

Perplexe, Rudi regarda Laure de travers un instant, puis il sortit de sa poche une poignée de petits grelots :

– Foutez-vous ça dans l'oreille. C'est moi qui parle, là-dedans : écoutez et faites ce que je vous dis sans réfléchir. Surtout, si je vous dis de rentrer au camion, rappliquez fissa. Je ne vous attendrai pas.

Puis sortant d'une autre poche des petites pastilles couleur chair, il ajouta :

– Et ça, collez-le sur votre gorge, sur le côté. C'est des micros. Ce n'est pas la peine de m'appeler, ça ne marche que si je vous parle d'abord. Et vous ne racontez pas votre vie, vous répondez à la question. C'est clair ?

– C'est clair. Merci, Rudi. On t'écoutera.

Lorsque nous entrâmes dans la tente, les gens hurlaient toujours et Lazare était debout, attendant qu'ils se calment. De temps en temps, il essayait de leur faire signe de se taire, mais sans résultat. Petit à petit, agrippés, nous progressions en direction du podium, pénétrant de plus en plus dans la foule. L'air heureux, les gens étaient détendus. C'était une population assez jeune en moyenne et il y avait pas mal de couples accompagnés de leurs enfants. C'était très impressionnant. Mais c'était inquiétant aussi.

On sentait qu'ils attendaient trop de Lazare. Laure me hurla dans l'oreille :

– Il avait raison, il devait y aller.

Après plusieurs minutes, la clameur diminua, et, progressivement, elle fit place à un silence que l'on n'aurait pas cru possible après un tel bruit. Sur la scène, il n'y avait aucun décor. Uniquement Lazare, debout, petite silhouette bien éclairée, et tout le reste de la remorque dans la pénombre. Il commença par un simple « Merci, merci... » qui suffit à déclencher à nouveau la clameur, l'interrompant pour de longues secondes.

– Je vous remercie de cet accueil très impressionnant. Mais si vous m'interrompez tous les deux mots, mon discours risque d'être très long et plutôt ennuyeux.

Cette phrase eut l'effet escompté et il put enfin parler.

– Habitants de la Gigapole, j'approuve votre volonté d'autonomie et votre quête de liberté. La dignité de l'homme réside dans sa capacité à décider par lui-même ce qu'il juge bon ou pas. Vous avez déjà fait beaucoup dans ce sens en décidant de venir ici, envers et contre tous les a priori qui courent dans la Gigapole, alimentés par la désinformation institutionnelle.

Cette pique contre le gouvernement déclencha immédiatement une explosion d'applaudissements qui n'en finissaient pas de se relancer. La suite, en revanche, commença à faire retomber l'ambiance.

— Vous avez souhaité que j'intervienne pour vous aider dans votre projet de réinvestir l'ancienne capitale et j'en suis honoré. Mais je vous dois la vérité. Je ne suis pas venu pour cela. Je ne pourrai pas vous apporter ce que vous attendez de moi, et ce, pour deux raisons. D'abord, je n'ai aucune intention de participer à un gouvernement politique, ni en Europe du Nord, ni à Paris, ni nulle part. Ensuite et surtout, la deuxième raison est qu'aller vous installer à Paris n'est pas une bonne idée. Puisque vous me faites l'honneur de me témoigner votre confiance, je vous demande de me croire. C'est un mauvais projet et vous méritez mieux que ça.

Cette fois, pas d'applaudissement, mais un silence sidéré.

— Vous avez obtenu un résultat considérable. Vous avez montré à vos gouvernants et à vos concitoyens – et à vous-mêmes aussi – que des gens bien décidés et sincères peuvent imposer leur volonté. Mais ces résultats, ce n'est pas dans un champ de ruines brûlé par le soleil que vous devez les exploiter. C'est chez vous. Et chez vous, c'est sur la Côte, dans la Gigapole. Il n'y a aucune raison pour que vous quittiez votre ville.

La foule commençait à s'agiter. Des commentaires fusaient de toutes parts créant un bruit de fond qui s'amplifiait. Derrière moi, j'entendais les gens discuter sur ce que disait Lazare. Les uns protestaient de ce que ce n'était pas à lui de leur dire où ils devaient vivre, les autres affirmaient qu'il savait ce qu'il disait et qu'il fallait l'écouter parce qu'on l'avait fait venir pour ça.

Lazare poursuivit, imperturbable :

– Vous voulez prendre les gens des communautés de l'Intérieur en exemple ? Alors, faites comme eux : restez chez vous ! Ils ont refusé de se soumettre à la loi du climat et ils ont lutté pour pouvoir rester chez eux. Vous, en plus, vous avez une chance qu'ils n'avaient pas. Le climat, ils ne pouvaient pas le changer, alors que vous, vous pouvez changer cette organisation qui vous donne envie de partir. Rejetez ce gouvernement qui vous étouffe. Imposez-lui votre soif de liberté. Imposez-lui de vous laisser vivre chez vous comme vous l'entendez. Ce n'est pas…

Il s'interrompit car il se passait quelque chose au fond de la tente. On entendait des cris et il y avait une agitation importante. Il essaya néanmoins de continuer :

– Ce n'est pas à vous de partir, c'est à…

Une détonation avait retenti. Immédiatement, un mouvement de panique s'était amorcé. La voix puissante de Rudi satura mon oreillette :

– MadMax, TripleXL, qu'est-ce qu'il se passe ? Répondez.

– Il y a eu une bagarre. Je n'ai pas bien vu. J'ai entendu crier « au viol ».

– C'est quoi cette explosion ?

– Un coup de feu, à mon avis.

Le mouvement de panique se propageait dans la foule et commençait à arriver à notre hauteur, poussant les gens vers les sorties.

– Venez, criai-je à Laure et Pascale en les tirant le plus fort possible, il faut aller au camion.

La pression des gens augmentait très vite et le mouvement de foule devenait irrésistible.

– Break ! Break ! cria Rudi. Tous au camion. Laure, vous êtes où ?

– À quinze mètres du podium, sur la gauche pour vous. On n'arrive plus à remonter le flot. On va être obligés de sortir par la deuxième sortie.

– TripleXL, fais le tour et va les prendre à la sortie 2A.

– Bien reçu, j'y vais.

La structure de la tente bougeait de façon impressionnante à cause des gens qui poussaient sur les poteaux centraux et sur la toile de chaque côté des portes. Pendant que nous progressions vers la sortie, j'entendis dans mon oreillette Lazare qui parlait à Rudi, sans pouvoir comprendre ce qu'il disait. Rudi aboya :

– Pas question ! C'est trop risqué. Reste là, TripleXL va les ramener.

Il y eut des bruits, puis :

– Et merde !

Le rideau de la semi-remorque se fermait et une fumée noire sortait déjà de l'échappement vertical du gros diesel. Dans la tente, les gens s'invectivaient, criaient, se bousculaient. Nous nous tenions par la taille pour être sûrs de ne pas nous séparer, marchant soit en crabe, soit à reculons. Heureusement, le mouvement nous entraînait dans l'axe de la sortie.

– Laure ? appela Rudi.

– Je t'entends.

– Vous en êtes où ?

– On y est presque.

– OK, nous, on est devant la sortie. C'est plus clair dehors. Dès que vous sortez, vous partez sur votre gauche et on fonce au camion. Il faut se grouiller, il commence à y avoir des flics à l'intérieur du chantier.

Nous parvînmes enfin à franchir la porte. Dehors, les gens couraient dans le seul but de s'éloigner le plus possible de la tente. Certains, blessés dans la bousculade, étaient à terre, assistés par ceux qui avaient le courage de ne pas fuir. TripleXL n'était pas là. Immobiles, au milieu des gens qui couraient, nous ne savions plus quoi faire. Laure essayait d'appeler Rudi, en vain. Il finit par appeler :

– Alors, vous arrivez ?

– On est dehors, on ne voit pas TripleXL.

– Il est avec nous. Vous êtes où, bon Dieu ?

À ce moment, en voyant le numéro inscrit au-dessus de la porte, je compris ce qui se passait.

– On s'est trompé tout à l'heure : on est à la porte 3 A. On arrive.

– Foncez !

J'entraînai les deux femmes vers la porte 2A qui se trouvait dans la direction du camion. Après quelques dizaines de mètres de course, j'aperçus la silhouette très reconnaissable du colosse aux cheveux rouges. Mais, au même moment, je vis trois hommes se diriger rapidement vers lui, armés de longues matraques. Stoppés dans notre course, nous n'avons pu qu'assister, terrifiés, à l'agression. Cela ne dura que quelques secondes. Les hommes se jetèrent sur Rudi et Lazare, leur assénant à toute vitesse de violents coups de matraque. Lazare s'effondra immédiatement tandis que Rudi, aidé de TripleXL, parvenait à riposter à coups de poing et à dégainer son arme. Il tira à trois reprises sur les hommes en fuite. Laure se rua vers Lazare, qui gisait, inconscient. Elle lui tenait la tête en hurlant. Rudi l'écarta sans ménagement, prit Lazare dans ses bras et partit vers le camion. Laure courait à côté de lui en essayant de tenir la tête de Lazare. Rudi étendit Lazare sur la banquette arrière et, avant même qu'elle ait attrapé l'échelle, il hissa Laure par le bras comme si elle ne pesait rien, la projetant dans la cabine. Pendant ce temps, TripleXL et son équipe étaient montés dans la remorque. Klaxonnant à toute force, le chauffeur démarra, essayant d'avancer le plus vite possible sans renverser les gens qui passaient dans tous les sens devant le camion. Au moment où nous allions franchir la sortie du chantier, un véhicule antiémeute stationné à l'extérieur commença à se mettre en travers de notre route. Sans hésiter une seconde, le chauffeur mit toute la puissance et fonça directement sur l'engin. Le choc fut extrêmement violent, mais la masse du camion était telle que nous ne l'avons pratiquement pas ressenti. Alors que le camion s'éloignait à toute vitesse, j'eus le temps de voir le blindé tournoyer sur lui-même tandis qu'une de ses roues partait au loin.

Laure était assise sur le bord de la banquette, à côté de Lazare. Il avait les cheveux collés de sang sur la moitié du crâne et ses vêtements étaient également ensanglantés au niveau de l'épaule et de la cuisse gauches. Elle essayait de nettoyer le sang avec des serviettes en papier et l'eau en bouteille qui restait. Le camion roulait très vite. Nous étions secoués et Laure était obligée de replacer sans cesse les coussins qu'elle avait mis pour caler la tête de Lazare. Elle parlait sans arrêt. Pascale, qui avait été obligée de s'asseoir par terre, était en état de choc. Quant à moi, j'étais anéanti, obnubilé par l'image de Lazare s'effondrant sous le coup de matraque.

La priorité était l'état de Lazare, et il était évident qu'on ne pourrait pas le soigner à Paris. Je ne voyais que deux possibilités : le ramener à la Côte ou l'emmener au Val. Ne sachant pas de quels moyens ils disposaient là-bas, j'appelai

Nicolas. Il était dans tous ses états.

– Nous avons vu les images à la télévision. Que s'est-il passé ?

– Lazare a été agressé. Il est blessé.

– Bon sang ! C'est grave ?

– Ça a l'air, oui. Pour l'instant, il est inconscient. Il a une blessure à la tête et, sans doute aussi, au bras et à la jambe. Il faut qu'un médecin le voie.

– Est-ce qu'il y a d'autres blessés ? Comment va Pascale ?

– Ça va. Pascale est choquée, mais elle n'est pas blessée. Pouvez-vous envoyer un médecin à Paris ?

– Je vous rappelle.

Voyant que j'avais raccroché, Laure m'adressa un regard interrogateur. Je lui expliquai la situation. Elle acquiesça par un hochement de tête et se remit aussitôt à parler à Lazare. Quelques minutes plus tard, Nicolas rappela :

– J'ai envoyé chercher Jacques Ruault, un excellent généraliste. Il arrive. Avec votre aide, il va essayer d'établir un diagnostic minimum pour savoir ce qu'il faut faire en priorité.

Le Docteur Ruault nous posa une série de questions sur l'état de Lazare, l'aspect de ses blessures et ses réactions à diverses stimulations. Cela fut épuisant : le bruit infernal du camion nous obligeait à tout répéter plusieurs fois afin d'être sûrs qu'il n'y ait aucun malentendu, ni sur la question ou l'instruction du docteur, ni sur notre réponse. Finalement, sans hésitation, le Docteur Ruault jugea l'état de Lazare très grave, nécessitant une opération en urgence. Il ajouta que cela devait être fait à Paris afin de limiter au maximum les transports.

Le voyage dura un siècle. Au ton du Docteur Ruault, j'avais compris que Lazare pouvait mourir à tout moment et notre impuissance totale pendant tout ce trajet était insupportable. À genoux par terre, Laure avait mis sa tête sur la poitrine de Lazare. Je croyais qu'elle s'était plus ou moins endormie, mais en me penchant au-dessus d'elle pour prendre une bouteille d'eau, je m'aperçus qu'elle chantonnait. Mal assise par terre, Pascale avait fini par s'installer dans le porte-bagages, en se recroquevillant et en tassant les sacs de l'autre côté.

Enfin arrivés à Paris, nous traversions Boulogne, lorsque Nico de Jong appela. Il voulait nous tenir au courant de la situation à Tancarville et il ne savait pas que Lazare était blessé. Bouleversé, il proposa immédiatement de nous envoyer un hélicoptère pour le transférer dans un hôpital de la Côte. Le remerciant, je lui dis de nous rappeler le soir même pour savoir si c'était nécessaire.

Le fait d'avoir cette solution de secours nous réconforta un peu. Une fois arrivés chez Rudi, nous installâmes Lazare dans une chambre d'appartement, au premier étage de l'immeuble situé au-dessus du parking. Beau-Boule avait aménagé ces pièces pour elle et c'était plus propre qu'en bas. De son côté, Nicolas s'était occupé de l'opération. Il avait trouvé un camion hôpital qui était en tournée et qui n'avait pas d'urgence importante à traiter. Il l'avait détourné aussitôt en direction de Paris, si bien qu'il était prévu qu'il arrive chez Rudi le soir même. Cela faisait encore une longue attente, mais Lazare était maintenant dans un environnement correct et son état paraissait stabilisé. Laure, toujours à son chevet, lui parlait et lui chantait des chansons sans arrêt.

Le camion hôpital arriva sans encombre. Équipé d'un mini-scanner IRM et d'un bloc opératoire, il était tout à fait adapté à la situation, et la proposition de De Jong n'eut pas besoin d'être utilisée. Lazare fut pris en charge très rapidement mais, entre les examens préalables et l'opération elle-même, nous avions dû attendre plus de cinq heures avant que le chirurgien vienne nous parler dans la minuscule pièce de consultation du camion. Lazare avait effectivement une fracture du crâne, avec un important hématome que le chirurgien avait réduit autant que possible. Son épaule gauche était également fracturée en plusieurs morceaux. Il y aurait besoin d'une deuxième opération pour la remettre en état mieux que ce qui avait pu être fait aujourd'hui. La blessure à la cuisse était sans gravité, comparativement. Le praticien nous donnait beaucoup de détails sur ces éléments moins préoccupants que son état de conscience. Cela m'inquiétait :

– Quand pensez-vous qu'il va reprendre conscience ?

– Il y a un enfoncement de la boîte crânienne et des lésions cérébrales graves, peut-être irréversibles.

Il hésita quelques secondes :

– En réalité, je pense qu'il ne reprendra pas conscience.

Il allait continuer ses explications, mais Laure se leva, le salua en le remerciant et sortit rejoindre Lazare.

§

Lazare resta encore deux jours dans le camion hôpital avant qu'on puisse le ramener dans la petite chambre de Beau-Boule. Pascale était restée pour aider Laure à s'occuper de lui. Les deux femmes se relayaient à son chevet, lui parlant continuellement et lui chantant des chansons. Lorsque j'allais lui rendre visite, je n'arrivais pas à supporter plus de quelques minutes de le voir dans cet état. Il dormait d'un sommeil trop profond qui me faisait peur. Nous étions tous perdus. Laure, moi, Pascale et même Rudi, chacun dans sa bulle, nous essayions de ramasser des morceaux qui nous permettraient de redémarrer. J'aurais voulu trouver du réconfort en me rapprochant de Laure, mais elle n'avait pratiquement plus de contact avec personne. Quand elle ne s'occupait pas directement de Lazare, elle restait sur le canapé de la chambre, prostrée, acceptant ma présence et mes attentions, gentiment, sans émotion.

Après trois semaines, dès que le chirurgien le permit, Laure souhaita ramener Lazare au Val, où sa mère le réclamait. Rudi proposa de les emmener lui-même, avec Pascale. De mon côté, je ne me sentais pas la force de me retrouver là-bas, avec Lazare dans cet état et Laure si près de moi. Je me dis que le mieux serait de rentrer à la Gigapole et de reprendre mon travail. Au moment de partir, Laure avait juste trouvé la force, en m'embrassant, de me promettre de me donner de ses nouvelles.

§

L'HISTOIRE VÉRITABLE DE LAZARE MÉRADEC

EPILOGUE

Nico de Jong tira très intelligemment profit des événements de Tancarville. L'issue dramatique du meeting et sa médiatisation avaient paniqué le gouvernement, lui permettant de prendre l'ascendant. Il avait immédiatement mis le ministre de la Sécurité en demeure de faire arrêter les auteurs de l'agression contre Lazare, le critiquant ouvertement pour sa gestion de la crise des Parisiens. Il réussit également à mettre en position de faiblesse le ministre de la Culture et de l'Information en lui reprochant de censurer les commentateurs qui évoquaient l'hypothèse d'une passivité coupable de la Sécurité à Tancarville. De Jong multiplia les interventions personnelles dans les médias, mettant de plus en plus de pression sur les deux ministères, jusqu'à parvenir, soutenu par le président, à les « démissionner ». Ces limogeages furent les premières actions d'une vaste opération de réforme que de Jong baptisa le grand « huishouden » (le grand ménage), faisant référence à la « perestroïka » menée à la fin du XXe siècle en URSS par le secrétaire général Mikhaël Gorbatchev. L'annonce de ce projet et son engagement d'écouter ceux qui s'opposaient au gouvernement précédent se traduisirent par un arrêt des actions violentes dans la Gigapole.

Une composante importante de son action fut la libération des médias. Placés sous tutelle depuis plus de trente ans, nous nous trouvâmes donc obligés de réapprendre notre métier. Ce défi me convenait particulièrement bien dans la mesure où il me permettait de moins penser à Laure et à Lazare. L'affaire du chantier constituait un morceau de choix et elle occupa pendant longtemps tout le devant de la scène médiatique. Ramenés à Rouen, tous les Parisiens avaient été libérés à l'exception de leur leader, inculpé de trouble à l'ordre public, incitation à la sédition et escroquerie. Son procès, retransmis publiquement, passionna les foules pendant des semaines jusqu'à ce que, alors que l'intérêt commençait à s'émousser, les deux agresseurs de Lazare soient arrêtés. Leur cas prit rapidement le relais à la une des magazines et je m'y intéressai particulièrement, notamment pour essayer de comprendre leur motivation. La thèse officielle était celle d'un attentat fomenté par une horde rivale des Cent Soleils, dans le cadre d'une série de vengeances successives. Selon le procureur, c'était principalement Rudi qui était visé, Lazare ayant reçu un mauvais coup dans le feu de l'action. Cela était confirmé par les déclarations du chef de la bande. Pour moi, témoin de l'agression, c'est clairement Lazare qui était visé. Rudi avait pris des coups, mais seulement parce qu'il s'était rué au secours de Lazare. J'avais d'ailleurs affirmé ce point de vue aux enquêteurs. Le scénario avancé par le procureur fut cependant accrédité par la révélation du fait que les agresseurs étaient fichés pour les relations qu'ils entretenaient avec des hordes de Paris, dont la horde des Tatoués. Il n'était donc pas invraisemblable que les Tatoués aient voulu se venger de l'humiliation subie à l'Hôtel de Ville. Mais il restait à expliquer comment ils avaient été informés de l'intervention de Lazare à Tancarville et comment ils avaient pu organiser l'attentat alors que les choses s'étaient décidées en quelques heures. Mon hypothèse est que ce sont les services de la Sécurité qui ont manipulé les Tatoués et leurs complices, pour contrer de Jong et se débarrasser de Lazare. En particulier, je suis convaincu que l'agression qui a déclenché le mouvement de panique sous la tente faisait partie de ce plan. Malheureusement, on ne saura sans doute jamais ce qu'il en était, car l'agresseur de Lazare s'est « suicidé » en prison.

Ce procès avorté révélait à quel point de Jong n'avait pas encore achevé son « grand ménage ». Manifestement, il restait des forces contraires encore très actives, avec lesquelles il devait composer. Nico de Jong n'était pas un fonceur. C'était un homme déterminé et fort, mais prudent et pragmatique. Il était certainement capable de donner sciemment l'impression de faiblir tant qu'il n'était pas certain de pouvoir frapper à coup sûr. Pour les communautés, il avait adopté une attitude plutôt ambiguë. La signature s'était bien avérée authentique, mais, en attendant la ratification par la Chambre, le président avait décidé un black-out complet, interdisant tous les déplacements à Paris ou vers les régions de l'Intérieur. Il s'était engagé à supprimer dès que possible cette disposition, qu'il justifiait par la nécessité de se donner le temps d'analyser une situation totalement inédite. Il avait mis en place une commission chargée de mettre au point tous les détails en collaboration avec les Patriarches.

Cette temporisation m'apporta indirectement beaucoup de travail. En tant que seul témoin direct d'un village de l'Intérieur, je fus sollicité pour participer à de nombreux talk-shows et donner des conférences sur le sujet. Ce qui était intéressant, c'était que je n'avais pas d'image. Les gens étaient obligés de m'écouter et ils devaient s'imaginer les choses à partir de mes seules explications, ce à quoi je me prêtais avec beaucoup de plaisir.

Du côté des Parisiens, il ne se passa rien pendant une longue période. Toutes les organisations mises en place par leur leader avaient été dissoutes et son procès avait semblé sceller la disparition du mouvement. Mais il n'en était rien et c'est un de mes amis journalistes qui me fit savoir ce qu'ils étaient devenus. Ils avaient profité de la focalisation sur leur ex-leader pour renouer discrètement des contacts en réseau, toujours avec l'objectif de réinvestir la capitale. Le discours de Lazare n'avait pas du tout eu l'effet escompté. Les nouveaux meneurs avaient pris ses propos au mot, affirmant qu'il avait raison de dire qu'on devait rester chez soi, mais que chez eux, c'était Paris. Forts de cette théorie, ils avaient reconstitué le collectif des Parisiens avec de nouveaux principes. D'abord, traumatisés par le désastre de Tancarville dont ils attribuaient l'entière responsabilité au leader de l'époque, ils avaient décidé que leur organisation ne pourrait jamais être dirigée que par un collège d'élus. Ensuite, afin de garantir la cohérence de leur projet, ils avaient décidé que seuls ceux qui pouvaient prouver leur origine parisienne réelle pouvaient prétendre faire partie du mouvement. D'après mon ami journaliste, ils souhaitaient obtenir l'autorisation de leur installation à Paris par voie légale, notamment en s'appuyant sur l'exemple des communautés.

§

Avec l'appui de De Jong, j'aurais pu obtenir une autorisation pour me rendre au Val d'Osne et voir Lazare. Je n'eus jamais le courage de le faire tant la perspective de revoir Laure et de revivre une séparation m'était insupportable. Au début, je l'appelais régulièrement pour prendre des nouvelles. À chaque fois que j'essayais d'amener la conversation sur notre relation, elle évitait le sujet. Alors, je me suis réhabitué petit à petit à ma vie d'Européen du Nord et mes appels se sont espacés.

Le jour où elle avait sonné à l'interphone, en bas de l'immeuble, je ne l'avais pas appelée depuis plus de deux mois. Dès que je la reconnus sur l'écran, je compris pourquoi elle venait. Pendant qu'elle montait, j'essayais de me persuader que ce n'était peut-être pas ça, mais je sentais mes jambes flancher. Quand elle est entrée, nous sommes tombés dans les bras l'un de l'autre.

– Souvent, je tenais son poignet pour sentir son pouls sous mon doigt. Ce jour-là, je me suis rendu compte que les battements ralentissaient. Et puis je n'ai plus rien senti. Alors, je l'ai regardé et j'ai vu qu'il n'était plus là.

Elle était détendue.

– Après, je suis restée seule dans la chambre un long moment avant d'aller prévenir l'infirmière. Je ne pouvais pas lâcher sa main. Et alors il s'est passé quelque chose d'incroyable.

– Quoi ?

– Je l'ai entendu parler.

– Comment ça ?

– C'était bizarre, comme s'il parlait du plafond de la pièce.

– Et qu'est-ce qu'il a dit ?

– « Merci, pour les chansons. »

EPILOGUE

FIN

© 2018, Lafarge, Jacques
Edition : Books on Demand,
12/14 rond-Point des Champs-Elysées, 75008 Paris
Impression : BoD - Books on Demand, Norderstedt, Allemagne
ISBN : 9782322120000
Dépôt légal : mai 2018